AGATHA CH… k de
'koningi… zijn over
de hele … rkocht.
Al ev… gen:
de Be… oude
Miss M… nce.

Van Agatha Christie zijn verschenen:

1. Moord uit het verleden
2. Trein 16:50
3. Moord in de pastorie
4. Poirot speelt bridge
5. Zoek de moordenaar
6. De giftige pen
7. Een kat tussen de duiven
8. De vier klokken
9. Wie adverteert een moord!
10. De werken van Hercules
11. Lord Edgeware sterft
12. De Laagte
13. De wraakgodin
14. Na de begrafenis
15. De versierde bezemsteel
16. Overal is de duivel
17. De man in het bruine pak
18. Een olifant vergeet niet gauw
19. Het mysterie van Sittaford
20. Het vale paard
21. Moord in het studentenhuis
22. Doem der verdenking
23. Rally naar Bagdad
24. Sprankelend blauwzuur
25. Schuldig in eigen ogen
26. De moordenaar droeg blauw
27. Een goochelaarstruc
28. Het derde meisje
29. Een handvol rogge
30. De geheime tegenstander
31. Dood van een huistiran
32. Het kromme huis
33. Het mysterieuze manuscript
34. Drama in drie bedrijven
35. De moordenaar waagt een gok
36. Moord in Mesopotamië
37. Moord in de Oriënt-expres
38. Waarom Evans niet?
39. Vijf kleine biggetjes
40. Moord op de golflinks
41. Tien kleine negertjes
42. In hotel Bertram
43. Uit Poirots praktijk
44. Moord is kinderspel
45. Moord op de Nijl
46. Miss Marple en haar 13 problemen
47. Mr. Parker Pyne, detective
48. Het wespennest
49. Het Listerdale-mysterie
50. Moord onder vuurwerk
51. Passagier voor Frankfurt
52. Miss Marple met vakantie
53. De moord op Roger Ackroyd
54. De spiegel barstte
55. Brief van een dode
56. De geheimzinnige Mr. Quin
57. Poirot komt terug
58. Het ABC-mysterie
59. Dood van een danseres
60. En het einde is de dood
61. Kerstmis van Poirot
62. Het doek valt
63. De muizeval
64. De grote vier
65. Getuige à charge
66. De zaak Styles
67. De zeven wijzerplaten
68. N of M
69. Moord in het vliegtuig
70. Moord in de martelstoel
71. Met onbekende bestemming
72. De pop in de schoorsteen
73. Het geheim van de blauwe trein
74. Moord in de bibliotheek
75. De eindeloze nacht

Zwarte Koffie*
Zolang het licht is*
De onverwachte gast*
Het spinnenweb
Speuren naar het verleden

*In Poema-pocket verschenen

Agatha Christie

Trein 16:50

POEMA POCKET

Voor meer informatie: kijk op **www.boekenwereld.com**

Veertiende druk

Oorspronkelijke titel: *4.50 from Paddington*
Redactionele bewerking: Els Schaafsma
Omslagontwerp: Roelof Mulder en Annemarie van Pruyssen
Omslagfotografie: FPG International

CIP/ISBN 90 245 4385 1

I

Mrs. McGillicuddy zwoegde hijgend over het perron, in het kielzog van de kruier die haar handkoffer droeg. Mrs. McGillicuddy was kort en stevig van postuur, de kruier daarentegen rijzig, met lange benen. Bovendien was Mrs. McGillicuddy nog belast en beladen met een bende pakjes: de oogst aan kerstinkopen van een welbestede dag. Het was dus wel een zeer ongelijke wedloop. De kruier was de hoek al om, aan het einde van het perron, toen Mrs. McGillicuddy nog aan het rechte stuk bezig was.

Het eerste perron bleek op dat ogenblik niet zo erg druk, doordat er net een trein was weggereden. Maar daar verderop, in niemandsland, spoedde zich een golvende menigte alle kanten uit, van en naar de ondergrondse, het bagagedepot, de restauratie, het informatiebureau, de borden met vertrekuren en de twee toegangen tot de buitenwereld.

Mrs. McGillicuddy werd met haar pakjes heen en weer geduwd, maar wist desondanks de toegang tot het derde perron te bereiken. Hier deponeerde ze één pakje aan haar voeten, om met de vrije hand in haar tas naar haar kaartje te zoeken. Anders kon ze de barse controlebeambte niet passeren.

Op dat moment begon een stem, schor en luid, maar niettemin beschaafd, boven haar hoofd te praten. 'De trein die klaarstaat op het derde perron,' deelde de stem mede, 'is de trein van 16 uur 50 in de richting Brackhampton, Milchester, Waverton, Carvil, Roxeter en verdere stations op de lijn naar Chadmouth. Reizigers voor Brackhampton en Milchester achter instappen. Reizigers voor Vanequay in Roxeter overstappen!'

De stem schakelde zichzelf uit met een knappend geluid, maar hervatte onmiddellijk de eenzijdige conversatie door de aankomst van de trein van 16 uur 35 uit Birmingham en Wolverton aan te kondigen.

Mrs. McGillicuddy had haar kaartje eindelijk gevonden en

liet dat zien. De geüniformeerde beambte knipte het en mompelde: 'Rechterkant – achterste gedeelte.'

Mrs. McGillicuddy draafde verder het perron op. Zij trof haar kruier voor het portier van een derdeklasrijtuig, waar hij met een verveeld gezicht in het niets stond te turen.

'Alstublieft, dame!'

'Ik reis eerste,' gaf Mrs. McGillicuddy hem te verstaan.

'Dat had u me niet gezegd,' bromde de kruier. Hierbij gleden zijn ogen misprijzend over de manlijk aandoende peper-en-zoutkleurige tweed mantel, die zij aanhad.

Mrs. McGillicuddy, die het hem wél had gezegd, ging niet op zijn opmerking in, omdat ze nodig op adem moest komen.

De kruier pakte haar koffer weer op en marcheerde ermee naar het volgende rijtuig, waar hij Mrs. McGillicuddy in eenzame pracht installeerde. De trein van 16 uur 50 was namelijk nooit bijzonder druk. De eersteklasreizigers gaven meestal de voorkeur aan de ochtendsneltrein of aan die van 18 uur 40, die een restauratiewagen had.

Mrs. McGillicuddy overhandigde de kruier een, met merkbare teleurstelling opgestreken, fooi. Blijkbaar vond hij dat die beter paste bij de derde klas dan bij de eerste. Mrs. McGillicuddy voelde er alles voor haar geld te besteden aan een behaaglijke rit, na de nachttrein uit het hoge noorden en een hele dag vermoeiend winkelen. Maar met fooien was zij nooit erg royaal.

Zij nestelde zich met een zucht van voldoening in de kussens en sloeg een tijdschrift open. Vijf minuten later werd er gefloten en zette de trein zich in beweging. Het tijdschrift gleed haar uit de hand, haar hoofd zakte opzij en binnen drie minuten was zij in slaap gevallen. Zij sliep een goed halfuurtje en werd toen verkwikt wakker. Zij zette haar hoed recht en probeerde vol belangstelling iets van het landschap te zien dat langs het raampje voorbijschoot. Maar het was donker buiten, een druilerige, mistige decemberdag – over vijf dagen was het trouwens Kerstmis. Londen was al triest en duister geweest. Op het platteland was 't al niet veel beter, hoewel het uitzicht zo nu en dan werd opgefleurd door rijen lichtjes, telkens wanneer de trein stadjes en stations passeerde.

'Thee en broodjes!' riep een bediende, die de deur naar de zijgang met een onverwachte ruk openschoof. Mrs. McGillicuddy, die al uitgebreid thee had gedronken in een groot warenhuis, had voorlopig nergens behoefte aan. De bediende vervolgde zijn weg, zijn eentonige roep herhalend.

Mrs. McGillicuddy keek met voldoening naar al haar pakjes boven in het net. De handdoeken waren werkelijk niet duur geweest en net wat Margaret wou hebben. En het speelgoedgeweer voor Robby en het konijntje voor Jean waren echt leuk. Dat avondcapeje was precies wat ze zelf nodig had, warm en gedistingeerd. Die pullover voor Hector ook...

Haar voldane blik dwaalde weer naar het raampje. Een passerende trein vloog gierend voorbij. De ruiten rinkelden. Zij schrok ervan. Daarna ratelde de trein over wissels. Ze reden nu langs een station. Vervolgens ging de trein vaart minderen. Misschien wel voor een rood seinlicht. Minutenlang kropen zij met een slakkengangetje voort. Toen stonden zij stil. Even later gingen zij weer vooruit. Er kwam nog een trein voorbij, hoewel niet met zo'n donderend geweld als de vorige. Daarna werd de snelheid weer vergroot.

Op hetzelfde moment dook er een andere trein naast hen op, die in dezelfde richting ging en zelfs op een naar hen toebuigend spoor. Even leek het er angstig veel op of zij elkaar zouden raken. Maar zij bleven een tijdje naast elkaar voortrijden. Dan liep de ene, dan de andere weer een ietsje sneller.

Mrs. McGillicuddy kon uit haar coupé recht in de naast haar rijdende wagons kijken. Bij de meeste waren de gordijntjes neergelaten, maar hier en daar kreeg zij een aardig kijkje op het interieur met zijn reizigers. De andere trein was niet bepaald vol en had vrij veel lege coupés.

Op een ogenblik dat beide treinen de indruk maakten dat zij eigenlijk stilstonden, vloog er plotseling een gordijntje in een van de coupés met een ruk omhoog. Mrs. McGillicuddy keek in een helder verlichte eersteklascoupé die maar een meter van haar vandaan was.

Haar adem stokte. Zij kwam half overeind. Met zijn rug naar het raampje, en naar haar toegekeerd, stond daar een breedgeschouderde man. Hij hield de keel van een vrouw met beide handen omkneld. Hij wurgde haar langzaam maar zeker. Volstrekt meedogenloos.

Mrs. McGillicuddy zag het afschuwelijke schouwspel gefascineerd aan. Volkomen machteloos voelde zij zich, niet in staat haar blik af te wenden. Het gezicht van de vrouw daar in die wagen zag paarsrood, de ogen puilden uit hun kassen. Toen kwam het einde. Het slachtoffer verslapte en zakte in elkaar.

Op datzelfde ogenblik minderde de trein waarin Mrs. McGillicuddy zat, vaart. De andere trein schoot vooruit. Binnen enkele ogenblikken verdween hij uit haar gezichtsveld. Bijna automatisch wilde Mrs. McGillicuddy naar de noodrem grijpen. Maar zij bedacht zich halverwege. Want wat zou het haar baten de trein waarin zij zelf zat, tot stilstand te brengen?

De gruwel van wat zij daareven van zo nabij had gezien en de ongewone omstandigheden waaronder dat mogelijk was geweest, gaven haar een gevoel van verlamming. Toch moest er noodzakelijk iets worden gedaan. Maar wát?

De deur van haar coupé werd opengeschoven en een conducteur verscheen met de vraag: 'Uw plaatsbewijs, alstublieft?'

Geagiteerd wendde Mrs. McGillicuddy zich tot de conducteur. 'Er is zojuist een vrouw gewurgd!' riep ze. 'In de trein die ons achterop is gereden. Ik heb het met eigen ogen gezien!'

De conducteur keek haar verbaasd aan. 'Wat zegt u, mevrouw?'

'Dat een man een vrouw gewurgd heeft! In de trein. Ik heb het daarnet zelf gezien – vlak voor mijn ogen!' Zij wees daarbij op het raampje.

Nu keek de conducteur iets bedenkelijker. 'Gewurgd, zegt u?' klonk het ongelovig.

'Ja, gewurgd! Ik zeg u toch dat ik het met eigen ogen heb gezien. U moet onmiddellijk iets doen!'

De conducteur kuchte verontschuldigend. 'Is 't niet mogelijk, mevrouw, dat u een ogenblikje geslapen heeft en – eh...' Hij was zo tactisch zijn zin niet af te maken.

'Ik héb even geslapen, ja. Maar als u denkt dat ik dit heb gedroomd, dan vergist u zich lelijk. Ik heb het gezien, zeg ik u.'

Het oog van de conducteur viel op het tijdschrift dat opengeslagen op de bank lag. Op de opengevallen bladzijde zag men hoe een man een meisje naar de keel vloog en een andere man, met een revolver in de hand, het paar vanuit een open deur bedreigde.

Op overredende toon ging hij voort: 'Gelooft u ook niet, mevrouw, dat u een sensatieverhaal hebt zitten lezen, even in slaap bent gevallen en toen, bij het wakker worden, wat in de war bent geweest?'

Mrs. McGillicuddy liet hem niet uitspreken. 'Man, ik heb het vlak voor mijn eigen ogen zien gebeuren. Ik was net zo wakker als u op 't ogenblik. En ik keek uit dit raam in een coupé van de trein die gelijk met ons opreed en daar zag ik dat een vrouw door een man werd gewurgd. Maar wat ik van u weten wil is: wat denkt u hieraan te doen?'

'Nou, mevrouw...'

'U zult toch wel íéts doen, hoop ik.'

De conducteur slaakte aarzelend een zucht en keek op zijn horloge.

'We zijn precies over zeven minuten in Brackhampton. Daar zal ik rapport uitbrengen over wat u me verteld hebt. In welke richting reed de door u bedoelde trein?'

'Natuurlijk in dezelfde richting als wij. U denkt toch niet dat ik dat allemaal heb kunnen zien in de flits waarin een tegenligger voorbijschiet?'

De conducteur zette een gezicht alsof hij Mrs. McGillicuddy volkomen in staat achtte overal van alles te zien wat haar in de zin kwam. Maar hij bleef beleefd. 'U kunt ervan op aan, mevrouw,' beloofde hij, 'ik zal van uw verklaring melding maken. Maar misschien mag ik uw naam en adres weten, ingeval...'

Mrs. McGillicuddy gaf hem het adres op waar zij de eerstvolgende dagen dacht te logeren, en ook haar vaste adres in Schotland. Hij noteerde beide. Daarop ging hij heen, met de houding van iemand die meer dan zijn plicht heeft gedaan en met succes een ongewoon lastige reiziger te woord heeft gestaan.

Mrs. McGillicuddy bleef met gefronst voorhoofd en een tamelijk onvoldaan gevoel achter. Zou die conducteur wel werkelijk rapport uitbrengen? Of had hij haar alleen maar met een kluitje in het riet gestuurd? Je trof op reis natuurlijk allerlei vrouwspersonen op leeftijd die volkomen overtuigd waren dat ze een communistisch complot hadden ontdekt, met moord en doodslag waren bedreigd, vliegende schotels hadden gezien en aangifte deden van moorden die nooit waren gepleegd, veronderstelde ze vaag. Als de man haar voor zo iemand had aangezien...

Nu minderde de trein vaart, reed over wissels en tussen de lichtjes van een flinke stad. Mrs. McGillicuddy deed haar handtas open, duikelde een kwitantie op – het enige stuk papier dat zij vinden kon – schreef er aan de achterkant met haar ballpoint haastig enige regels op, stopte de kwitantie vervolgens in een blanco envelop die zij toevallig bij zich had, plakte hem dicht en schreef er een adres op.

Langzaam gleed de trein langs een overvol perron. De gebruikelijke, alomtegenwoordige stem barstte weer los. 'De trein die op dit ogenblik binnenkomt langs het eerste perron, is de trein van 17 uur 38 naar Milchester, Waverton, Roxeter en verdere stations op de lijn naar Chadmouth. Reizigers voor Market Basing kunnen overstappen in de trein die klaarstaat langs het derde perron.'

Mrs. McGillicuddy keek reikhalzend het perron langs. Wat een hoop reizigers en niet één kruier! Ha, gelukkig, daar had je er een!

Ze riep hem. 'Kruier! Wilt u dit briefje dádelijk aan de stationschef geven, alstublieft!'

Zij overhandigde hem, tegelijk met de envelop, een shilling. Daarop ging zij met een zucht weer zitten. Nu, ze had gedaan wat ze kon! Even bleef ze nog spijtig aan de shilling denken. De helft was eigenlijk ook genoeg geweest...

Daarna gingen haar gedachten terug naar het ontzettende schouwspel waarvan zij getuige was geweest. Afgrijselijk... méér dan afgrijselijk! Zij was een vrouw met sterke zenuwen, maar nu huiverde zij toch. Hoe vreemd en onwaarschijnlijk dat dit háár, Elspeth McGillicuddy, had moeten overkomen! Als dat gordijntje daar in die coupé nu eens niet toevallig omhoog was gegaan... Dat was het werk geweest van de Voorzienigheid. De Voorzienigheid had gewild dat zij, Elspeth McGillicuddy, getuige zou zijn van dit misdrijf! Zij klemde haar lippen stevig op elkaar.

Stemmen klonken, fluitjes snerpten, portieren werden dichtgesmakt. De trein van 17 uur 38 gleed langzaam het station Brackhampton weer uit. Precies één uur en vijf minuten later stopte hij in Milchester.

Mrs. McGillicuddy zocht haar pakjes bijeen, greep haar handkoffertje en stapte uit de trein. Zij keek naar alle kanten. Wéér te weinig kruiers! En die er waren leken allemaal bezig met de postzakken en bagagewagentjes. Tegenwoordig moest blijkbaar iedereen zijn eigen bagage dragen. Nee, dat kon zij onmogelijk, met haar paraplu erbij en al die pakjes. Dan wachtte ze maar liever even. Gelukkig, daar kwam een kruier.

'Taxi?'

'Ik word waarschijnlijk afgehaald!'

Buiten het station kwam inderdaad een chauffeur op haar af, die bij de uitgang had staan wachten. Hij vroeg: 'Bent u soms Mrs. McGillicuddy? Voor St. Mary Mead?'

Mrs. McGillicuddy bevestigde dat. De kruier kreeg zijn loon, al was het niet royaal. De taxi verdween in de duisternis, met Mrs. McGillicuddy, haar koffer en haar pakjes. Het was een rit van zestien kilometer. Mrs. McGillicuddy bleef rechtop zitten. Zij voelde zich niet in staat behaaglijk achterover te leunen. Haar opgekropte gevoelens hunkerden ernaar zich te ontladen. Eindelijk reed zij een haar welbekende dorpsstraat in. De taxi stopte voor het huis waar zij moest zijn. Mrs. McGillicuddy stapte uit en liep over het tegelpad naar de voordeur. De chauffeur bracht de bagage naar binnen toen een bejaarde dienstbode de deur had opengedaan. Mrs. McGillicuddy liep linea recta de hal door, naar de openstaande deur van de huiskamer, waar haar gastvrouw haar opwachtte. Het was een tengere oude dame.

'Elspeth!'

'Jane!'

Zij kusten elkaar. Toen barstte Mrs. McGillicuddy, zonder verdere inleiding, los.

'O, Jane,' jammerde zij, 'ik heb daarnet een móórd zien plegen!'

2

Getrouw aan wat zij altijd van haar moeder en grootmoeder geleerd had – namelijk, dat een echte dame zich nooit verschrikt of verrast toont – trok Miss Marple alleen even haar wenkbrauwen op, toen zij hoofdschuddend antwoordde: 'Wat akelig voor je, Elspeth. En stellig hóógst ongewoon. Ik denk dat je het beste doet mij dadelijk maar álles te vertellen.'

Dat was ook precies Mrs. McGillicuddy's bedoeling. Zij liet zich door haar gastvrouw naar de haard brengen, nam plaats, trok haar handschoenen uit en begon een levendig verslag uit te brengen.

Miss Marple was een en al aandacht. Toen Mrs. McGillicuddy eindelijk zweeg om op adem te komen, sprak zij op gedecideerde toon: 'Je doet er nu het verstandigst aan, lieve kind, eerst naar boven te gaan, je hoed af te zetten en je even op te frissen. Dan gaan we aan tafel en praten met geen woord over dit geval. Na het eten kunnen we de zaak grondig bespreken en van alle kanten bezien.'

Mrs. McGillicuddy kon zich met dit voorstel volkomen verenigen. De twee dames zetten zich aan tafel, waar zij, al etende, de levensomstandigheden in het dorp St. Mary Mead bespraken. Miss Marple gaf haar mening over het algemene wantrouwen waarmee de nieuwe organist was ontvangen, vertelde het jongste schandaaltje van de vrouw van de apotheker en roerde de openlijke vijandschap aan die tussen de schooljuffrouw en de dorpsschool bestond. Vervolgens wisselden zij van gedachten over elkaars tuinen.

'Pioenrozen,' zei Miss Marple terwijl ze van tafel opstond, 'zijn heel onvoorspelbaar. Ze doen het, of ze doen het niet. Maar als ze aanslaan, blijven ze als het ware de rest van je leven bij je, en tegenwoordig zijn er echt prachtige varianten.'

Daarna nestelden zij zich weer dicht bij de brandende haard. Miss Marple haalde twee mooie oude kristallen glazen uit een hoekkast te voorschijn en een fles uit een andere kast. 'Jij krijgt vanavond geen koffie, Elspeth,' kondigde zij aan. 'Je bent veel te opgewonden – en dat is geen wonder – en anders slaap je niet. Ik geef je een glas van mijn eigengemaakte likeur en daarna, misschien, een kop warme kamillethee.'

Mrs. McGillicuddy aanvaardde deze regeling. 'Jane,' zei ze, met smaak een teugje van de likeur drinkend, 'jij denkt toch hoop ik niet dat ik heb zitten dromen of hallucinaties heb gehad?'

'Geen sprake van!' gaf Miss Marple vol overtuiging ten antwoord.

Mrs. McGillicuddy slaakte een zucht van verlichting. 'Zie je, die conducteur in de trein dacht dat namelijk. De man bleef heel beleefd, maar niettemin...'

'Ik vind, Elspeth, dat dit in de gegeven omstandigheden heel verklaarbaar is. Wat je hem hebt verteld, klonk, en wás ook inderdaad, hoogst onwaarschijnlijk. Bovendien kende de man jou helemaal niet. Nee, ik voor mij twijfel er geen ogenblik aan dat je álles gezien hebt waarvan je me hebt verteld dát je het gezien hebt. Het is alles heel ongewoon – maar helemaal niet onmogelijk. Ik herinner me dat ikzelf eens met belangstelling heb zitten kijken naar een trein die gelijk met de mijne op reed, omdat ik zo'n levendig en vertrouwelijk toneeltje zag in een paar coupés vlak naast me. Een klein meisje zat daar met een teddybeer te spelen, die ze opeens naar een dikke meneer gooide, die in een hoekje zat te slapen. De man sprong boos overeind en keek hoogst verontwaardigd naar alle andere reizigers, die er alleen maar pret om hadden. Ik zou naderhand precies hebben kunnen beschrijven hoe ze er allemaal uitzagen en wat ze aanhadden.'

Mrs. McGillicuddy knikte haar dankbaar toe. 'Zo is het mij óók precies vergaan!'

'De man stond met zijn rug naar je toe, zei je. Heb je dus niets van zijn gezicht kunnen zien?'

'Nee.'

'Maar de vrouw dan, kun je van haar een signalement geven? Jong, oud?'

'Tamelijk jong. Tussen de dertig en vijfendertig zou ik denken.'

'Knap?'

'Dat zou ik niet kunnen zeggen. Haar gezicht, dat begrijp je, was afschuwelijk verwrongen en...'

Vlug zei Miss Marple: 'Ja, ja, ik begrijp het volkomen. Hoe was ze gekleed?'

'Ze droeg een bontmantel van een lichte kleur bont. Geen hoed. Ze had blond haar.'

'Maar was er niet iets opvallends aan de man te zien?'

Mrs. McGillicuddy dacht even goed na voor zij hierop antwoord gaf. 'Hij was tamelijk lang – en donker, zou ik denken. Hij had een dikke jas aan, zodat ik zijn lichaamsbouw niet goed kon beoordelen.' Mismoedig liet ze erop volgen: 'Het is niet veel om je op weg te helpen.'

'Het is in ieder geval wát,' was Miss Marples oordeel. Zij wachtte even voordat ze vroeg: 'Je bent er wél van overtuigd dat die vrouw werkelijk... dóód was?'

'Daarvan ben ik overtuigd. Haar tong hing uit haar mond en... Ik zou er liever niet meer over praten...'

'Natuurlijk niet. Natuurlijk niet,' sprak Miss Marple sussend. 'We zullen er morgenochtend wel méér over horen, vermoed ik.'

'Morgenochtend?'

'Ik veronderstel dat we er in de krant wel wat over zullen lezen. Toen die man haar gedood had, heeft hij zijn slachtoffer toch ergens moeten laten? Wat zou hij dan doen? Vermoedelijk is hij bij het eerstvolgende station uitgestapt – à propos, kun je je herinneren of het een wagon met een zijgang geweest is?'

'Nee, zonder zijgang!'

'Dan was het dus waarschijnlijk een stoptrein, geen sneltrein. Hij zal dus stellig in Brackhampton hebben gestopt. Laten we aannemen dat hij daar is uitgestapt en wellicht het slachtoffer in een hoek van de coupé heeft achtergelaten, met het gezicht verborgen in haar bontkraag, om ontdekking te voorkomen. Ja – het lijkt me heel waarschijnlijk dat het zó gegaan is. Maar het duurt natuurlijk niet lang of zoiets wordt ontdekt. En dan zul je zo goed als zeker het bericht dat er een vrouw vermoord in de trein gevonden is, in de ochtendkranten lezen. Enfin, dat zullen we dan wel zien.'

2

Maar er stond niets over in het ochtendblad. Miss Marple en Mrs. McGillicuddy hadden er zich allebei van overtuigd en deden er aan het ontbijt verder het zwijgen toe. Gewoonlijk was dat een tijdverdrijf dat hen geheel in beslag nam, maar vandaag waren zij er niet van harte bij. Miss Marple vestigde weliswaar de aandacht op een paar zeldzame planten die zij voor haar rotstuin had aangeschaft, maar deed dat bijna afwezig. En Mrs. McGillicuddy ging, tegen haar gewoonte in, niet in de tegenaanval met een lijst van háár recente aanwinsten.

'De tuin ziet er niet uit zoals zou moeten,' zei Miss Marple, nog altijd afwezig. 'Dokter Haydock heeft me ten strengste verboden nog te bukken of te knielen – en wat kun je nu doen als je niet bukt of knielt? Ik heb natuurlijk die oude Edwards wel, maar die is zo bevooroordeeld. Als ze te veel klusjes doen, krijgen ze slechte gewoonten. Ze drinken heel veel thee en rommelen maar wat aan – echt gewerkt wordt er niet.'

'O, dat weet ik,' zei Mrs. McGillicuddy. 'Natuurlijk is het mij absoluut niet verboden te bukken, maar toch... en dan vooral na een maaltijd... Ik ben wat zwaarder geworden.' Ze keek naar haar goedgevulde proporties. 'Je krijgt er last van maagzuur van.'

Er volgde een stilte. Toen bleef Mrs. McGillicuddy staan, zette haar voeten stevig neer en wendde zich tot haar vriendin.

'En?' zei ze.

Het was een onbeduidend woordje, dat echter betekenis kreeg door de toon waarop het werd uitgesproken. Miss Marple begreep terstond die betekenis. 'Ik weet het,' luidde haar antwoord.

De dames keken elkaar aan. 'Ik geloof,' ging Miss Marple voort, 'dat we het beste doen met naar het politiebureau te wandelen en daar met brigadier Cornish te gaan praten. Hij is een intelligente en geduldige man. Ik ken hem goed en hij kent mij. Ik geloof vast dat hij naar ons zal luisteren en onze mededelingen zal doorgeven aan de bevoegde instantie.'

En zo zaten Miss Marple en Mrs. McGillicuddy drie kwartier later te praten met een ernstige man, met een fris, blozend gezicht, tussen de dertig en veertig, die aandachtig luisterde naar wat zij hem te vertellen hadden.

Frank Cornish had Miss Marple hartelijk, en zelfs eerbiedig, begroet. Hij bood de dames een stoel aan en vroeg: 'Waarmee kan ik u van dienst zijn, Miss Marple?' Waarop zij antwoordde: 'Ik wilde graag dat u luisterde naar wat Mrs. McGillicuddy u te vertellen heeft.'

En brigadier Cornish hád zitten luisteren. Aan het slot van het relaas bleef hij enkele ogenblikken zwijgend zitten. Daarna zei hij: 'Dit is een héél ongewone geschiedenis.' Zijn ogen hadden Mrs. McGillicuddy ongemerkt terdege opgenomen, terwijl zij haar verhaal had zitten doen.

Over het algemeen had hij een zeer gunstige indruk gekregen. Een verstandige vrouw, die een duidelijk verslag kon uitbrengen; voor zover hij kon oordelen geen dame met een te grote fantasie of een neiging tot hysterie. Bovendien bleek Miss Marple in de juistheid van het verhaal van haar vriendin te geloven en Miss Marple kende hij goed. Trouwens, iedereen in St. Mary Mead kende Miss Marple; uiterlijk leek ze lief en wat verward, maar haar geest was vlijmscherp.

Hij schraapte zijn keel en zei: 'U kunt zich natuurlijk hebben vergist... let wel, ik zeg niet dat u zich vergist hébt, maar dat u zich kúnt hebben vergist. Er plegen heel wat ruwe grappen te worden uitgehaald... dit geval is misschien niet ernstig of dodelijk geweest.'

'Ik weet wat ik gezien heb,' zei Mrs. McGillicuddy zeer beslist.

En daar wijkt ze geen haarbreed van af, dacht Frank Cornish bij zichzelf. Ze kan trouwens gelijk hebben, of het nu waarschijnlijk is of niet. Hardop zei hij: 'U hebt het aan de spoorwegautoriteiten gerapporteerd en aan mij. Dat is de juiste manier van doen en u kunt ervan verzekerd zijn dat ik de nodige inlichtingen zal laten inwinnen.'

Hij zweeg. Miss Marple knikte langzaam en voldaan. Mrs. McGillicuddy was nog niet helemaal tevredengesteld, al zei zij het niet. Brigadier Cornish richtte zich tot Miss Marple. 'Gesteld dat de feiten zich hebben toegedragen zoals ze ons zijn gerapporteerd,' zei hij, 'wat denkt u dan dat er met het slachtoffer is gebeurd?'

'Ik zie maar twee mogelijkheden,' gaf Miss Marple vlot ten antwoord. 'De meest voor de hand liggende is dat het slachtoffer eenvoudig in de trein is achtergelaten. Maar dat lijkt me nu onwaarschijnlijk, want dan zou het later op de avond door een andere reiziger of door iemand van het spoorwegpersoneel moeten zijn gevonden.'

Frank Cornish knikte.

'De enige andere oplossing die de moordenaar ten dienste stond, was het stoffelijk overschot uit de trein op de spoorbaan te werpen. Dan ligt het vermoedelijk nog ergens onontdekt op de lijn... hoewel dat me óók niet waarschijnlijk voorkomt. Maar andere mogelijkheden zie ik werkelijk niet.'

'Vroeger las je wel van een lijk in een koffer,' zei Mrs. McGillicuddy, 'maar tegenwoordig gaat iedereen met een handkoffertje op reis, en daar kun je geen lijk in stoppen.'

'Zo is het,' antwoordde Cornish. 'Ik ben het volkomen met u beiden eens. Het lijk moet, als er tenminste een lijk is, al zijn gevonden of binnenkort worden ontdekt. Ik zal u van de gang van zaken op de hoogte houden... hoewel – ik denk dat u het wel in de krant zult lezen. Maar er bestaat altijd nog de mogelijkheid, natuurlijk, dat de vrouw – hoe ernstig ze ook was toegetakeld – toch niet dood was. Misschien is ze nog in staat gebleken op eigen kracht uit te stappen.'

'Zonder assistentie lijkt me dat niet waarschijnlijk,' was Miss Marples mening. 'En dan kan ook dat niet onopgemerkt zijn gebleven. Een man die een vrouw ondersteunde en beweerde dat ze ziek was.'

'Nee, zoiets blijft niet onopgemerkt,' bevestigde Cornish. 'Ook niet dat een vrouw bewusteloos of ziek in de trein werd aangetroffen en naar een ziekenhuis is gebracht. Ik geloof dat u er haast wel op kunt rekenen dat u er binnenkort meer van horen zult.'

Maar die dag verstreek en ook de volgende. 's Avonds echter ontving Miss Marple een briefje van brigadier Cornish.

'Inzake de aangelegenheid waarover u mij hebt geraadpleegd, is een uitvoerig onderzoek ingesteld, zonder enig resultaat. Er is nergens een vrouw gevonden of opgenomen in een ziekenhuis die aan het signalement beantwoordt. Niemand heeft een vrouw gezien die leed aan een shock of onwel geraakt is of, ondersteund door een man, een station heeft verlaten. U kunt gerust aannemen dat het een diepgaand onderzoek is geweest. Ik veronderstel dat uw vriendin getuige is geweest van een tafereel zoals zij dat beschreven heeft, maar dat alles minder noodlottig afgelopen is dan zij dacht.'

3

'Minder noodlottig? Lariekoek! Het was móórd!' sprak Mrs. McGillicuddy. Zij keek Miss Marple, die haar oplettend gadesloeg, daarbij uitdagend aan.

'Ga je gang, Jane!' vervolgde Mrs. McGillicuddy. 'Zeg dat het een vergissing is geweest. Dat ik me het hele geval heb verbeeld! Dat denk je nou zeker, of niet soms?'

'Iedereen kan zich vergissen,' wees Miss Marple haar vriendelijk terecht. 'Iedereen, Elspeth, zelfs jij. Ik vind dat we dat nóóit uit het oog moeten verliezen. Maar toch geloof ik, weet je, dat je je in dit geval niet hebt vergist. Je hebt een leesbril nodig, maar in de verte zie je uitstekend – en wat je gezien hebt, heeft een ontzettende indruk op je gemaakt. Je verkeerde bepaald in een shocktoestand toen je hier aankwam.'

'Het is iets dat ik nooit zal kunnen vergeten,' verzekerde Mrs. McGillicuddy rillend. 'Het ellendige is dat ik geen mogelijkheid zie om er wat aan te doen!'

'Ik geloof ook niet,' merkte Miss Marple nadenkend op, 'dat er iets is dat jij nog zou kunnen doen.' Als Mrs. McGillicuddy goed op de intonatie van de stem van haar vriendin had gelet, zou ze misschien de lichte nadruk hebben bespeurd die het woordje *jij* hierbij gekregen had. 'Je hebt verslag uitgebracht van wat je hebt gezien, aan de spoorwegmensen en aan de politie. Nee, er valt voor jou verder niets te doen.'

'Dat is in elk geval een troost,' verklaarde Mrs. McGillicuddy, 'want zoals je weet ga ik meteen na de kerstdagen naar Ceylon om bij Roderick te logeren, en dat wil ik beslist niet uitstellen – daarop heb ik me al zo lang verheugd. Hoewel ik dat bezoek natuurlijk zou uitstellen, als ik dat mijn plicht achtte,' voegde zij er, consciëntieus als altijd, aan toe.

'Daar ben ik zeker van, Elspeth. Maar zoals ik al zei, vind ik dat jij al wat mogelijk was, gedaan hebt.'

'Het hangt nu helemaal van de politie af,' was Mrs. McGillicuddy's mening. 'Maar als die niet slimmer is...'

Hier schudde Miss Marple nadrukkelijk haar hoofd. 'O, nee, de politie is heus niet dom. Maar dat maakt dit geval juist zo interessant, vind je niet?'

Mrs. McGillicuddy keek haar niet-begrijpend aan. Miss Marple vond zich gesterkt in haar oordeel dat haar vriendin er voortreffelijke principes maar geen verbeeldingskracht op na hield.

'Je zou zo graag willen weten wat er precies gebeurd is,' zei Miss Marple.

'Die vrouw is vermoord!'

'Ja, maar door wie en waarom? En wat is er daarna met het stoffelijk overschot gebeurd? Waar bevindt zich dat nu?'

'Het is nu juist de taak van de politie om dáárachter te komen.'

'Precies... maar zij zijn er niet achter gekomen. Dat betekent, nietwaar, dat de dader slim was... zeer slim. Ik heb namelijk niet het flauwste idee, moet je weten,' hierbij trok zij haar wenkbrauwen samen, 'hoe hij dat lijk heeft weggewerkt... Je kunt een vrouw in een aanval van drift vermoorden, en onvoorbereid, want je zou 't toch nooit met opzet in dergelijke omstandigheden doen, net enkele minuten voordat je een groot station binnenrijdt. Nee, het moet tijdens een ruzie gebeurd zijn, uit jaloezie of iets van die aard. Je wurgt haar, nu, en dan zit je ermee. Wat kun je ánders doen, zoals ik al zei, dan het dode slachtoffer in een hoek op de bank zetten, haar gezicht verbergen, net of ze zit te slapen, en dan zelf maar zo vlug mogelijk uitstappen? Ik zie werkelijk geen andere mogelijkheid, maar toch moet die er zijn geweest...'

Miss Marple verzonk in gedachten, zodat Mrs. McGillicuddy iets twee keer moest zeggen voor ze antwoord kreeg. 'Je wordt doof, Jane!'

'Een heel klein beetje, misschien. Tegenwoordig articuleren de mensen ook niet meer zo duidelijk als vroeger. Maar ik luisterde niet, neem me dat maar niet kwalijk.'

'Ik vroeg je over de treinen naar Londen, morgen. Vind je 's middags goed? Ik ga naar Margaret en die verwacht me niet vóór de thee.'

'Zeg eens eerlijk, Elspeth, of je er bezwaar tegen hebt met de trein van 12 uur 15 te gaan? Dan lunchen we wat vroeger.'

'Best, maar...' Maar Miss Marple liet haar vriendin niet uitspreken, en vervolgde: 'En zou Margaret het erg vinden als je niet bij haar kwam theedrinken? Als je bijvoorbeeld tegen zevenen bij haar kwam?'

Mrs. McGillicuddy keek haar vriendin nieuwsgierig aan. 'Wat ben je van plan, Jane?'

'Ik stel voor, Elspeth, dat ik met je meerijd naar Londen en dat we dan samen naar Brackhampton terugrijden in dezelfde trein als jij laatst genomen hebt. Jij kunt dan vandaar naar Londen teruggaan en ik kan net zo naar huis gaan als jij dat gedaan hebt. Natuurlijk zou ik je reis betalen!' Op dit laatste legde Miss Marple de nodige nadruk.

De financiële kant van de zaak leek Mrs. McGillicuddy niet te interesseren.

'Wat verwacht je dan in 's hemelsnaam, Jane? Een tweede moord?'

'Welnee!' zei Miss Marple gechoqueerd. 'Maar ik zeg je eerlijk dat ik zelf graag eens, met jou erbij, het "terrein" van de misdaad wil zien!'

Dienovereenkomstig zaten Miss Marple en Mrs. McGillicuddy de volgende dag in een hoekje van een eersteklascoupé tegenover elkaar, in de trein van 16 uur 50 van Paddington Station. Het was daar alweer veel drukker geweest dan op de vrijdag tevoren – want nu was het over twee dagen al Kerstmis, maar de trein van 16 uur 50 bleef toch betrekkelijk rustig, tenminste het achterste deel.

Bij deze gelegenheid kwam hun geen andere trein achterop die een tijdlang naast hen bleef rijden. Wel vlogen er twee sneltreinen voorbij die in dezelfde richting reden als zij. Zo nu en dan keek Mrs. McGillicuddy vol twijfel op haar horloge.

'Het is moeilijk te zeggen wanneer het precies gebeurd is – ik weet wel dat we net een station voorbij waren...' Maar zij reden voortdurend stations voorbij.

'Nou zijn we over vijf minuten in Brackhampton,' verklaarde Miss Marple.

Toen verscheen er een conducteur in de deuropening. Miss Marple keek met een vragende blik op, maar Mrs. McGillicuddy schudde haar hoofd. Het was niet dezelfde conducteur. Hij knipte hun kaartjes en ging verder. Hij wankelde even doordat de trein een grote bocht maakte en daarbij vaart minderde.

'Ik vermoed dat we hier Brackhampton al krijgen,' zei Mrs. McGillicuddy.

‘Ik denk dat dit de buitenwijken zijn,’ verklaarde Miss Marple.

Lichtjes schoten voorbij, gebouwen, en zo nu en dan een flits van straten en trams. De snelheid werd nog geringer. Zij reden over wissels heen.

‘Nu zijn we er dadelijk,’ verzekerde Mrs. McGillicuddy, ‘en ik zie niet in dat deze reis ook maar érgens goed voor is geweest. Ben jij er iets wijzer van geworden, Jane?’

‘Ik geloof van niet,’ klonk het enigszins twijfelachtig.

‘Het is zonde van ’t geld,’ sprak Mrs. McGillicuddy, met iets minder afkeuring dan wanneer ze het zelf zou hebben betaald. Miss Marple had op dit punt namelijk voet bij stuk gehouden.

‘Hoe dan ook,’ zei Miss Marple, ‘je wilt met je eigen ogen weleens zien waar iets gebeurd is. De trein is vandaag een paar minuten te laat. Was dat vrijdag ook het geval?’

‘Ik geloof van wel. Maar ik heb er niet speciaal op gelet.’

Langzaam reed de trein het overvolle station van Brackhampton binnen. De luidspreker deed weer van zich horen, portieren gingen open en sloegen dicht, mensen stapten in en uit en verdrongen zich in beide richtingen op het perron. Het was een geweldig gedrang.

Wat makkelijk, dacht Miss Marple, voor een moordenaar in die menigte onder te duiken, het station uit te komen tussen die massa mensen of zelfs een andere coupé uit te kiezen en met dezelfde trein naar zijn uiteindelijke bestemming door te rijden. Maar helemaal niet makkelijk om een stoffelijk overschot zo maar te verdonkeremanen. Dat lijk moet érgens gebleven zijn!

Mrs. McGillicuddy was uitgestapt. Ze stond nu op het perron door het open raampje te praten. ‘Pas goed op jezelf, Jane,’ bemoederde ze. ‘Vat geen kou. Het is verraderlijk weer in deze tijd van het jaar, en je bent niet meer zo piepjong.’

‘Dat weet ik,’ beaamde Miss Marple.

‘En laten we nu maar niet verder over de zaak tobben. Wij hebben gedaan wat we konden.’

Miss Marple knikte en zei: ‘Blijf daar nu maar niet in de

kou staan, Elspeth. Anders vat jij nog kou. Ga een kop lekkere warme thee drinken in de restauratie. Je hebt er alle tijd voor. Je trein gaat pas over twaalf minuten.'

'Ja, ik geloof dat ik dat maar moest doen. Dag, Jane!'

'Dag, Elspeth. Prettige kerstdagen. Ik hoop dat Margaret het goed maakt. Veel genoegen op Ceylon en doe die beste Roderick mijn hartelijke groeten... als hij nog weet wie ik ben, wat ik betwijfel.'

'Natuurlijk weet hij dat nog, heel goed zelfs. Toen hij nog op school zat, heb jij hem op de een of andere manier geholpen – het had iets te maken met geld dat uit een afsluitbaar kastje werd ontvreemd – en dat is hij nooit vergeten.'

'O, dat,' zei Miss Marple.

Mrs. McGillicuddy draaide zich om, er werd gefloten, de trein zette zich in beweging. Miss Marple zag de stevige, gezette figuur van haar vriendin verdwijnen. Elspeth kon met een gerust geweten op reis gaan naar Ceylon. Zij had haar plicht gedaan.

Miss Marple ging niet achteroverleunen, toen de trein zijn snelheid verhoogde. Ze bleef rechtop zitten, in gedachten verdiept. Zij mocht zich dan weleens verward en onduidelijk uitdrukken, maar haar geest was helder en vlijmscherp. Zij zat met een probleem: wát haar in de eerstkomende dagen te doen stond. Het was misschien vreemd, maar net als Mrs. McGillicuddy had zij het gevoel dat zij hier een plicht had te vervullen. Haar vriendin had niets meer kunnen doen dan ze al had gedaan. Maar het was soms een kwestie van je bijzondere gaven gebruiken, hoe verwaand dat wellicht ook klonk... Want wat kon ze per slot van rekening doen? Ze dacht aan wat haar vriendin daarnet had gezegd: 'Je bent niet meer zo piepjong...'

Volkomen nuchter, zoals een veldheer zijn plan de campagne uitzet of een accountant de balans van een bedrijf opmaakt, overwoog Miss Marple alle aspecten die voor en tegen het ondernemen van verdere stappen pleitten. Aan de creditzijde zag zij:

1. Mijn lange levenservaring en mijn mensenkennis.
2. Sir Henry Clithering en zijn petekind (tegenwoordig, ge-

loof ik, verbonden aan Scotland Yard), die me zo aardig hebben geholpen bij die zaak van Little Paddocks.
3. Mijn neef Raymonds tweede zoon, David, die – dat weet ik bijna zeker – bij de Spoorwegen werkt.
4. Leonard, die jongen van Griselda, die zoveel verstand heeft van kaarten.

Miss Marple bekeek die punten nog eens goed en hechtte er haar goedkeuring aan. Ze waren ook allemaal wel nodig om een tegenwicht te vormen voor de debetzijde, waarop in het bijzonder haar eigen lichamelijke zwakheid meetelde. Daardoor, overdacht Miss Marple, kan ik niet zelf overal heen gaan om informatie in te winnen en dingen aan de weet te komen.

Al genoot ze voor haar leeftijd een goede gezondheid, toch was ze oud. Nu dokter Haydock haar ten strengste had verboden in de tuin te werken, bestond er niet veel kans dat hij haar zou toestaan een moordenaar op te sporen. Want dat was het plannetje dat ze zich in het hoofd had gezet en dat was een achterdeurtje waar ze gebruik van zou kunnen maken. Want tot nu toe waren moorden haar als het ware opgedrongen, maar in dit geval zou ze er bewust zélf naar op zoek gaan. En ze was er niet zeker van dat ze dat wilde... Ze was oud – oud en vermoeid. Op dit moment, aan 't eind van een vermoeiende dag, zag ze er erg tegen op wélk plannetje dan ook ten uitvoer te brengen. Het liefst zat ze nu maar thuis bij de haard, met een lekker hapje voor 't avondeten, om daarna vroeg naar bed te gaan en rustig de volgende dag wat rond te scharrelen en hier en daar in de tuin wat te snoeien, zonder zich te bukken of in te spannen...

'Ik ben te oud voor nieuwe avonturen,' zei Miss Marple in zichzelf, verstrooid uit het raampje kijkend naar de gebogen lijn van een spoordijk...

Een bocht...

Heel vaag kwam er in haar gedachten iets tot leven... Vlak nadat de conducteur hun kaartje had geknipt...

Dat deed haar opeens een héél nieuw denkbeeld aan de hand. Alleen maar een denkbeeld. Een totaal ander denkbeeld...

Een roze blosje kleurde Miss Marples wangen. Opeens voelde zij geen vermoeidheid meer! 'Morgenochtend zal ik David een briefje schrijven,' zei ze bij zichzelf.

En tegelijkertijd schoot haar een andere belangrijke creditpost in de gedachten. 'Natuurlijk! Mijn trouwe Florence!'

2

Miss Marple stelde haar plan de campagne systematisch op. Zij hield daarbij terdege rekening met het feit dat de kersttijd beslist een vertragende factor vormde.

Zij schreef aan haar achterneef David West een kerstgroet, waaraan zij een dringend verzoek om inlichtingen vastknoopte. Het trof heel gunstig dat zij, evenals vorige jaren, met Kerstmis te eten werd genodigd in de pastorie, waar ze gelegenheid kreeg de jonge Leonard, die met kerstvakantie thuis was, aan te schieten in verband met kaarten.

Leonard was een verwoed landkaartenverzamelaar. Het wekte niet eens zijn nieuwsgierigheid toen zij hem vroeg naar een op grote schaal getekende kaart van een bepaald gedeelte van het land. Hij hield een heel verhaal over landkaarten in het algemeen en schreef precies voor haar op wat het beste aan haar wensen zou beantwoorden. Uiteindelijk deed hij nog wat beters. Hij kwam tot de ontdekking dat hijzelf een exemplaar van die kaart in zijn verzameling had en gaf haar die te leen. Miss Marple beloofde dat ze er heel goed op zou passen en hem na gebruik zou terugbrengen.

3

'Landkaarten?' sprak Griselda, zijn moeder, die weliswaar een volwassen zoon had, maar er merkwaardig jong en blozend uitzag voor iemand die een oude, haveloze pastorie bewoonde. 'Wat moet zij met landkaarten? Ik bedoel, waar heeft ze die voor nodig?'

'Dat weet ik niet,' gaf haar zoon Leonard ten antwoord, 'dat heeft ze me niet precies gezegd.'

'Ik zou 't weleens willen weten...' zei Griselda. 'Het lijkt me verdacht... Op haar leeftijd moest het lieve mens zulke dingen niet meer uithalen.'

Leonard vroeg wat voor dingen, maar Griselda gaf een ontwijkend antwoord. 'Och, haar neus in andermans zaken steken. Waarvoor had ze nou zo'n kaart nodig, dat zou ik weleens willen weten.'

Na enige tijd kreeg Miss Marple antwoord van haar achterneef David West, die heel hartelijk schreef:

'Lieve tante Jane. Wat bent u eigenlijk van plan? Ik heb de gevraagde inlichtingen gekregen. Er zijn slechts twee treinen die eventueel in aanmerking komen – die van 16 uur 33 en die van 17 uur. De eerste is een stoptrein, die in Haling Broadway, Barwell Heath, Brackhampton en verdere stations tot Market Basing stopt. Die van 17 uur is de sneltrein naar Cardiff, Newport en Swansea. De eerste zou ergens kunnen worden ingehaald door de trein van 16 uur 50, hoewel hij vijf minuten eerder in Brackhampton hoort aan te komen, en de laatste passeert die van 16 uur 50 even vóór Brackhampton.

Ruik ik in dit alles een dorpsschandaaltje, sappig en wel? Hebt u bijgeval, nadat u aan het winkelen was geweest, in de voorbijrijdende trein de burgemeestersvrouw betrapt, op 't moment dat de inspecteur voor de volksgezondheid haar omhelsde? Maar wat doet het er dan toe in welke trein dat gebeurde? Een weekeinde in Porthcawl misschien? Hartelijk dank voor de pullover. Precies wat ik hebben wou.

Hoe staat 't met uw tuin? Er valt niet veel te doen in deze tijd van het jaar, denk ik zo.

Voor altijd de uwe,

DAVID.'

Een lachje krulde Miss Marples lippen, terwijl zij haar gedachten liet gaan over de aldus verkregen inlichting. Mrs.

McGillicuddy had zeer beslist gezegd dat de wagens geen zijgang hadden. Het was dus niet de sneltrein naar Swansea geweest. Dan bleef alleen de trein van 16 uur 33 over.

Ze moest nog een keer op reis. Miss Marple zuchtte eens, maar trof de noodzakelijke voorbereidingen.

Ze ging weer met de trein van 12 uur 15 naar Londen, maar nam dit keer niet de trein van 16 uur 50 terug, maar die van 16 uur 33 naar Brackhampton. De reis leverde niets bijzonders op. Wel noteerde zij enkele bijzonderheden.

Het was geen drukke trein, omdat het vertrekuur voor het spitsuur viel. Er zat in de eerste klas maar één enkele oude heer, die de *New Statesman* las. Miss Marple had een coupé helemaal voor zich alleen. Bij de twee haltes, in Haling Broadway en Barwell Heath, hing zij uit het raampje om te kijken wat voor reizigers in- en uitstapten. In Haling Broadway stapten een paar derdeklasreizigers in. In Barwell Heath stapten verscheidene derdeklasreizigers uit. In de eerste klas stapte geen mens in. De oude heer met de *New Statesman* onder zijn arm was de enige die uitstapte.

Toen haar trein Brackhampton naderde en de lijn een bocht maakte, stond Miss Marple op. Bij wijze van experiment ging zij met haar rug naar het raampje staan, waarvoor zij het gordijntje had neergelaten.

Ja, besloot ze, je kreeg een duw, doordat de lijn opeens een bocht maakte en de trein vaart minderde. Daardoor kon je makkelijk je evenwicht verliezen en in aanraking komen met het raampje, waardoor het gordijntje vrijwel zeker omhoog zou vliegen. Zij keek naar buiten in het donker. Het was iets lichter dan toen Mrs. McGillicuddy dezelfde reis had gemaakt, maar toch kon ze niets zien. Daarvoor zou ze overdag hetzelfde traject nog eens moeten afleggen.

De volgende dag nam ze 's ochtends een vroege trein, kocht vier linnen slopen (och, och, wat 'n geld!) teneinde haar speurtocht te combineren met enkele noodzakelijke inkopen, en keerde terug met de trein die om 12 uur 15 uit Paddington Station vertrekt.

Weer zat ze heel alleen in een eersteklascoupé. Dat komt

door al die belastingen, overdacht Miss Marple. Natuurlijk, dát is 't. Geen mens kan tegenwoordig meer eerste klas reizen, alleen zakenlui op de spitsuren. Ik denk dat die dat op hun onkostenrekening kunnen zetten.

Zo ongeveer een kwartier voordat ze in Brackhampton moesten aankomen, haalde Miss Marple de kaart te voorschijn die ze van Leonard gekregen had en begon het landschap te bestuderen. Zij had de kaart tevoren reeds nauwkeurig bekeken, en toen ze de naam van het station gelezen had dat ze voorbijreden, kon ze zich dadelijk oriënteren op het moment dat de trein vaart ging minderen voor de bocht. Het was werkelijk een flinke bocht.

Miss Marple drukte haar neus tegen het raampje, sloeg het terrein beneden zich nauwkeurig gade (de trein reed hier over een tamelijk hoge spoordijk) en verdeelde haar aandacht verder tussen het landschap en de kaart in haar handen, totdat de trein ten slotte Brackhampton binnenreed.

Die avond zond ze een brief aan miss Florence Hill, Madison Road 4, Brackhampton. De volgende ochtend ging zij naar de openbare leeszaal en raadpleegde er het adresboek van Brackhampton en een *Geschiedenis van het graafschap*.

Tot nu toe was niets in tegenspraak geweest met het vage denkbeeld dat haar plotseling voor de geest was gekomen. De voorstelling die zij zich had gevormd, was mogelijk. Verder wilde zij nu niet gaan.

De volgende stap vergde echter handelend optreden – een optreden waartoe zij lichamelijk onmogelijk in staat was. Wanneer de juistheid of onjuistheid van haar theorie moest worden bewezen, zou zij de hulp van anderen moeten inroepen. De vraag was – van wie?

Miss Marple liet verscheidene namen de revue passeren, maar verwierp alle met een ongeduldige hoofdbeweging. De werkelijk intelligente mensen, op wie ze zou kunnen vertrouwen, waren allemaal te druk bezet. Niet alleen dat ze meer of minder belangrijke functies bekleedden, maar ook hun vrije uren waren meestal reeds lang van tevoren ingedeeld. De minder intelligente kwamen niet in aanmerking.

Zij zat na te denken met toenemende ergernis en verslagenheid. Toen klaarde haar gezicht plotseling op. Zij noemde hardop een naam.

'Natuurlijk!' riep Miss Marple uit. 'Lucy Eyelesbarrow!!'

4

De naam van Lucy Eyelesbarrow had in bepaalde kringen al een bekende klank. Lucy Eyelesbarrow was tweeëndertig. Zij had in Oxford met lof haar wiskundediploma's gehaald en werd door zeer velen erkend als een briljante vrouw. Men verwachtte algemeen dat zij een wetenschappelijke loopbaan zou kiezen.

Maar Lucy Eyelesbarrow beschikte niet alleen over een briljante intelligentie, maar ook over een behoorlijke dosis nuchter, gezond verstand. Het was haar allerminst ontgaan dat wetenschappelijk werk uitzonderlijk slecht wordt betaald. Zij voelde zich volstrekt niet tot een docentschap aangetrokken en zij vond het bepaald prettig in aanraking te komen met minder briljante geesten dan de hare. Om kort te gaan: ze hield van mensen, van allerlei slag – als het maar niet altijd dezelfde mensen waren. Ook kwam ze er rond voor uit dat ze op geld gesteld was. En om geld te verdienen moest je een zekere schaarste weten te exploiteren.

Lucy Eyelesbarrow ontdekte direct een zeer ernstige schaarste – de schaarste aan iedere soort goed geschoold huispersoneel. Tot verbazing van al haar vrienden en wetenschappelijke collega's koos Lucy Eyelesbarrow een huishoudelijke loopbaan.

Haar succes was terstond verzekerd. Binnen enkele jaren had ze een gevestigde reputatie. Het was nu heel gewoon geworden dat vrouwen opgewekt tegen hun mannen zeiden: 'O, dat komt wel in orde. Ik kan bést met je mee naar Amerika! Ik heb Lucy Eyelesbarrow kunnen krijgen!' Haar naam was een begrip geworden.

De grote verdienste van Lucy Eyelesbarrow lag hierin,

dat zodra zij ergens in huis kwam, alle zorgen, onrust en gezwoeg de deur uit vlogen. Lucy Eyelesbarrow deed alles, zorgde voor alles, wist voor alles een oplossing. Zij was ongelofelijk bekwaam op ieder denkbaar gebied. Zij verzorgde bejaarde echtparen net zo goed als kleine kinderen, verpleegde zieken, kookte verrukkelijk, kon best opschieten met alle mogelijke oude getrouwe dienstboden, zo die er nog waren (meestal waren ze er niet!), wist met de onmogelijkste mensen om te springen, aan drank verslaafden te kalmeren en goede maatjes te blijven met nijdige honden. En het kon haar bovendien helemaal niet schelen wat ze te doen kreeg. Ze schrobde de keukenvloer, spitte de tuin om en sjouwde met kolen.

Een van haar stelregels was: nooit een betrekking voor lange tijd achter elkaar aannemen. Veertien dagen vond zij normaal – een maand kwam ze alleen als er bijzondere redenen voor aanwezig waren. Voor die luttele veertien dagen moest men zich wel blauw betalen! Máár – in die veertien dagen leefde je gewoon in de zevende hemel. Je was zelf zo vrij als een vogel, kon doen en laten wat je wou, op reis gaan, thuisblijven, want je kon er absoluut zeker van zijn dat het huishouden volmaakt op rolletjes liep, dankzij de bedrevenheid van Lucy Eyelesbarrow.

Het lag voor de hand dat er enorme vraag naar haar diensten bestond. Als ze wilde, had ze zich voor de eerstkomende drie jaren kunnen laten bespreken. Belachelijk hoge bedragen waren haar reeds geboden voor het geval ze in vaste dienst wilde blijven. Maar daarvan had Lucy niet willen horen. Ze maakte nooit langer dan een halfjaar tevoren afspraken. En in die periode zorgde zij steeds, zonder dat haar clientèle het wist, voor een paar vrije weken, hetzij voor een korte maar luxueuze vakantie, hetzij voor het aanvaarden van een onverwachte betrekking waarin ze zelf veel plezier had, óf door de aard van het werk óf omdat zij de mensen zelf gaarne mocht lijden.

Aangezien ze precies kon kiezen wat ze hebben wilde, liet zij zich meestal door persoonlijke voorkeur leiden. Geld alléén kon de diensten van Lucy Eyelesbarrow niet kopen. Zij genoot op deze wijze volop van haar leven en vond daarin een voortdurende bron van vermaak.

Lucy Eyelesbarrow las en herlas de brief van Miss Marple. Zij had met de oude dame kennisgemaakt toen haar hulp twee jaar geleden was ingeroepen door de romanschrijver Raymond West, ten behoeve van zijn oude tante, die toen herstellende was van een longontsteking. Lucy had de opdracht aanvaard en was naar St. Mary Mead gekomen. Zij was erg op Miss Marple gesteld geraakt.

Wat Miss Marple aangaat, toen die op een keer vanuit haar slaapkamer had ontdekt dat Lucy Eyelesbarrow werkelijk op de enig juiste manier de grond voor lathyrus aan het omspitten was, had ze zich met een zucht van verlichting weer in de kussens laten vallen. Ze had de lekkere hapjes die Lucy voor haar had klaargemaakt, met smaak opgepeuzeld en blij verrast geluisterd naar het verhaal van haar zeurderige oude dienstbode: 'Ik heb miss Eyelesbarrow een haakpatroon geleerd dat ze nog niet kende! Wat was ze me daar dankbaar voor!' Ze had haar dokter verheugd doen opkijken over haar bijzonder snel herstel.

Miss Marple had nu geschreven of miss Eyelesbarrow een bepaalde taak zou willen uitvoeren – een tamelijk ongewone taak zelfs. Misschien kon miss Eyelesbarrow wel een ontmoeting arrangeren waarbij zij over het geval van gedachten zouden kunnen wisselen.

Eerst had Lucy Eyelesbarrow het voorhoofd gefronst. Zij was werkelijk volgeboekt. Maar de aanduiding 'tamelijk ongewone' en haar herinnering aan de persoon van Miss Marple wonnen het en zij belde Miss Marple onmiddellijk op met de mededeling dat ze onmogelijk helemaal naar St. Mary Mead kon komen, omdat ze op het ogenblik in functie was, maar dat ze de volgende middag tussen twee en vier vrij had, en dat ze Miss Marple dan graag ergens in Londen wilde ontmoeten. Zij stelde haar eigen club voor, omdat die het grote voordeel bood dat er verscheidene donkere schrijfkamertjes waren, waar gewoonlijk niemand zat.

Miss Marple aarzelde geen ogenblik. Zij ging op het voorstel in en de volgende dag vond de ontmoeting plaats.

Na de begroeting bracht Lucy Eyelesbarrow de oude dame naar het donkerste van alle schrijfkamertjes en zei: 'Ik heb op het ogenblik helaas tamelijk veel afspraken lopen, maar misschien wilt u mij eerst eens vertellen wat u precies van mij verlangt.'

'Het is op zich doodeenvoudig,' verzekerde Miss Marple haar. 'Ongewoon, maar eenvoudig. Ik moet een lijk opsporen.'

Een ondeelbaar ogenblik rees bij Lucy het vermoeden dat Miss Marple geestelijk ontspoord was geraakt, maar die gedachte zette zij onmiddellijk opzij. Miss Marple was enorm goed bij. Ze had precies bedoeld wat ze zei.

'Wat voor lijk?' informeerde Lucy Eyelesbarrow met bewonderenswaardige kalmte.

'Van een vrouw,' gaf Miss Marple ten antwoord. 'Van een vrouw die in een trein is vermoord – gewurgd, om het maar dadelijk te zeggen.'

Lucy's wenkbrauwen gingen even omhoog. 'Nu, dat is méér dan ongewoon. Vertelt u mij er eens wat meer van.'

Dat deed Miss Marple. Lucy Eyelesbarrow luisterde zonder haar in de rede te vallen. Aan het eind zei ze: 'Het hangt er dus helemaal van af wat uw vriendin eigenlijk heeft gezien – of denkt dat ze heeft gezien...?'

Daarin lag duidelijk een vraag opgesloten. 'Elspeth McGillicuddy haalt zich geen dingen in haar hoofd,' verklaarde Miss Marple. 'Daarom vertrouw ik onvoorwaardelijk op wat ze mij verteld heeft. Nee, als het Dorothy Cartwright was geweest, dat zou een héél ander geval zijn. Die kan je een pracht van 'n verhaal opdissen, dat ze vaak zelf ook gelooft, want er is meestal wel een tikkeltje waarheid bij, maar ook niet méér dan dat. Maar Elspeth is iemand die moeilijk ertoe te brengen is, te geloven dat er werkelijk iets buitengewoons of abnormaals zou kunnen gebeuren. Zij is even weinig gevoelig voor suggestie als een brok graniet!'

'Juist, ik begrijp het,' sprak Lucy nadenkend. 'Goed, laten we dat aannemen. Maar wat zou ik moeten doen?'

'Ik ben destijds buitengewoon van u onder de indruk gekomen,' verklaarde Miss Marple, 'en weet u, ik beschik tegenwoordig niet meer over voldoende lichaamskracht om er zelf op uit te trekken en van alles te ondernemen.'

'Wilde u dat ik inlichtingen ging inwinnen? Iets van die aard? Maar zou de politie dat al niet hebben gedaan? Of dacht u dat die er niet veel aan gedaan heeft?'

'O, nee,' verklaarde Miss Marple. 'Zij zijn allemaal zeer actief geweest. Het gaat er meer om dat ik een theorie heb over dat spoorloos verdwenen slachtoffer. Het moet ergens gebleven zijn. Het is niet in de trein gevonden, dus moet het uit de trein zijn geworpen, maar het is nergens langs de spoorlijn gevonden. Daarom heb ik hetzelfde traject enige malen afgelegd om te kijken of ik ook ergens een plek vond waar het slachtoffer uit de trein kon zijn geduwd zonder op de spoorbaan terecht te komen. En er wás werkelijk zo'n plek. Voordat men Brackhampton binnenkomt, maakt de lijn een grote bocht, aan de rand van een hoge spoordijk. Als men daar een lijk uit een coupé zou duwen, op het ogenblik dat de trein naar de binnenbocht overhelt, dan geloof ik dat het precies langs de dijk omlaag zou rollen.'

'Maar dan moet het daar toch te vinden zijn geweest?'

'O, stellig. Tenzij het daar is weggehaald... Maar daar zullen we het straks over hebben. Hier hebben we dat punt op de kaart.'

Lucy boog zich over de plaats, door Miss Marple aangewezen. 'Net in de buitenwijken van Brackhampton – daar heb je een oud landgoed, met vrij veel terrein dat nog nagenoeg intact is, maar tegenwoordig helemaal ingesloten door bouwterreinen en nieuwbouwhuisjes. Het landgoed heet Rutherford Hall. Het is in 1884 gebouwd door iemand die Crackenthorpe heette, een rijke fabrikant. Zijn zoon is nu al op leeftijd, maar naar ik hoorde woont hij er nog met een dochter. De spoorlijn loopt met een bocht om de helft van het terrein heen.'

'Maar wat wilde u dat ik daar ging doen?'

Miss Marple had haar antwoord klaar: 'Er in betrekking

gaan! Iedereen zit tegenwoordig te springen om hulp in de huishouding. Ik kan me niet voorstellen dat het u enige moeite zou kosten.'

'Nee, ik ook niet!'

'Ik heb ook gehoord dat die Mr. Crackenthorpe in de omgeving als een gierigaard bekendstaat. Als u dus met een bescheiden salaris genoegen zou moeten nemen, ben ik bereid het ontbrekende aan te vullen en er nog iets extra bij te doen ook!'

'Vanwege de lastige opdracht?'

'Meer vanwege de risico's die eraan verbonden zijn. Het lijkt me juist u te attenderen op de gevaarlijke kant die eraan zit.'

'Ik denk niet,' zei Lucy nadenkend, 'dat de kans op gevaar mij zou kunnen weerhouden.'

'Ik ook niet. Dat is niets voor u!' stemde Miss Marple toe.

'Ik denk dat u eerder van mening bent dat dit het voor mij juist aantrekkelijker maakt? Weet u, ik heb van mijn leven nog maar weinig gevaar gelopen. Maar gelooft u heus dat er enig gevaar aan verbonden zou kunnen zijn?'

'Er is iemand,' betoogde Miss Marple ernstig, 'die met succes een misdrijf heeft gepleegd. Er is niet de minste opschudding gewekt, zelfs geen verdenking uitgesproken. Twee oude dames hebben alleen een mallotig verhaal opgehangen. Op hun aanwijzingen heeft de politie alles zorgvuldig nagegaan, maar hoegenaamd niets kunnen vinden. Alles is voor de dader in kannen en kruiken. En die dader, wie het ook is, zal er niet erg op gesteld zijn dat de zaak wordt opgerakeld.'

'Waarop zou ik in 't bijzonder moeten letten?'

'Op mogelijke aanwijzingen langs de spoordijk, flarden van een kledingstuk, geknakte heesters – dat soort dingen.'

Lucy knikte begrijpend. 'En verder?'

'Ik zorg dat ik dicht in de buurt blijf,' vulde Miss Marple aan. 'Een oude dienstbode van mij, mijn trouwe Florence, woont namelijk in Brackhampton. Ze heeft eerst jarenlang voor haar bejaarde ouders gezorgd. Die zijn overleden en nu heeft zij een pension – alleen nette mensen. Ik kan bij haar een paar kamers krijgen. Zij zal goed voor mij zorgen en ik hecht er veel aan in de omgeving te blijven. Ik zou u daarom willen voorstellen dat u de mensen vertelt dat u een oude tante in de buurt hebt wonen en dat u om die reden een betrekking zoekt die u in staat stelt haar zo nu en dan eens op te zoeken. Bedingt u daarom meteen een paar vrije middagen in de week.'

Lucy knikte andermaal goedkeurend. 'Eigenlijk was ik van plan overmorgen naar Taormina te gaan,' vertelde ze, 'maar die wintervakantie kan gerust wachten. Alleen kan ik u niet meer dan drie weken beloven. Daarna ben ik weer besproken.'

'O, drie weken lijken me ruimschoots voldoende,' verzekerde Miss Marple. 'Als we binnen drie weken niets kunnen vinden, vinden we daarna ook geen spoor meer en dan hoeven we ons verder geen muizenissen in ons hoofd te halen.'

Miss Marple vertrok en Lucy belde, na enig nadenken, een bemiddelingsbureau in Brackhampton op, waarvan ze de directrice goed kende. Ze gaf de wens te kennen in de buurt een betrekking aan te nemen, omdat ze dan dicht bij 'haar tante' kon zijn.

Nadat ze met enige moeite en veel vindingrijkheid verschillende betere betrekkingen had afgewezen, kwam eindelijk ook Rutherford Hall ter sprake.

'Ja, dat lijkt me nu net wat ik hebben wil,' zei Lucy op gedecideerde toon.

Het bemiddelingsbureau belde miss Crackenthorpe op en miss Crackenthorpe stelde zich daarna met Lucy in verbinding.

Twee dagen later vertrok Lucy uit Londen, met bestemming Rutherford Hall.

2

Lucy Eyelesbarrow reed in haar autootje door een paar indrukwekkende, smeedijzeren hekken het landgoed op. Vlak daarachter bevond zich een huisje dat oorspronkelijk een portierswoning was geweest, maar dat nu totaal vervallen scheen. Of dat een gevolg van oorlogsschade was dan wel alleen maar een kwestie van verwaarlozing, viel moeilijk uit te maken. Een lange, kronkelende oprijlaan leidde langs sombere rododendronbosjes tot voor het huis.

Lucy slaakte bijna een kreet van verbazing toen zij zag dat het huis een soort miniatuur van het kasteel van Windsor bleek te zijn. De stenen trapjes naar de voordeur hadden wel een opknapbeurt nodig en het grindpad dat om het huis heen liep, zag groen van het onkruid.

Ze trok aan de ouderwetse, smeedijzeren trekbel en hoorde binnen de zuivere galmtoon weerklinken. Een slonzige vrouw verscheen daarna in de deuropening, veegde haar handen aan haar schort af en nam haar argwanend op.

'U wordt verwacht, niet?' vroeg ze. 'Miss Eyelesbarrow, geloof ik.'

'Juist!' gaf Lucy ten antwoord.

Vanbinnen bleek het huis afschuwelijk koud. Haar gids bracht haar door een hoge, donkere hal naar een deur aan de rechterkant, die zij opendeed. Lucy was enigszins verbaasd een heel aardige huiskamer te zien, bijzonder aantrekkelijk gemeubileerd, met boeken en makkelijke cretonnen stoelen.

'Ik zal even zeggen dat u er bent,' beloofde de vrouw, die, voordat ze de deur achter zich dichtdeed, nog een blik van duidelijk misnoegen op Lucy wierp.

Na enkele minuten ging de deur weer open. Al op het eerste gezicht wist Lucy dat ze Emma Crackenthorpe wel zou mogen. Het was een vrouw van middelbare leeftijd, zonder bepaald kenmerkende eigenschappen; ze was niet knap en niet lelijk, goed gekleed in tweed rok en pullover, ze had zwart haar, dat van haar voorhoofd was weggeborsteld, rustige lichtbruine ogen en een heel melodieuze stem.

Ze zei: 'U bent dus miss Eyelesbarrow?' en stak haar hand uit. Het volgende moment scheen ze even te weifelen. 'Ik vraag me af,' vervolgde zij, 'of dit wel de betrekking is die u eigenlijk zoekt. Ik zoek namelijk geen dame voor de huishouding, moet u weten, maar iemand die zelf de handen uit de mouwen steekt en alle werk doet.'

Lucy zei dat de meeste mensen dat zochten.

Op verontschuldigende toon vervolgde Emma Crackenthorpe: 'De meeste sollicitanten denken dat ze al voldoen aan de eisen als ze een beetje stof afnemen – maar dat kan ik zelf óók wel.'

'Dat begrijp ik,' gaf Lucy ten antwoord. 'Wat u wenst is: eten koken, afwassen, alle huishoudelijke werkzaamheden verrichten en de centrale verwarming stoken. Zeker, dat doe ik allemaal. Ik zie niet op tegen een beetje ruw werk.'

'Het is een heel groot huis en, tot mijn spijt, niet erg gerieflijk. Wij bewonen natuurlijk maar een deel ervan – dat wil zeggen mijn vader en ik. Hij is enigszins hulpbehoevend. Wij leven ook wat teruggetrokken. Er is een Aga-fornuis aanwezig. Ik heb drie broers, maar die komen niet dikwijls thuis. Er zijn twee werkvrouwen: Mrs. Kidder komt iedere ochtend en Mrs. Hart driemaal in de week om het koperwerk te poetsen en zo. Hebt u een eigen auto?'

'Ja. Maar die kan in de openlucht geparkeerd blijven, wanneer er geen garageruimte voor is. Daar is hij aan gewend.'

'O, nee, in onze oude stallen is plaats genoeg. Dat is helemaal geen bezwaar.' Zij fronste even het voorhoofd en vervolgde: 'Eyelesbarrow is niet zo'n algemene naam. Vrienden van ons spraken weleens over Lucy Eyelesbarrow – de Kennedy's, kent u die?'

'Jazeker, ik ben bij hen in North Devon geweest, toen Mrs. Kennedy een kindje verwachtte.'

Er verscheen een lachje om de mond van Emma Crackenthorpe. 'Ze hebben me verteld dat ze nog nooit zo'n heerlijke tijd hebben gehad als toen u bij hen de huishouding hebt gedaan. Maar ik dacht dat u een ontzettend hoog salaris vroeg. Het bedrag dat ik genoemd heb –'

'Zeker, dat is zo,' stemde Lucy toe. 'Maar ik heb toevallig een bijzondere reden om hier in de buurt een betrekking aan te nemen. Ik heb namelijk een oude tante in Brackhampton wonen, die ernstig ziek is geweest, zodat het mij wat waard is in haar onmiddellijke omgeving te werken. Daarom is in dit geval het salaris niet de hoofdzaak. Ik kan mij niet veroorloven niets om handen te hebben. Maar ik zou wel graag een paar vrije middagen willen hebben.'

'Maar natuurlijk! Iedere middag, tot zes uur, wanneer u dat wenst.'

'Dat lijkt me prachtig!'

Miss Crackenthorpe aarzelde nog even voordat ze zei: 'Mijn vader is al op leeftijd en een beetje – lastig soms. Hij is bijzonder zuinig ook en hij flapt er soms dingen uit waarmee hij de mensen tegen zich in 't harnas jaagt. Ik zou niet graag willen...'

Snel kwam Lucy tussenbeide. 'O, ik ben gewend met oude mensen van allerlei slag om te springen,' verzekerde zij. 'Het lukt me altijd goede maatjes met hen te blijven.'

Emma Crackenthorpe keek haar heel opgelucht aan. Lucy's diagnose luidde: Moeilijkheden met haar vader. Dat is vast een lastig heerschap.

Ze kreeg een grote, donkere slaapkamer, waar een elektrisch kacheltje tevergeefs trachtte wat warmte te verspreiden. Vervolgens werd haar het huis getoond, een heel groot, weinig comfortabel ingericht herenhuis. Toen ze door de hal kwamen hoorde ze een stem bulderen:

'Ben jij daar, Emma? Heb je het nieuwe meisje daar? Breng haar boven. Ik wil haar zien.'

Emma kreeg een kleur. Ze keek Lucy met een blik van verontschuldiging aan.

Beide dames verschenen in de kamer van de oude heer. Het vertrek was rijk gestoffeerd, met donker fluweel, en de smalle vensters lieten slechts weinig daglicht binnenvallen op het ouderwetse zware mahoniehouten meubilair uit de dagen van koningin Victoria.

De oude Mr. Crackenthorpe lag op een chaise-longue uitgestrekt. Een stok met zilveren knop stond naast hem. Hij was een grote, schrale man, met het gezicht van een buldog en een agressief vooruitstekende kin. Zijn dikke haar was grijs gespikkeld. Zijn oogjes stonden wantrouwend. 'Laat me je eens bekijken, jongedame!'

Lucy kwam dichterbij met een glimlach op de lippen.

'Eén ding moet u dadelijk goed begrijpen. Omdat wij in zo'n groot huis wonen, moet u niet denken dat wij rijkelui zijn. Dat zijn we niet. Wij leven eenvoudig – hoort u dat? – eenvoudig! Het heeft geen zin hier met een hoop dure ideeën aan te komen. Kabeljauw is even goede vis als tarbot, dat moet u niet uit het oog verliezen. Ik duld eenvoudig geen verkwisting. Ik woon hier omdat mijn vader dit huis indertijd heeft laten bouwen en ik eraan gehecht ben. Na mijn dood mogen ze het voor mijn part verkopen als ze willen – en dat zullen ze heus wel doen als u 't mij vraagt. Ze voelen niets voor familietradities. Dit is een stevig gebouwd huis. En het terrein eromheen is óók van ons. Dat handhaaft het privé-karakter. Het zou een bom duiten opbrengen wanneer we het als bouwterrein verkochten. Maar dat zal bij mijn leven niet gebeuren! Ze krijgen mij hier niet uit, alleen in mijn kist!'

Hij zag haar met felle blik aan.

'Uw huis is uw kasteel,' zei Lucy.

'Lacht u me soms in m'n gezicht uit?'

'Natuurlijk niet, ik vind het ontzettend interessant een echt landgoed te bewonen, dat eigenlijk helemaal wordt ingesloten door een stadje.'

'Dat is het ook. Je ziet van hieruit geen enkel ander huis. Niets dan weilanden met koeien – in 't hartje van Brackhampton. Alleen hoor je het verkeer in de verte, als de wind uit die hoek waait, maar voor de rest is het hier helemaal landelijk.'

Zonder van toon te veranderen liet hij er in één adem op volgen, zich daarbij tot zijn dochter richtend: 'Bel die stomme dokter nog eens op en zeg 'm dat dat laatste drankje geen snars heeft geholpen.'

Lucy en Emma gingen hierna weg. Maar hij riep hun nog achterna: 'En zorg ervoor dat die nieuwsgierige werkvrouw hier geen stof komt afnemen. Ze heeft al m'n boeken verzet!'

Lucy informeerde: 'Is Mr. Crackenthorpe allang patiënt?'

Emma antwoordde, enigszins ontwijkend: 'O, dat is al jaren zo... Hier hebt u de keuken.'

Die keuken was een enorme ruimte. Een ontzaglijk kolenfornuis stond koud en verwaarloosd in een hoek. Een Agafornuis stond bescheiden ernaast. Lucy vroeg hoe laat er gewoonlijk werd gegeten en keek wat er in de provisiekast stond. Daarop zei ze opgewekt tegen Emma Crackenthorpe: 'Nu weet ik wel alles wat ik weten wil. Maakt u zich maar geen zorgen. Laat alles maar gerust aan mij over.'

Emma Crackenthorpe slaakte een diepe zucht toen ze die avond naar bed ging. De Kennedy's hebben niets te veel gezegd, dacht ze. Die vrouw is wonderbaarlijk.

De volgende ochtend stond Lucy al om zes uur op. Zij stofte alle kamers, maakte de groente schoon, zette het ontbijt klaar en deed daarna, met behulp van Mrs. Kidder, de slaapkamers. Om elf uur zaten ze met een kopje sterke thee en een koekje samen in de keuken. Vertederd door het feit dat Lucy 'er geen fratsen op na hield' en ook door het geurige kopje thee, liet Mrs. Kidder zich een beetje verleiden tot roddelen. Ze was een klein, mager vrouwtje, met slimme oogjes.

'O, die ouwe is bepaald een schrielhannes. Wat miss Emma allemaal te verduren heeft! Maar niettemin heeft ze zich toch niet in een hoek laten drukken. Ze staat op haar stuk als 't nodig is. Als de heren thuiskomen, zorgt ze altijd dat er wat behoorlijks op tafel verschijnt.'

'De heren?'

'Ja, het is een groot gezin geweest. De oudste, Mr. Edmund, is in de oorlog gesneuveld. Dan komt Mr. Cedric, die zit ergens in 't buitenland. Hij is niet getrouwd. Hij maakt schilderijen in vreemde landen. Mr. Harold heeft zijn kantoor in de City, woont in Londen – is met de dochter van een graaf getrouwd. Dan komt Mr. Alfred, die is altijd even aardig, maar toch zo'n beetje het zwarte schaap in de familie, is al een paar keer met de justitie in aanraking geweest, en dan hebben we nog de man van miss Edith, Mr. Bryan, da's een echt prettige man – zij is een paar jaar geleden gestorven, weet u, maar zij blijven hem toch als een van het gezin beschouwen. Dan hebben we nog jongeheer Alexander, da's het zoontje van miss Edith. Die is natuurlijk nog op school, maar komt een gedeelte van de vakanties toch altijd hier. Miss Emma is gewoon dol op hem!'

Lucy nam al deze inlichtingen in zich op en schonk haar voorlichtster onder de hand nog maar eens een kopje thee in. Ten slotte stond Mrs. Kidder, hoewel met tegenzin, uit haar stoel op. 'Vanochtend hebben we het er, geloof ik, maar eens van genomen,' sprak ze met enige verwondering. 'Zal ik u 'n handje helpen met de aardappels, beste juffrouw?'

'Die heb ik al klaarstaan.'

'Nou, ik moet zeggen, u weet van opschieten! Ik mag wel voortmaken, anders valt er voor mij helemáál niets te doen.'

Mrs. Kidder ging ervandoor, en Lucy, die nu de handen vrij kreeg, boende de keukentafel eens flink af, wat ze tot nu toe had uitgesteld om Mrs. Kidder, tot wier taak dit eigenlijk behoorde, niet voor 't hoofd te stoten. Daarna ging ze zilver poetsen, tot alles blonk als een spiegel. Zij maakte de lunch gereed, ruimde op, waste af en was om halfdrie klaar voor haar eerste ontdekkingstocht. De spulletjes voor de thee – sandwiches en brood en boter – had ze al op een dienblad klaargezet, onder een vochtige doek, om ze niet te laten uitdrogen.

Zij wandelde eerst de tuin eens rond, omdat ze meende dat men dat van haar zou verwachten. De moestuin was slechts gedeeltelijk productief gemaakt. De broeikassen lagen vrijwel in puin. Overal groeide het onkruid welig op de paden. Een border vlak bij het huis was het enige plekje dat vrij van onkruid was en er goed onderhouden uitzag. Lucy veronderstelde dat Emma daar zelf voor zorgde. De tuinman bleek een heel oude baas te zijn, enigszins doof, die alleen maar deed alsof hij druk in de weer was. Lucy hield een gezellig praatje met hem. Hij woonde in een huisje dat vlak aan de stalruimten grensde.

Van de stalruimten liep een weg naar de achterzijde van het terrein, aan beide kanten omgeven door een heg. De weg liep onder een tunnel van de spoordijk door naar een achterlaantje.

Om de zoveel minuten raasde een trein over de tunnel. Lucy merkte op dat de treinen vóór de vrij scherpe bocht vaart minderden en dan om het terrein van de Crackenthorpes heen reden. Zij liep de tunnel door en het achterlaantje in. Dat leek totaal in onbruik geraakt. Aan één kant liep de spoordijk, aan de andere kant was een hoge muur, die enkele grote fabrieksgebouwen insloot.

Lucy volgde het laantje tot het uitliep in een straat met een paar huisjes. In de verte kon ze het drukke verkeer op de grote weg voorbij horen suizen. Ze keek eens op haar horloge. Er kwam een vrouw uit een van de huisjes te voorschijn. Lucy vroeg haar: 'Neem me niet kwalijk, maar kunt u mij ook zeggen waar ik een telefooncel kan vinden?'

'In het postkantoor op de hoek.'

Lucy bedankte haar en liep door tot zij het postkantoortje gevonden had, dat met een winkel was gecombineerd. Hier was ook een telefooncel. Lucy ging erbinnen en draaide een nummer. Zij vroeg Miss Marple te spreken.

Een vrouwenstem aan de andere kant sprak vrij bits: 'Zij rust op het ogenblik. En ik kan haar niet wakker maken. Zij heeft haar rust nodig – ze is al een dagje ouder! Wie kan ik zeggen dat gebeld heeft?'

'Miss Eyelesbarrow. U hoeft haar ook niet te storen. Vertel haar alleen dat ik er ben en dat alles naar wens verloopt. Ik zal het haar laten weten zodra ik nieuws heb.'

Daarna legde zij de hoorn op de haak en wandelde naar Rutherford Hall terug.

5

'Ik denk dat u het wel goed zult vinden als ik met mijn golfstokken een beetje ga oefenen, achter op het terrein?'

'O, maar natuurlijk! Houdt u van golf?'

'Och, ik kan het niet zo heel goed, maar ik blijf graag in vorm. Het is ook een prettiger lichaamsbeweging, vind ik, dan alleen maar wandelen.'

'Je kunt tegenwoordig nergens meer behoorlijk wandelen!' bromde de oude Mr. Crackenthorpe. 'Overal bestrating en bebouwing. Ze zouden mijn terrein ook graag te pakken krijgen om er huisjes op te zetten. Maar dat zal niet gebeuren zolang ik leef. En ik ben ook niet van plan dood te gaan om wie dan ook te plezieren! Dat kan ik je wél vertellen. Wie dan ook, hoor je?'

Emma Crackenthorpe zei vriendelijk: 'Kom nou, vader!'

'O, ik weet best wat ze denken – en waarop ze zitten te loeren! Allemaal, zonder uitzondering. Cedric en die slimme Harold, met z'n brave gezicht. Wat Alfred aangaat, die zou me er, geloof ik, graag 'n handje bij helpen. Ik ben er nog zo zeker niet van dat hij het met Kerstmis niet heeft geprobeerd. Ik kreeg toen wel een heel rare aanval opeens. De ouwe Quimper snapte er geen snars van. Hij heeft me toen allerlei omzichtige vragen gesteld.'

'Maar vader, iedereen sukkelt toch wel eens met de spijsvertering?'

'Goed, goed, zeg me maar ronduit in m'n gezicht dat ik te veel gegeten had! Want dát bedoel je toch. Maar waarom heb ik te veel gegeten? Omdat je weer véél te veel had klaargemaakt, véél te veel! Verkwistend en overdadig. En dat doet me eraan denken, jongedame – je diende vijf aardappels op aan de lunch – en van die kanjers nog wel! Twee per persoon is méér dan voldoende. Maak er in 't vervolg dus nooit meer klaar dan vier. Die ene was weggegooid vandaag.'

'Toch niet, Mr. Crackenthorpe. Die gaat vanavond in de Spaanse omelet.'

'Hmpf!' Toen Lucy de kamer uitging, met het koffieblad in de hand, hoorde ze hem nog zeggen: 'Handige jongedame, heeft altijd een antwoord klaar. Maar ze kán koken – en 't is een knappe meid ook!'

Lucy Eyelesbarrow koos een golfstok uit de golftas, die ze opzettelijk voor dit doel had meegenomen, en ging ermee het terrein op. Ze begon een aantal slagen te spelen. Na een minuut of vijf sloeg ze een bal – héél toevallig – helemaal naar de kant van de spoordijk. Ze ging erachteraan om te kijken waar hij gebleven was. Ze keek eens om naar het huis. Dat lag nu ver achter haar en geen mens stelde blijkbaar belang in haar doen en laten. Dus bleef ze maar zoeken naar de bal. Nu en dan speelde ze enkele slagen van de spoordijk omlaag in het gras.

Die namiddag doorzocht ze op die manier een derde van de spoordijk. Maar ze ontdekte geen enkele aanwijzing. Toen speelde ze haar bal weer naar het huis toe.

Maar op de tweede dag vond ze wel degelijk iets. Een doornstruik, halfweg de spoordijk, was totaal afgerukt. Stukken ervan lagen in de omgeving verspreid. Aan een van de doorns was een stukje bont blijven haken, bijna van dezelfde flets bruine kleur als het hout van de struik.

Lucy bleef er een tijdje naar staan kijken, haalde toen een schaartje te voorschijn en knipte het stukje voorzichtig in tweeën. Het afgeknipte stukje bont stopte zij zorgvuldig in een envelopje dat zij bij zich had. Zij daalde daarna voorzichtig de steile helling af, speurend naar andere eventuele aanwijzingen. Zij verbeeldde zich in het lange gras een soort van spoor te zien – veel minder duidelijk dan dat van haar eigen voetstappen. Het spoor moest enige tijd geleden zijn gemaakt en het was zo vaag dat ze er niet zeker van kon zijn dat ze het zich niet slechts verbeeldde.

Maar zij volgde dit spoor toch en doorzocht zorgvuldig het hoge gras aan de voet van de spoordijk recht onder de beschadigde doornstruik. Haar speuren werd beloond. Zij vond een poederdoosje, een goedkoop, geëmailleerd dingetje. Dat wikkelde zij in haar zakdoek en stak het in haar zak. Verder onderzoek leverde echter niets meer op.

De volgende middag stapte zij in haar autootje en ging haar zieke tante eens bezoeken. Emma Crackenthorpe was zo vriendelijk te zeggen: ‘Haast u zich vooral niet. U bent vóór etenstijd niet meer nodig!’

‘O, dank u, maar ik ben uiterlijk tegen zessen terug!’

Madisonweg nummer vier bleek een kleurloos huis in een kleurloze straat te zijn. De gordijntjes zagen helder wit en de koperen deurknop was blinkend gepoetst. Een grote, wat bars uitziende vrouw, het peper-en-zoutkleurige haar in een knoet samengebonden, deed open. Zij nam Lucy argwanend op en bracht haar vervolgens bij Miss Marple.

Miss Marple zat in de huiskamer achter, die uitzag op een klein, goed onderhouden tuintje. De kamer zelf was opvallend proper, vol matjes en kleedjes, porseleinen vaasjes, een quasi antiek bankstel en twee varens in pot. Miss Marple zat in een grote makkelijke stoel bij de haard, druk bezig met een haakwerkje.

Toen Lucy binnentrad, deed zij de deur achter zich dicht. Zij nam plaats op een stoel recht tegenover Miss Marple. 'Nu,' begon ze, 'het ziet ernaar uit dat u gelijk hebt!'

Daarna haalde zij haar vondsten te voorschijn en vertelde precies waar en hoe zij ze verkregen had.

Er verscheen een blosje van voldoening op Miss Marples wangen. 'Misschien hóórt het helemaal niet,' sprak ze, 'maar ik vind het zo heerlijk wanneer je een theorie hebt opgebouwd en het bewijs geleverd ziet dat je het bij het rechte eind hebt gehad!'

Zij betastte het kleine stukje bont. 'Elspeth heeft gezegd dat die vrouw een bontmanteltje van lichte kleur droeg. Ik vermoed dat het poederdoosje in de zak van haar bontjas heeft gezeten en bij de val eruit is gerold. Het kan later van groot nut blijken bij eventuele identificatie. U hebt niet het hele stuk bont meegenomen?'

'Nee, ik heb de helft aan de struik laten zitten.'

Miss Marple knikte goedkeurend. 'Dat is heel verstandig van u. De politie moet alles precies kunnen nagaan.'

'Wilde u dan met deze gegevens naar de politie gaan?'

'Nog niet direct...' Miss Marple dacht even na. 'Ik geloof dat het me beter lijkt dat we éérst het stoffelijk overschot vinden. Lijkt u óók niet?'

'Ja, maar is dat niet een ál te moeilijke opdracht? Ik bedoel, aangenomen zelfs dat uw hypothese juist is. De moordenaar heeft het slachtoffer uit de trein geduwd, is daarna vermoedelijk in Brackhampton uitgestapt en heeft later – ik denk haast in dezelfde nacht – het stoffelijk overschot weggehaald. Maar hij kan het overal heen hebben gebracht.'

'Niet overal!' sprak Miss Marple nadrukkelijk. 'Ik geloof niet, lieve miss Eyelesbarrow, dat u zijn gedachtegang tot het logische einde hebt gevolgd.'

'Toe, noem me toch Lucy. Waarom niet overal?'

'Omdat hij de vrouw dan veel makkelijker naar een eenzaam plekje had kunnen lokken en haar vandaar vervoeren. Je vergeet dat...'

Lucy onderbrak haar. 'Wat zegt u...? Bedoelt u dat dit een van tevoren beraamde misdaad zou zijn geweest?'

'Eerst dacht ik van niet,' gaf Miss Marple toe. 'Je denkt natuurlijk eerst dat het een twist is geweest waarbij de man zijn zelfbeheersing heeft verloren en daarna niet geweten heeft hoe hij zich van zijn slachtoffer zou kunnen ontdoen – terwijl hij toch binnen enkele ogenblikken een oplossing moest bedenken. Maar het zou toch werkelijk een heel bijzonder toeval zijn geweest als hij, uit het raampje kijkende, tot de ontdekking zou zijn gekomen dat de trein daar juist een bocht nam, zodat hij het lijk makkelijk kon kwijtraken en ook zeker kon zijn het later op de avond ongemerkt weg te halen. En wanneer hij het slachtoffer louter toevallig en op goed geluk uit de trein had geworpen, zou hij het niet hebben weggehaald en zou het nu allang zijn gevonden.'

Zij zweeg. Lucy zat haar met grote ogen aan te kijken.

'Weet je,' ging Miss Marple op haar bedachtzame wijze voort, 'dit heeft de man werkelijk heel knap uitgedacht. Er is niets zo anoniem als een trein. Als hij haar in haar woning vermoord had, zou iemand hem hebben kunnen zien komen of gaan. En wanneer hij haar in zijn auto had meegenomen naar een stil plekje, zou men type of nummer van zijn wagen misschien hebben opgemerkt. Maar een trein is nu eenmaal boordevol in- en uitstappende mensen. In een wagon zonder zijgang, in een coupé met haar alleen, ging alles zoveel makkelijker. Vooral als je je voorstelt dat hij precies wist wat hem in de eerstvolgende ogenblikken te doen stond. De man was volkomen op de hoogte van de situatie – dat kan niet anders. Het uitzonderlijke isolement van het landgoed rond Rutherford Hall – net een eilandje, door spoorlijnen omsloten.'

‘Ja, zo is het precies,’ beaamde Lucy. ‘Het is een volmaakt anachronisme. Het stadsverkeer raast eromheen maar laat het volkomen onberoerd. ’s Ochtends komen er een paar leveranciers. Dat is alles.’

‘Wij nemen dus aan, zoals je al zei, dat de moordenaar ’s avonds naar Rutherford Hall is gegaan. Het was al donker toen zijn slachtoffer langs de spoordijk omlaag rolde. Het was niet waarschijnlijk dat iemand anders het vóór het aanbreken van de volgende dag zou vinden.’

‘Inderdaad.’

‘De moordenaar is, denk ik, per auto gekomen. Maar langs welke weg?’

Lucy dacht even na. ‘Er is een achterweggetje dat langs de fabrieksmuur loopt. Zo zal hij wel, door de tunnel onder de spoorlijn, op het terrein zijn gekomen. Daarna is hij over de schutting geklommen en langs de spoordijk gaan zoeken. Toen hij het slachtoffer had gevonden, heeft hij het naar zijn auto gedragen.’

‘En daarna,’ vervolgde Miss Marple, ‘daarna moet hij het ergens heen hebben gebracht, naar een tevoren gekozen plek, waar het niet gemakkelijk kon worden ontdekt. Weet je, ik voor mij geloof nooit dat het van het terrein van Rutherford Hall is weggehaald, en in geen geval ver daarvandaan is. Zou hij het daar niet ergens hebben kunnen begraven?’ Zij keek Lucy daarbij vragend aan.

‘Dat kan best,’ zei zij, ‘maar toch lijkt me dat niet zo eenvoudig als het lijkt.’

Miss Marple was dit met haar eens. ‘Op het terrein zelf valt zo iets te gauw in het oog. Het is bovendien een heel karwei. Maar op een plek waar de grond al omgespit was, misschien?’

‘Dat is in de moestuin! Maar dat is veel te dicht bij de tuinmanswoning. De man is weliswaar oud en doof – maar toch zou dat veel te riskant zijn geweest!’

‘Hebben ze een hond?’

‘Nee.’

‘Dan misschien in een schuur of een bijgebouwtje?’

'Ja, dat is veel eenvoudiger. Er staat een hcel stel gebouwtjes die niet meer in gebruik zijn, vervallen varkenshokken, tuighuisjes en werkplaatsen waar geen mens meer naar omkijkt. Hij kan het ook in een dicht rododendronbosje hebben verstopt, of ergens achter de struiken.'

Miss Marple knikte. 'Ja, dat lijkt me nog waarschijnlijker!'

Er werd op de deur geklopt en de ernstig kijkende Florence kwam met het theeblad binnen. 'Aardig dat u bezoek heeft,' zei ze tegen Miss Marple. 'Ik heb mijn speciale broodjes gebakken, die u vroeger altijd zo lekker vond.'

'O, Florence maakt altijd verrukkelijke dingen bij de thee!' zei Miss Marple.

Florence keek vertederd, plooide haar gezicht in een volstrekt onverwacht lachje en ging de kamer weer uit.

'Ik vind, lieve kind,' besloot Miss Marple, 'dat we bij de thee niet meer over die moord moeten praten. Het is zo'n onplezierig onderwerp!'

2

Na de thee maakte Lucy aanstalten huiswaarts te gaan. 'Ik moet nu heus weg,' zei ze. 'Zoals ik u al verteld heb, is er werkelijk niemand in huis op Rutherford Hall die de man zou kunnen zijn die we zoeken. Alleen een oude vader met zijn dochter en een oude, dove tuinbaas.'

'Ik heb ook niet gezegd dat hij daar wonen moest,' protesteerde Miss Marple, 'alleen dat het iemand moest zijn die de situatie ter plaatse op zijn duimpje kent. Maar daar verdiepen we ons verder in zodra je het lijk hebt gevonden.'

'U schijnt er vast en zeker op te rekenen dat ik dat vinden zal,' gaf Lucy te kennen. 'Maar daar ben ik helemaal niet zo optimistisch over!'

'O, ik ben er zeker van dat het je lukt, mijn beste Lucy! Je bent zo'n buitengewoon bekwaam persoontje.'

'Op een bepaald gebied, maar ik ben heus geen expert in het opsporen van lijken!'

'O, dat is gewoon een kwestie van gezond verstand,' verzekerde Miss Marple haar bemoedigend. Lucy keek haar aan en lachte maar eens. Miss Marple lachte vriendelijk terug.

De volgende middag ging Lucy weer systematisch te werk. Ze scharrelde rond de bijgebouwen, porde tussen de wilde struiken die de vroegere varkenshokken overwoekerden en loerde net in het ketelhuis bij de broeikassen, toen ze hoorde kuchen en, opkijkend, de oude Hillman, de tuinbaas, ontwaarde, die haar boos gadesloeg.

'U mag wel oppassen dat u geen ongeluk krijgt, juffrouw,' waarschuwde hij, 'dat trapje is niet vertrouwd meer en daarnet was u boven, maar de vloer daar is óók niet meer veilig.'

Lucy slaagde er met moeite in haar verlegenheid te verbergen. 'U zult wel denken dat ik razend nieuwsgierig ben,' zei ze opgewekt. 'Maar ik wilde eens weten of deze ruimte nog op de een of andere manier productief te maken valt... voor het kweken van champignons bijvoorbeeld. Wat is alles vreselijk verwaarloosd.'

'Ja, dat is de schuld van meneer. Die wil er geen rooie cent voor uitgeven. Ik hoorde hier twee man en een jongen te hebben, als 't goed was, om het park netjes te onderhouden, maar daar wil hij niet van horen. Het heeft me maar geen moeite gekost om een grasmachine met motor te krijgen! Mr. Crackenthorpe wilde dat ik dat hele voorgazon met de hand maaide!'

'Maar als de moestuin, na wat herstellingen, productief kon worden gemaakt?'

'Dat kan niet meer. Daarvoor is alles te erg verwaarloosd. En dat zou hem ook niet interesseren. Hij is alleen maar gierig. Hij weet trouwens maar al te goed wat er na zijn dood gaat gebeuren – dan verkopen de jonge heren het hele landgoed zo gauw ze maar kunnen. Ze zitten alleen maar te wachten tot hij ertussen uitknijpt. Er wacht hun dan een slordige bom duiten, heb ik me laten vertellen.'

'Hij is, denk ik, wel ontzettend rijk?' vroeg Lucy.

'O, de oude meneer, de vader van de tegenwoordige Mr. Crackenthorpe, was een zakenman! Eén reuzegladde zakenman. Die heeft een fortuin bij mekaar verdiend en het landgoed aangelegd. Zo hard als 'n bikkel en haatdragend, hebben ze me verteld! Maar hij liet het geld ook graag rollen. Daar was niks vrekkigs bij! Maar zijn beide zoons zijn een groot verdriet voor hem geweest. Hij heeft ze een prachtige opvoeding gegeven, als echte heren – Oxford en zo. Maar toen trokken ze er hun neus voor op om in de handel te gaan. De jongste is met een actrice getrouwd en is bij een auto-ongeluk, toen hij dronken achter het stuur zat, om het leven gekomen. Met de oudste, dat is onze meneer hier, kon de oude heer helemaal niet overweg. Reisde naar verre landen, kocht allerlei heidense afgodsbeelden en liet die naar huis sturen. Nee, in zijn jonge jaren heeft-ie met geld gesmeten – maar dat is omgeslagen toen hij ouder werd. Nee, zijn vader heeft het nooit met hem op gehad, heb ik altijd horen zeggen.'

Lucy nam deze inlichtingen in zich op, terwijl ze zich beleefd belangstellend toonde.

'Hij is al voor de oorlog overleden, de oude meneer. O, wat een humeur had die man! Maar je kon hem niks wijsmaken!'

'Is Mr. Crackenthorpe toen na diens dood hier komen wonen?'

'Ja, met zijn hele gezin. Maar ze waren toen allemaal al volwassen.'

'Maar... O, u bedoelt vóór de oorlog van '14!'

'Nee, dat bedoel ik niet. Hij is in 1928 overleden.'

Lucy moest toegeven dat 1928 vóór de laatste wereldoorlog was geweest, hoewel zij dat nooit zo zou hebben aangeduid. 'Nou, laat ik u niet langer ophouden, u zult wel aan uw werk willen gaan,' opperde ze.

'Och,' zei de oude Hillman weinig geestdriftig, 'er valt op dit uur van de dag niet veel meer te doen. Het is al zo vroeg donker.'

Lucy wandelde naar huis terug, na onderweg nog een berkenbosje te hebben doorzocht.

Zij trof Emma Crackenthorpe in de hal aan, waar ze een brief stond te lezen. De middagpost was net bezorgd.

'Mijn neefje komt morgen hier. Hij brengt een schoolvriendje mee. De kamer van Alexander is boven het portaal. Die daarnaast is mooi voor James Stoddart-West. Zij kunnen dan samen de badkamer gebruiken die er vlak tegenover ligt.'

'Uitstekend, miss Crackenthorpe. Ik zal zorgen dat hun kamers in orde zijn.'

'Zij komen morgen al vóór de lunch.' Enigszins aarzelend liet zij erop volgen: 'Ze zullen wel honger hebben, denk ik.'

'Ja, daar reken ik op,' verzekerde Lucy. 'Rosbief, zou ik denken? En strooppudding toe?'

'Alexander is dol op strooppudding!'

De twee jongens kwamen inderdaad de volgende morgen. Ze zagen er allebei keurig uit, trokken een verdacht engelachtig gezicht en deden heel beleefd. Alexander Eastley was blond en had blauwe ogen. Stoddart-West had zwart haar en droeg een bril.

Aan tafel discussieerden zij ernstig over allerlei sportevenementen en de laatste snufjes op het gebied van de ruimtevaart. Ze gedroegen zich als bejaarde hooggeleerden, die met elkaar van gedachten wisselen over ontdekkingen uit het stenen tijdperk. Bij hen vergeleken voelde Lucy zich piepjong.

Maar de rosbief was in een minimum van tijd verorberd en van de strooppudding bleef ook geen kruimeltje over. Mr. Crackenthorpe bromde: 'Jullie eten me straatarm.'

Alexander keek hem met zijn blauwe ogen verwijtend aan. 'Wij doen het graag met brood met kaas, grootpa, als u zich geen vlees kunt veroorloven.'

'Mij veroorloven? Dat kan ik best. Maar ik houd niet van wegsmijten!'

'Wij hebben niets weggesmeten, meneer!' verklaarde Stoddart-West, de ogen niet afwendend van zijn bord, dat de juistheid van zijn woorden afdoende aantoonde.

'Jullie eten tweemaal zoveel als ik, jongens.'

'Wij zijn ook nog in de groei,' legde Alex uit. 'Dan heb je veel meer proteïnen nodig.'

De oude heer bromde wat. Toen de jongens van tafel weggingen, hoorde Lucy hoe Alex verontschuldigend tegen zijn vriendje zei: 'Luister maar niet naar mijn grootvader. Die leeft op een of ander dieet en dat nekt hem. Hij is ook ontzettend zuinig. Zal wel een of ander complex zijn.'

Stoddart-West gaf vol begrip ten antwoord: 'Ik heb een tante gehad die zich verbeeldde dat ze failliet was. Ze stikte gewoon in d'r geld. Een pathologisch geval, noemde de dokter dat. Heb jij ook een voetbal, Alex?'

Toen ze verdwenen waren en Lucy had opgeruimd en afgewassen, ging ze naar buiten. Ze kon de jongens in de verte horen spelen op het gazon. Zelf liep ze in tegenovergestelde richting, langs de oprijlaan, naar een paar dichte en verwilderde rododendronbosjes. Zij speurde nauwkeurig tussen de struiken en duwde het gebladerte opzij. Systematisch ging zij te werk. Geen plekje ontging haar. Zij tastte net met een golfclub tegen de struiken, toen de beleefde vraag van Alexander Eastley haar deed opschrikken.

'Zoekt u iets, miss Eyelesbarrow?'

'Een golfbal,' luidde prompt haar antwoord. 'Eigenlijk meer dan een. Ik heb de meeste middagen een paar slagen geoefend en ben daarbij een paar ballen kwijtgeraakt.'

'We zullen u wel helpen zoeken,' bood Alexander aan.

'Dat is erg vriendelijk van jullie. Ik dacht dat jullie aan het voetballen waren.'

'O, maar daar kun je niet eeuwig mee doorgaan,' verklaarde Stoddart-West. 'Je wordt er veel te warm van. Speelt u veel golf?'

'Ik doe het dolgraag, maar ik krijg er niet veel kans voor.'

'Nee, dat zal wel. U zorgt hier voor het eten, is het niet?'

'Ja.'

'Had u de lunch vanmiddag klaargemaakt?'

'Ja. Was die goed?'

'Fantastisch gewoon!' prees Alexander. 'Op school krijgen we altijd taai en uitgekookt vlees. Ik vind zulke rode, sappige rosbief reuzefijn. En die strooppudding was wat-je-noemt!'

'Vertel me maar eens waar je erg veel van houdt.'

'Zou u ook eens op een keer appelmoes met schuimkop willen klaarmaken? Dat vind ik het lekkerste van alles.'

'Natuurlijk.'

Alex zuchtte van voldoening. 'Er staat een klok-golfspel onder de trap. We kunnen dat weleens uitzetten op het gazon en dan wat gaan slaan. Wat denk je ervan, Stodders?'

'Pri-ma!' zei Stoddart-West.

'Hij is geen echte Australiër,' legde Alexander uit, 'maar hij oefent zich alvast net zo te praten voor 't geval hij volgend jaar mee mag naar de Test Match.'

Daartoe aangemoedigd door Lucy, gingen zij het klok-golfspel halen. Naderhand, toen zij weer naar huis ging, zag ze dat zij bezig waren het op het grasveld uit te zetten. 'We moeten er geen kinderspel van maken,' zei Stoddart-West, 'maar lange holes en korte holes maken. Wat jammer dat de nummerborden zo verroest zijn. Je kunt de cijfers bijna niet meer lezen.'

'Ze hebben een likje witte verf nodig,' raadde Lucy aan.

'Dat is 'n goed idee.' Alexanders gezicht klaarde op. 'Wacht, er staan geloof ik nog oude potten verf in de lange schuur. Zullen we eens gaan kijken?'

'Wat is dat: de lange schuur?' informeerde Lucy.

Alexander wees naar een langgerekt stenen gebouw, dat een eind weg achter het huis stond. 'Grootvader noemt het de lekke schuur en zegt dat die al eeuwen oud is, maar dat is natuurlijk klets. Wel heeft-ie bij de oude boerderij gehoord die hier oorspronkelijk gestaan heeft.'

Hij liet erop volgen: 'Grootvader heeft er een groot deel van zijn kunstverzameling in ondergebracht. Dingen die hij toen hij als jongeman in het buitenland verbleef, naar Engeland heeft laten overbrengen. De meeste zijn nog behoorlijk lelijk ook. De lange schuur wordt soms gebruikt voor whistdrives en zo. Bijeenkomsten van de Vereniging van Plattelandsvrouwen. En fancy-fairs van de Conservatieve Partij. Komt u maar eens mee kijken!'

Lucy ging graag mee. De schuur had een grote, met spijkers beslagen eikenhouten deur. Alexander stak zijn hand uit en pakte de sleutel, die aan een spijker rechts boven aan de deurpost hing. Hij stak die in het slot, en de grote deur draaide open.

Op het eerste gezicht dacht Lucy dat ze in een derderangsmuseumpje binnenkwam. Twee marmeren borstbeelden van Romeinse keizers zagen haar met uitpuilende ogen aan. Er stonden een reusachtige sarcofaag uit een laat-Hellenistische periode en een sentimentele Venus, die op haar voetstuk tevergeefs haar lange gewaad bij elkaar trachtte te houden. Naast deze kunstwerken stonden enige tafels op schragen, overcomplete stoelen, emmers, een verroeste handmaaimachine en een groen geschilderde ijzeren tuinbank, die één poot kwijt was.

'Ik geloof dat de verf in de hoek staat,' zei Alexander.

Inderdaad vonden ze in een hoek enkele potten verf en een paar verdroogde kwasten.

'Daar zul je wat terpentijn voor nodig hebben,' wist Lucy. Maar die was hier niet te vinden. De jongens kwamen op het idee daarvoor even naar de stad te fietsen en Lucy sterkte hen in dit voornemen. Dat schilderen van de cijfers op de bordjes voor het klok-golfspel zou hen vast wel enige uren bezighouden, dacht ze. De jongens verdwenen en lieten haar in de schuur achter.

'Hier valt wel een en ander op te ruimen,' had ze gemompeld.

'Och,' was daarop Alexanders antwoord geweest, 'laat u maar. In deze tijd van het jaar wordt de schuur toch nergens voor gebruikt.'

'Moet ik de sleutel weer buiten bij de deur hangen als ik wegga? Wordt hij daar altijd bewaard?'

'Ja, er valt hier niets te gappen, weet u. Geen sterveling zou die zware steenklompen kunnen weghalen, zelfs als hij ze mooi vond.'

Dat was Lucy volmaakt met hem eens. Ook zij kon de kunstzin van de oude Mr. Crackenthorpe onmogelijk waarderen. Het leek wel of hij een feilloos talent had gehad om de bedroevendste staaltjes uit verschillende periodes bij elkaar te brengen.

Zij keek wat rond toen de jongens verdwenen waren. Haar ogen bleven op de sarcofaag gevestigd.

Die sarcofaag...

De atmosfeer in de schuur was enigszins muf, alsof er in geen jaren gelucht was. Ze liep naar de sarcofaag toe. Het zware deksel sloot goed. Lucy bekeek hem aandachtig, taxerend.

Daarop verliet zij de schuur en haalde uit de keuken een zware koevoet. Daarmee teruggekeerd toog zij aan het werk. Het viel haar lang niet mee, maar Lucy liet zich niet ontmoedigen.

Langzaam maar zeker kreeg zij het deksel met de koevoet omhoog. In ieder geval hoog genoeg om haar in staat te stellen te zien wat erin lag...

6

Enkele ogenblikken later kwam Lucy, enigszins bleek en ontdaan, de schuur uit. Zij deed de deur achter zich op slot en hing de sleutel aan de spijker. Vlug liep zij naar de stallen, reed haar wagentje naar buiten en verliet het terrein aan de achterzijde. Zij stopte bij het postkantoortje aan het eind van de weg. Hier ging zij de telefooncel binnen, wierp een muntstuk in de automaat en draaide een nummer.

'Ik wil Miss Marple even spreken.'

'Zij rust op het ogenblik, juffrouw. U bent miss Eyelesbarrow, is 't niet?'

'Ja.'

'Ik kan haar nu niet storen en daarmee basta, juffrouw. Een oude dame zoals zij heeft haar middagdutje nodig.'

'Toch moet u haar roepen. Het is zeer dringend!'

'Nee, ik –'

'Doe alstublieft dádelijk wat ik u vraag!' Als het nodig was kon Lucy's stem uiterst gebiedend klinken en zo hard als staal. Florence wist gelukkig de toon van gezag te onderkennen.

Even later klonk de stem van Miss Marple:

'Ja, Lucy?'

Lucy haalde eens diep adem. 'U hebt volkomen gelijk gekregen,' zei ze. 'Ik heb het gevonden.'

'Het lijk van een vrouw?'

'Ja, in een bontmantel. Het ligt in een stenen sarcofaag in een soort van museum-schuur achter het huis. Wat wilt u dat ik nu doe? Ik moet nu de politie waarschuwen, dunkt me.'

'Ja. Waarschuw de politie. Onmiddellijk.'

'Maar wat moet ik zeggen? Over u bijvoorbeeld? Ze zullen natuurlijk beginnen met te vragen waarom ik dat enorm zware deksel ben gaan opvijzelen. Wilt u dat ik dan een reden daarvoor verzin? Dat kan ik wel.'

'Nee. Ik vind, zie je,' sprak Miss Marple met haar zachte en vriendelijke stem, 'dat je alleen maar de zuivere waarheid moet vertellen.'

'Over u?'

'Over álles!'

Het bleke gezicht van Lucy ontspande zich plotseling tot een lachje. 'Dat is voor mij makkelijk genoeg,' luidde haar antwoord, 'maar ik denk wel dat het hun moeite zal kosten het te geloven!'

Zij belde af, wachtte even en belde daarna het politiebureau op.

'Ik heb daarnet een lijk gevonden in een sarcofaag in de lange schuur op Rutherford Hall.'

'Wat zegt u?'

Lucy herhaalde haar mededeling en noemde haar naam, daarmee de volgende vraag voorkomend. Ze reed terug, zette haar wagentje in de stal en ging het huis binnen. In de hal bleef zij even staan om na te denken.

Toen knikte ze en stapte naar de bibliotheek, waar zij miss Crackenthorpe aantrof, die haar vader bij de oplossing van het kruiswoordraadsel uit *The Times* hielp.

'Kan ik u misschien een ogenblikje spreken, miss Crackenthorpe?'

Emma keek op, met een enigszins verschrikte uitdrukking. Dat was, dacht Lucy, omdat huishoudelijk personeel op deze wijze ontslag pleegt aan te zeggen.

'Kom, spreek vrijuit, meisje, spreek op!' zei Mr. Crackenthorpe geprikkeld.

Lucy richtte zich tot Emma. 'Ik wilde u graag even alleen spreken.'

'Onzin,' zei Mr. Crackenthorpe, 'zeg hier maar ronduit wat je te zeggen hebt.'

'Een ogenblikje, vader.' Emma stond van haar stoel op en liep naar de deur.

'Allemaal onzin. Dat kan best wachten,' riep de oude heer boos.

'Het spijt me, maar er is haast bij,' verzekerde Lucy.

Mr. Crackenthorpe zei nog: 'Wat 'n onbeschaamdheid!'

Emma liep de hal in en Lucy volgde haar en deed de deur achter zich dicht.

'Wel?' vroeg Emma. 'Als u het te druk vindt met de jongens, kan ik u wel een handje helpen...'

'O, dat is het volstrekt niet,' stelde Lucy haar gerust. 'Ik wilde het alleen niet in het bijzijn van uw vader vertellen, omdat hij patiënt is en het hem te veel van streek zou maken. U moet weten dat ik daarnet het lijk van een vermoorde vrouw heb gevonden in die grote sarcofaag in de lange schuur.'

Emma Crackenthorpe keek haar verbijsterd aan. 'In de sarcofaag? Een vermoorde vrouw? Maar dat is onmogelijk!'

'Het spijt me, maar tóch is het zo! Ik heb de politie gewaarschuwd. Die kan elk ogenblik hier zijn.'

Er verscheen een kleurtje op Emma's wangen. 'Dat had u mij eerst behoren te zeggen – voordat u de politie waarschuwde.'

'Het spijt me,' zei Lucy.

'Ik heb u niet horen telefoneren...' Emma's ogen richtten zich op het toestel in de hal.

'Ik heb uit het postkantoor opgebeld, daar aan het eind van de achterweg.'

'Wat wonderlijk. Waarom niet van hieruit?'

Lucy dacht vlug na. 'Ik was bang dat de jongens het misschien zouden horen, als ik hier in de hal opbelde.'

'Ja, ja, ik begrijp 't. En komen ze nu... van de politie, bedoel ik?'

'Daar zijn ze al,' gaf Lucy ten antwoord. Ze hoorde dat een auto met luid geknars van remmen voor de deur stopte en even later weergalmde de bel door het huis.

2

'Het spijt me héél erg dat ik dit van u heb moeten vragen,' sprak inspecteur Bacon.

Haar ondersteunende, leidde hij Emma Crackenthorpe uit de schuur naar buiten. Emma's gezicht was doodsbleek, en ze zag er ontdaan uit, maar zij liep rechtop. 'Ik weet absoluut zeker dat ik die vrouw nog nooit eerder in mijn leven heb gezien.'

'Wij zijn u zeer verplicht, miss Crackenthorpe. Dat is het enige dat ik u moest vragen. Misschien wilt u liever even gaan liggen?'

'Ik moet nu naar mijn vader toe. Ik heb dokter Quimper opgebeld zodra ik hiervan hoorde en die is nu bij hem.'

Dokter Quimper kwam net de bibliotheek uit. Hij was een grote, joviale man, met een ietwat onverschillige, cynische manier van optreden, die zijn patiënten bepaald opwekkend vonden. De inspecteur en hij knikten elkaar goedendag.

'Miss Crackenthorpe heeft zich dapper gekweten van een hoogst onaangename taak,' zei Bacon.

'Bravo, Emma!' prees de dokter, haar op de schouder kloppend. 'Jij kunt tegen een stootje. Dat heb ik altijd wel gezegd. Met je vader is het best, hoor. Ga maar even naar binnen om een praatje met hem te maken. Maar drink daarna in de eetkamer een glaasje cognac. Dit is doktersvoorschrift!'

Emma lachte hem dankbaar toe en betrad de bibliotheek.

'Die vrouw zou je het zout der aarde kunnen noemen,' sprak de dokter, haar nakijkend. 'Wat vreselijk jammer dat ze nooit getrouwd is. Dat is de straf als je het oudste meisje bent in een gezin met een stel jongens. Haar zusje was gauw weg, die was zeventien, geloof ik, toen ze trouwde. Maar Emma is werkelijk een heel knappe vrouw. Ze zou een ideale echtgenote en moeder zijn.'

'Te veel verknocht aan haar vader, misschien,' opperde inspecteur Bacon.

'Verknocht is niet het juiste woord – maar zij heeft instinctief de behoefte die sommige vrouwen hebben, de mannen in de familie gelukkig te zien. Ze begrijpt dat haar vader het heerlijk vindt als patiënt te worden behandeld, dus behandelt ze hem ook als patiënt. Voor haar broers is ze net zo. Cedric verbeeldt zich dat hij 'n knap schilder is, hoe-heet-ie-ook weer – Harold – weet hoeveel waarde zij aan zijn degelijk oordeel hecht, Alfred laat ze altijd zijn verbluffende staaltjes van koopmanschap vertellen. Maar zij is zelf hoogst intelligent. Komaan, hebt u mij nog ergens voor nodig? Moet ik soms nog naar dat lijk gaan kijken, nu Johnstone ermee klaar is' – Johnstone was de politiedokter – 'om te zien of het misschien een van mijn medische fouten is?'

'Ik zou het zeer op prijs stellen als u even wilt kijken, dokter. We moeten haar zien te identificeren. Dat zal wel onmogelijk van Mr. Crackenthorpe te vergen zijn? Een te grote inspanning voor hem?'

'Inspanning? Lariekoek! Hij zou het u en mij nooit vergeven als we hem niet even lieten kijken. Hij zit er eenvoudig om te springen. Dit is voor hem de grootste sensatie van de laatste vijftien jaren of langer!'

'Is hij er dus eigenlijk niet zo erg aan toe?'

'Hij is tweeënzeventig, dat is het enige dat hem scheelt!' verklaarde de dokter. 'Zo nu en dan heeft hij reumatische pijnen – wie heeft die niet? Maar dat heet dan dadelijk dat hij lijdende is aan artritis. Na de maaltijden voelt hij hartkloppingen – wat op die leeftijd vaker voorkomt – dus heet dat een hartkwaal. Maar hij kan álles doen waar hij zin in heeft. Zo heb ik er zoveel. Patiënten die werkelijk ernstig ziek zijn, houden meestal vol dat hun niets mankeert! Komaan, laat ik dat lijk nu ook eens bekijken. Niet bepaald plezierig, zeker?'

'Johnstone schat dat zij twee à drie weken dood is.'

'Heel onplezierig dus.'

De dokter stond met oprechte nieuwsgierigheid naast de sarcofaag te kijken, volkomen onbewogen door de aanblik die hij 'niet plezierig' had genoemd.

'Heb haar nooit eerder gezien. Geen patiënte van me. Heb haar ook nooit in de buurt gezien. Ze moet vroeger een knappe vrouw zijn geweest – hm – in ieder geval moet iemand 't op haar begrepen hebben gehad.'

Toen zij weer buiten waren, bekeek dokter Quimper het gebouwtje eens goed. 'Gevonden in de... hoe noemden ze dit – 'de lange schuur' – in een sarcofaag! Hoe onwaarschijnlijk. Wie heeft het ontdekt?'

'Miss Lucy Eyelesbarrow.'

'Wat, die nieuwe hulp in de huishouding? Hoe kwam die op het idee in sarcofagen te gaan neuzen?'

'Dat is iets,' sprak inspecteur Bacon grimmig, 'dat ik haar graag eens wil gaan vragen. Maar nu Mr. Crackenthorpe. Wilt u soms...?'

'Best, ik breng hem wel even hierheen.'

Mr. Crackenthorpe kwam, warm ingepakt, in gezwinde pas naast de dokter aanwandelen. 'Schandelijk!' mopperde hij. 'Meer dan schandelijk! Ik heb die sarcofaag zelf meegebracht uit Florence... laat eens kijken... dat moet in 1908 geweest zijn – of 1909!'

'Rustig aan!' waarschuwde de dokter. 'Dit is heus geen pretje.'

'Hoe ziek ik ook ben, ik ken mijn plichten.'

Een vluchtig bezoek aan de lange schuur was evenwel meer dan voldoende. Mr. Crackenthorpe schuifelde met opmerkelijke spoed weer naar buiten.

'Nooit van m'n leven gezien!' riep hij uit. 'Wat moet dat betekenen? Meer dan schandalig! Nee, het was Florence niet, ik herinner 't me nu, het was in Napels. Een bijzonder gaaf exemplaar. En dan komt me daar een zottin van een vrouw en laat zich daarin vermoorden!'

Hij greep naar de plooien aan de linkerkant van zijn winterjas. 'Dat is te veel voor me geweest... Mijn hart... Waar is Emma? Dokter...'

Dokter Quimper nam hem bij de arm. 'U bent zo dadelijk wel in orde. Ik zal u een stimulerend middeltje voorschrijven. Cognac.' Samen gingen zij het huis binnen.

'Meneer! Mogen we u iets vragen?'

Inspecteur Bacon draaide zich om. Twee jongens waren buiten adem komen aanfietsen. Op hun gezichten lag een smekende uitdrukking.

'Toe, meneer, mogen wij het lijk óók eens zien?'

'Geen sprake van!' luidde Bacons antwoord.

'Och, toe, meneer, alstublieft. Je kunt nooit weten. Misschien weten wij wel wie het is. Toe, dan bent u een reuzefijne vent. Het is niet eerlijk. Nou hebben we een moord in onze eigen schuur. Zoiets gebeurt geen tweede keer. Toe, geef ons even de kans!'

'Wie zijn jullie?'

'Ik ben Alexander Eastley en dit is mijn vriend James Stoddart-West.'

'Hebben jullie hier ooit in de buurt een blonde vrouw gezien, in een lichtgekleurd bontmanteltje?'

'Nou... zo precies kan ik me dat niet meer herinneren,' gaf Alexander listig te kennen. 'Als ik eens even zou kunnen kijken...'

'Neem hen maar mee, Sanders,' zei inspecteur Bacon tot de agent die voor de deur van de schuur op post stond. 'Ze zijn ook maar eens in hun leven jong!'

'O, wel bedankt, meneer!' Beide jongens juichten. 'Erg aardig van u!'

Bacon richtte zijn schreden naar het huis. 'Maar nu,' zei hij bars in zichzelf, 'nu moet ik die miss Lucy Eyelesbarrow eens hebben!'

3

Toen ze de politie naar de lange schuur had gebracht en summier had verteld hoe ze tot de ontdekking gekomen was, had Lucy zich verder op de achtergrond gehouden, hoewel zij zich geen moment had voorgesteld dat de politie met haar klaar zou zijn.

Zij had net de aardappelen gesneden voor de patates frites voor die avond, toen men haar de boodschap kwam brengen dat inspecteur Bacon haar bij zich verwachtte. Lucy zette de aardappelen in een pan met water en zout, droogde haar handen af en volgde de agent. Zij nam plaats en wachtte rustig de vragen van de inspecteur af.

Zij noemde haar naam en haar adres in Londen, en voegde er uit eigen beweging aan toe: 'Ik kan u ook wel enkele referenties opgeven, wanneer u meer van me mocht willen weten.' En de namen die zij noemde waren prima. Een admiraal was erbij, de rector-magnificus van Oxford en een *Dame* in de Orde van het Britse Imperium. Of hij wilde of niet, inspecteur Bacon raakte ervan onder de indruk.

'Juist, miss Eyelesbarrow, u bent met de jongens dus de lange schuur binnengegaan om te kijken of ze daar ook verfpotten konden vinden. Maar daarna bent u een koevoet gaan halen om het deksel van de sarcofaag op te lichten. Waarom wilde u in die sarcofaag kijken?'

'Ik zocht het stoffelijk overschot van een vrouw,' luidde Lucy's antwoord.

'U zocht dat – en hebt het gevonden ook! Vindt u dat geen zonderling verhaal?'

'Het is ook geen gewone zaak. Misschien mag ik het u nader verklaren?'

'Ik acht het beslist noodzakelijk dat u mij een nadere verklaring geeft.'

Daarop bracht Lucy hem nauwkeurig verslag uit van de gebeurtenissen die tot haar gruwelijke ontdekking hadden geleid.

De inspecteur recapituleerde de feiten op smadelijke toon. 'U beweert dus dat een bejaarde dame u heeft gevraagd om hier in betrekking te gaan en het landgoed af te zoeken naar het lijk van een vrouw? Is dat werkelijk waar?'

'Ja.'

'Wie is die oude dame?'

'Miss Jane Marple. Zij logeert op het ogenblik op de Madisonweg nummer vier.'

De inspecteur noteerde dit. 'Dacht u dat ik dit allemaal geloofde?'

Lucy zei vriendelijk: 'Nee, misschien niet voordat u Miss Marple zelf hebt gesproken en van haar de bevestiging hebt gehoord.'

'Reken maar dat ik haar zal verhoren. Ze moet niet goed wijs zijn.'

Lucy ging daar niet op in, maar vroeg: 'Wat denkt u miss Crackenthorpe te zeggen? Over mij, bedoel ik.'

'Waarom vraagt u dat?'

'Kijk, wat Miss Marple aangaat heb ik mijn taak volbracht. Ik heb het stoffelijk overschot gevonden waarvan zij wenste dat het gevonden zou worden. Maar ik ben nog steeds in dienst bij miss Crackenthorpe. Er zijn twee hongerige knapen in huis en er zullen waarschijnlijk nog wel enkele andere leden van het gezin naar huis komen, als ze horen wat hier te doen is. Zij kan dus niet buiten huishoudelijke hulp. Wanneer u haar gaat vertellen dat ik deze betrekking alleen heb aangenomen om naar een lijk te gaan zoeken, dan zet ze mij zó buiten de deur. Zo niet, dan kan ik rustig in dienst blijven en haar door de drukte heen helpen.'

De inspecteur zag haar doordringend aan. 'Voorlopig zeg ik niets, tegen niemand,' verklaarde hij. 'Ik heb uw mededelingen ook nog niet kunnen controleren. U kunt het hele verhaal wel uit uw duim hebben gezogen.'

Lucy stond op van haar stoel. 'Dank u. Dan ga ik nu maar weer in de keuken aan de slag.'

7

'Zouden we er niet beter aan doen de Yard erbij te halen? Wat denk je, Bacon?' vroeg de hoofdcommissaris, die daarbij inspecteur Bacon vragend aankeek.

Deze laatste zag eruit of de hele wereld hem tegenstond.

'Deze vrouw is hier ter plaatse niet bekend, commissaris,' luidde zijn verklaring. 'Naar haar onderkleding te oordelen zou ze een buitenlandse kunnen zijn. Maar,' liet hij er snel op volgen, 'dat houd ik natuurlijk achter de hand, totdat het gerechtelijk onderzoek achter de rug is.'

De hoofdcommissaris knikte toestemmend. 'Dat gerechtelijk onderzoek zal louter een formaliteit blijken, denk ik.'

'Ja, commissaris, ik heb met de *coroner* gesproken. De zitting is morgen en daarbij moeten de andere leden van de familie Crackenthorpe ook tegenwoordig zijn. Er bestaat natuurlijk nog een kans dat een van hen het slachtoffer kan identificeren.'

Hij keek op een lijstje met namen. 'Harold Crackenthorpe is iets in de City... hij is iemand van betekenis, heb ik gehoord. Alfred... ik weet niet wat die precies doet. Cedric... dat is degene die buitenslands woont. Die schildert!' De inspecteur wist door de wijze waarop hij dat laatste zei, een onheilspellende betekenis aan deze woorden te geven. De hoofdcommissaris lachte in zijn snor.

'Er bestaat toch geen enkele reden om aan te nemen dat het gezin Crackenthorpe op enigerlei wijze bij het misdrijf betrokken is?' informeerde hij.

'Niet anders dan doordat het slachtoffer op het terrein van het landgoed is aangetroffen,' antwoordde inspecteur Bacon. 'Maar het is natuurlijk mogelijk dat die kunstenaar in de familie nadere opheldering zou kunnen geven omtrent haar identiteit. Waar ik werkelijk mee zit, is die zonderlinge kletskoek omtrent een moord in de trein.'

'O, ja. U bent naar die oude juffrouw toe geweest, eh...' Hij keek naar zijn aantekeningen op zijn bureau. 'Miss Marple!'

'Ja, commissaris. Maar die is bepaald heel positief in haar verklaringen. Of ze geschift is of niet kan ik niet nagaan, maar zij blijft bij haar lezing omtrent wat haar vriendin zou hebben gezien en wat daarna gebeurd is. Het lijkt verbazend veel op een van die bekende verhaaltjes van oude mensen die vliegende schotels zien voorbijkomen of Russische spionnen in de openbare leeszaal hebben ontdekt. Maar het is wel duidelijk dat zij die jonge huishoudster in dienst heeft genomen met de bedoeling haar op Rutherford Hall naar een lijk te laten zoeken.'

'En dat heeft ze gevonden óók,' vulde de hoofdcommissaris aan. 'Ja, het is een heel merkwaardige geschiedenis. Marple, Miss Jane Marple, de naam komt me vaag bekend voor... Hoe het zij, ik zal me met de Yard in verbinding stellen. Ik vind dat u gelijk hebt dat dit geen plaatselijk geval is, al zullen we daaraan voorlopig geen ruchtbaarheid geven. We zullen tegenover de pers zo min mogelijk zeggen.'

2

Het gerechtelijk onderzoek bleek inderdaad zuiver een formaliteit. Er kwam niemand opdagen die enige opheldering kon verschaffen. Lucy moest verklaren hoe zij het slachtoffer had gevonden en de politiedokter zei wat de doodsoorzaak was geweest: wurging. De zitting werd daarna verdaagd.

Het was een koude, winterige dag, toen de Crackenthorpes het gerechtsgebouw, waar het gerechtelijk onderzoek had plaatsgehad, verlieten. Ze waren met zijn vijven: Emma, Cedric, Harold, Alfred en Bryan Eastley, de weduwnaar van de overleden dochter Edith. Ook was Mr. Wimborne aanwezig, de oudste vennoot van het notariskantoor dat alle familiezaken voor de Crackenthorpes afhandelde. Zij stonden allen een ogenblik voor het gerechtsgebouw in de gure wind te huiveren. Er was heel wat belangstelling. Pikante bijzonderheden waren in Londense en plaatselijke dagbladen verschenen onder de kop LIJK IN SARCOFAAG.

Er werd gefluisterd: 'Daar heb je hen...'

Emma zei op scherpe toon:

'Laten we gauw naar huis gaan!'

De grote gehuurde Daimler stopte voor het trottoir. Emma stapte in en wenkte Lucy; Mr. Wimborne, Cedric en Harold kwamen eveneens. Bryan Eastley zei: 'Ik zal Alfred wel in mijn wagentje meenemen.' De chauffeur had het portier al dichtgedaan toen Emma uitriep: 'Wacht! Daar komen de jongens!'

Alexander en James waren, ondanks hun hevige protesten, thuisgelaten, maar stonden hier nu van oor tot oor te grijnzen. 'We zijn op de fiets gekomen,' legde Stoddart-West uit. 'De agent was zo vriendelijk ons achter in de zaal toe te laten. Ik hoop niet dat u het ons kwalijk neemt, miss Crackenthorpe,' liet hij er beleefd op volgen.

'Welnee!' gaf Cedric in plaats van zijn zuster ten antwoord. 'Je bent maar ééns jong. Dit is vast de eerste keer voor jullie, hè?'

'Het is me erg tegengevallen,' verzekerde Alexander. 'Het was zo gauw voorbij.'

'Laten we hier nu niet staan kletsen,' sprak Alfred enigszins geprikkeld. 'Kijk eens wat een mensen. En er zijn ook persfotografen bij.'

Op een teken van hem reed de Daimler weg. De jongens wuifden hen vrolijk na.

Cedric zei: 'Het was zo gauw voorbij! Wat naïef van die jongens. Het begint nu pas goed!'

'Het treft wel erg ongelukkig. Hoogst ongelukkig,' verzekerde Harold. 'Ik denk zo...' Hierbij keek hij Mr. Wimborne eens aan, die zijn lippen op elkaar klemde en met tegenzin het hoofd schudde.

'Ik hoop van harte,' zei deze schoolmeesterachtig, 'dat de hele zaak spoedig tot een bevredigende oplossing zal worden gebracht. De politie is ten volle op haar taak berekend. Maar, net zoals Harold zegt, de hele zaak treft wel hóógst ongelukkig!'

Terwijl hij sprak, keek hij Lucy bepaald afkeurend aan. Als deze jonge vrouw niet zo nieuwsgierig geweest was, leken zijn ogen te zeggen, om rond te neuzen op plaatsen waar ze niets te maken had, zou ons dit alles bespaard zijn gebleven.

Iets dergelijks werd door Harold Crackenthorpe onder woorden gebracht.

Hij vroeg: 'À propos, miss – eh – eh – Eyelesbarrow, hoe kwam u er zo bij in die sarcofaag te kijken?'

Lucy had zich al afgevraagd wanneer een van de familieleden op deze gedachte zou komen. Ze had geweten dat dit de eerste vraag zou zijn die de politie haar stellen zou; het verbaasde haar dat niemand anders haar tot nu toe die vraag had gesteld.

Cedric, Emma, Harold en Mr. Wimborne, allen zagen ze haar aan. Ze had haar antwoord natuurlijk klaar.

'Werkelijk,' gaf ze ietwat weifelend te verstaan, 'ik weet het zelf niet precies... Ik was van mening dat de hele boel daar eens grondig moest worden schoongemaakt. En bovendien rook ik ook' – zij aarzelde even – 'een heel doordringende en onaangename geur...'

Zij had erop gerekend dat iedereen dan verder voor bijzonderheden zou terugschrikken. Mr. Wimborne zei zachtjes: 'Ja, ja, natuurlijk... de politiedeskundige sprak ook over drie weken. Weet u, ik vind dat we allen moeten trachten dit alles maar zoveel mogelijk uit onze gedachten te zetten.' Daarbij knikte hij Emma bemoedigend toe, die erg bleek was geworden. 'U moet bedenken dat die arme vrouw niets met de familie te maken heeft gehad.'

'Maar kunnen we daar werkelijk zo heel zeker van zijn?' opperde Cedric.

Lucy Eyelesbarrow zag hem met bijzondere belangstelling aan. De zeer opvallende verschillen tussen de drie broers hadden al dadelijk haar aandacht getrokken. Cedric was een stevige kerel met een blozend, door weer en wind verweerd gezicht, ongekamd haar en een vlotte manier van doen. Hij was ongeschoren van het vliegveld aangekomen, en al had hij zich voor het gerechtelijk onderzoek geschoren, hij had nog altijd hetzelfde pak aan waarin hij op reis was gegaan en dat het enige leek te zijn dat hij bezat: een oude grijs flanellen broek en een tamelijk versleten, opgelapt en uitgezakt jasje. Hij zag eruit als een echte bohémien, die zo van de planken was weggelopen en daar nog trots op was ook.

Zijn broer Harold daarentegen was het prototype van een bankier uit de City of de directeur van een groot bedrijf. Hij was lang en recht van postuur, zijn donkere haar werd wat grijs en dun bij de slapen. Hij droeg een zwart snorretje en ging onberispelijk gekleed in een donker, goed gesneden pak met parelgrijze das. Hij zag eruit zoals hij was: een gewiekste en geslaagde zakenman. Stijfjes merkte hij op: 'Werkelijk, Cedric, dat lijkt me een hóógst ongepaste opmerking.'

'Dat zie ik helemaal niet in. Ze lag tenslotte bij ons in de schuur. Wat was ze daar komen doen?'

Mr. Wimborne kuchte eens en sprak: 'Dat kan een rendezvous zijn geweest. Ik heb gehoord dat het hier in de buurt algemeen bekend was dat de sleutel aan een spijker bij de deur hing.'

Hij zei dit op een toon die duidelijk afkeuring inhield van een dergelijke nonchalante wijze van doen. Dit was voor Emma aanleiding ter verontschuldiging op te merken: 'Dat is in de oorlog zo gekomen. Voor de mensen van de luchtbescherming. Er stond een primus waarop ze warme chocola konden klaarmaken. En omdat er toch niets te halen viel, is dat naderhand zo gebleven. Het was makkelijk voor de Vereniging van Plattelandsvrouwen. Als we die sleutel in huis hadden bewaard, zou het lastig geweest zijn wanneer er een keer niemand thuis was geweest om hem te overhandigen. Zeker nu we alleen een dagmeisje hebben en geen inwonende bedienden...'

Ze maakte haar zin niet af. Ze had eigenlijk mechanisch, zonder veel belangstelling, gesproken, net of ze met haar gedachten ergens anders was. Cedric wierp haar een snelle blik toe.

'Je tobt ergens over, zus. Wat scheelt eraan?'

Harold sprak met stemverheffing: 'Maar Cedric, dat hoef je toch niet te vragen!'

'Ik wel. Goed, een onbekende jonge vrouw heeft zich in de lange schuur op Rutherford Hall laten vermoorden – dat klinkt ouderwets melodramatisch! – daar kan Emma op de dag van de ontdekking van geschrokken zijn, maar Emma heeft altijd gezond verstand getoond, ik snap dus niet waarom ze daarover nog verder zou moeten tobben. Verdraaid, je went tenslotte aan alles!'

'Er zijn mensen die minder makkelijk aan een moord wennen dan jij,' klonk het scherp uit Harolds mond. 'Op Majorca krijg je er misschien twee voor een dubbeltje...'

'Ibiza, niet Majorca.'

'Da's hetzelfde!'

'Helemaal niet... het is een heel ander eiland.'

Harold ging door: 'Wat ik wou zeggen is dit, dat voor jou, die met heetgebakerde Latijnse volken vertrouwd is geraakt, een moord misschien een alledaags geval is, maar hier bij ons vatten wij zoiets zeer ernstig op.' Met toenemende heftigheid liet hij erop volgen: 'En heus, Cedric, in zulke kleren bij het gerechtelijk onderzoek verschijnen...'

'Wat mankeert er aan mijn kleren? Ze zitten me makkelijk.'

'Ze zijn ongepast bij zo'n gelegenheid.'

'Nou, hoe 't zij, het zijn de enige die ik bij me heb. Ik heb mijn klerenkoffer niet meegenomen toen ik naar huis vloog om m'n familie bij te staan in deze affaire. Ik ben schilder en schilders dragen nu eenmaal graag kleren die gemakkelijk zitten.'

'Dus jij probeert nog altijd schilder te worden?'

'Hoor eens, Harold, als jij me wilt gaan beledigen –'

Mr. Wimborne schraapte zijn keel met een zekere autoriteit en sprak vermanend: 'Dit is een onvruchtbare gedachtewisseling. Ik hoop, lieve Emma, dat je, als er nog iets mocht zijn waarbij je mijn raad zou willen inwinnen, dat vóór mijn vertrek naar de stad nog even vraagt.'

Deze terechtwijzing miste haar uitwerking niet. Emma Crackenthorpe antwoordde dadelijk: 'Het was bijzonder vriendelijk van u vandaag over te komen.'

'O, dat spreekt vanzelf. Bij zo'n gerechtelijk onderzoek hoort iemand aanwezig te zijn die voor de belangen van de familie kan opkomen. Ik heb straks nog een onderhoud bij jullie thuis met de inspecteur van politie. Ik twijfel er niet aan of alles zal spoedig zijn opgehelderd, hoe bedroevend het ook moge zijn. Ik voor mij heb mijn verklaring voor het gebeurde. Zoals Emma ons reeds verteld heeft, wist iedereen in de buurt waar de sleutel van de lange schuur was opgehangen. Het lijkt me zeer waarschijnlijk dat die schuur in de wintermaanden als ontmoetingsplaats heeft gediend voor vrijende paartjes hier uit de omtrek. Ongetwijfeld heeft een jongeman bij een hartstochtelijke twist zijn zelfbeheersing verloren. Van schrik en afschuw van zijn daad vervuld, heeft hij de sarcofaag gezien als de meest geschikte plaats om zijn slachtoffer te verbergen.'

Lucy dacht bij zichzelf: ja, dat klinkt aannemelijk. Zoiets ligt voor de hand.

Maar Cedric zei: 'U sprak over vrijende paartjes hier uit de omtrek. Maar die vrouw was hier ter plaatse helemaal niet bekend. Geen mens heeft haar kunnen identificeren.'

'Dat kómt misschien nog wel. Hoewel het ook denkbaar is dat de man hier wel in de buurt woonde, maar het meisje van elders afkomstig was. Of misschien uit een ander deel van Brackhampton. Het stadje heeft zich in de laatste twintig jaren zo geweldig uitgebreid.'

'Als ik een meisje was, zou ik er voor passen kilometers van huis te worden meegenomen naar een ijskoude schuur!' luidde Cedrics bezwaar. 'Ik zou liever een beetje gaan vrijen in een warme bioscoop. Wat zegt u daarvan, miss Eyelesbarrow?'

'Is 't wel nodig ons daarin te verdiepen?' vroeg Harold klaaglijk.

Bij het stellen van deze vraag hield de auto voor de deur van Rutherford Hall stil en konden allen uitstappen.

8

Toen Mr. Wimborne de bibliotheek betrad knipperde hij even met zijn oude, slimme ogen bij het ontwaren van een knappe blonde man, die achter inspecteur Bacon zichtbaar werd. Inspecteur Bacon zei: 'Mag ik u inspecteur Craddock van New Scotland Yard voorstellen?'

'New Scotland Yard... hm.' Mr. Wimborne trok zijn wenkbrauwen op.

Dermot Craddock, die vlotte manieren had, reageerde: 'Wij zijn erbij geroepen, Mr. Wimborne. Omdat u de familie Crackenthorpe vertegenwoordigt, lijkt het mij correct u enige vertrouwelijke inlichtingen te verstrekken.'

Niemand kon handiger dan inspecteur Craddock een heel klein stukje van de waarheid vertellen en het daarbij doen voorkomen alsof dat de gehele waarheid was.

'Ik ben overtuigd dat inspecteur Bacon het daarmee eens zal zijn,' voegde hij eraan toe, zijn collega aanziende. Inspecteur Bacon stemde daarin plechtig toe en niets deed vermoeden dat het een van tevoren afgesproken zaak was.

'De kwestie is deze,' zei Craddock, 'wij hebben aanleiding te vermoeden, op grond van ons verstrekte inlichtingen, dat het slachtoffer niet uit deze streek afkomstig is, maar dat ze uit Londen naar hier gekomen is en kort tevoren uit het buitenland was aangekomen. Vermoedelijk, ofschoon we daaromtrent nog geen zekerheid hebben, uit Frankrijk.'

Mr. Wimborne trok andermaal zijn wenkbrauwen op. 'Is het werkelijk?'

'Nu de zaken zo staan,' legde inspecteur Bacon uit, 'vond de hoofdcommissaris hier het maar beter de Yard bij het onderzoek te betrekken.'

'Ik kan alleen de hoop uitspreken,' zei Mr. Wimborne, 'dat deze zaak spoedig tot klaarheid zal worden gebracht. Zoals u wel zult kunnen begrijpen is dit hele geval voor de familie hoogst onaangenaam. Al is niemand er natuurlijk persoonlijk bij betrokken, zij hebben...'

Hij zweeg even, maar inspecteur Craddock vulde handig het hiaat op door te zeggen: 'Het is zeker geen pretje als er een vermoorde vrouw op je landgoed wordt gevonden. Dat ben ik volkomen met u eens. Ik zou het zeer op prijs stellen alle leden van het gezin enkele vragen te mogen stellen.'

'Ik begrijp werkelijk niet...'

'Wat ze mij zouden kunnen vertellen? Vermoedelijk niets van belang, maar je kunt nooit weten. Wel zou ik alle inlichtingen ook van u kunnen krijgen. Omtrent dit huis en de familie.'

'Maar wat zou dat eventueel te maken hebben met die onbekende jonge vrouw, die uit het buitenland afkomstig schijnt te zijn en hier om het leven is gekomen?'

'Ja, daar draait het min of meer om,' was Craddocks mening. 'Waarom is ze hiernaartoe gekomen? Heeft ze vroeger misschien in enige relatie gestaan tot dit huis en zijn bewoners? Is ze hier vroeger misschien in betrekking geweest? Of is ze hier gekomen om met een vroegere bewoner van Rutherford Hall in contact te treden?'

Zeer koeltjes vertelde Mr. Wimborne dat Rutherford Hall altijd door de Crackenthorpes bewoond was geweest sinds Josiah Crackenthorpe het in 1884 had gebouwd.

'Dat is zeer interessant,' verklaarde inspecteur Craddock. 'Als u mij een beknopte schets zou willen geven van de geschiedenis van de familie...'

Mr. Wimborne haalde zijn schouders op. 'Daar valt niet veel over te vertellen. Josiah Crackenthorpe is fabrikant geweest van suikergoed en koekjes, sauzen en gemengd zuur. Hij heeft er een fortuin mee verdiend en toen dit huis gebouwd. Zijn oudste zoon, Luther Crackenthorpe, woont hier nu.'

'Waren er nog andere zoons?'

'Nog één, Henry, die in 1911 bij een auto-ongeluk om het leven is gekomen.'

'En heeft de tegenwoordige bewoner er nooit over gedacht het huis te verkopen?'

'Dat kan hij niet,' antwoordde de advocaat droogweg, 'door de bepalingen van zijn vaders testament.'

'Wilt u mij misschien iets over dat testament vertellen?'

'Waarom zou ik?'

Er verscheen een lachje om Craddocks lippen. 'Omdat ik het ook zelf in Somerset House kan naslaan.'

Tegen zijn wil verscheen er een stuurs lachje op het gezicht van Mr. Wimborne. 'U hebt gelijk, inspecteur. Ik wilde ook alleen maar zeggen dat de inlichting die u vroeg, volstrekt niet ter zake doet. Er is niets geheimzinnigs aan dat testament van Josiah Crackenthorpe. Hij heeft van zijn ontzaglijk vermogen een trust gemaakt, waaruit zijn zoon Luther gedurende zijn leven alle inkomsten trekt. Na diens dood zal het kapitaal gelijkelijk worden verdeeld tussen Luthers kinderen, Edmund, Cedric, Harold, Alfred, Emma en Edith. Edmund is in de oorlog gesneuveld en Edith is vier jaar geleden gestorven, zodat de erfenis bij Luther Crackenthorpes dood tussen Cedric, Harold, Alfred, Emma en Alexander Eastley, de zoon van Edith, zal worden verdeeld.'

'En het huis?'

'Dat gaat naar de oudste in leven zijnde zoon van Luther Crackenthorpe of diens nakomelingen.'

'Was Edmund Crackenthorpe getrouwd?'

'Nee.'

'Dus het landgoed gaat in feite naar...?'

'Cedric, de op een na oudste.'

'Kan Mr. Luther Crackenthorpe er in 't geheel niet over beschikken?'

'Nee.'

'Ook niet over het kapitaal?'

'Nee.'

'Is dat niet een beetje ongewoon? Me dunkt dat hieruit blijkt,' merkte inspecteur Craddock listig op, 'dat zijn vader hem niet erg mocht lijden.'

'Uw veronderstelling is juist,' zei Mr. Wimborne. 'De oude Josiah was in zijn oudste zoon teleurgesteld, omdat die geen belangstelling koesterde voor het familiebedrijf, en ook helemaal geen zakenman was. Luther reisde de hele wereld over en verzamelde kunstvoorwerpen. Daar moest de oude Josiah niets van hebben. Vandaar dat hij van zijn vermogen een trust heeft gemaakt, teneinde het intact te houden voor een volgende generatie.'

'Maar intussen heeft die volgende generatie geen cent inkomen, behalve dan wat ze van hun vader krijgen of zelf verdienen, terwijl hun vader een kolossaal inkomen geniet zonder aan het kapitaal te kunnen komen.'

'Precies. Maar ik kan me niet voorstellen dat dit iets te maken zou hebben met de moord op een onbekende jonge vrouw, een vreemdelinge, die niemand ooit heeft gezien,' zei Mr. Wimborne.

'Nee,' gaf inspecteur Craddock onmiddellijk toe, 'dat schijnt er niets mee te maken te hebben, maar ik wilde mij van alle feitelijke omstandigheden zo goed mogelijk op de hoogte stellen.'

Mr. Wimborne keek hem doordringend aan. Ogenschijnlijk gerustgesteld door het resultaat van dit onderzoek, verhief hij zich van zijn stoel.

'Dan zou ik nu wel naar de stad terug willen gaan, tenzij u me nog iets anders zou willen vragen.' Mr. Wimborne keek daarbij van de een naar de ander.

'Nee, dank u zeer, Mr. Wimborne.'

Vanuit de hal kwam het geluid van een zeer luide gongslag.

'Mijn hemel,' zei Mr. Wimborne. 'Ik denk dat een van de jongens een concert aan het geven is.'

Inspecteur Craddock verhief zijn stem, om boven de herrie uit te komen, en zei: 'We zullen de familie in alle rust laten lunchen, maar daarna willen inspecteur Bacon en ik graag terugkomen... laten we zeggen rond kwart over twee... voor een kort gesprekje met ieder lid van de familie.

Tsja...' Craddock haalde zijn schouders op. 'We moeten met alle mogelijkheden rekening houden, hoe klein ook. Iemand zou zich iets kunnen herinneren dat ons een aanwijzing kan geven omtrent de identiteit van de vrouw.'

'Dat betwijfel ik, inspecteur. Dat betwijfel ik heel sterk. Maar ik wens u succes. Zoals ik daarnet al zei: hoe eerder deze walgelijke kwestie is opgelost, hoe beter dat voor iedereen is.'

Hoofdschuddend liep hij langzaam de kamer uit.

2

Lucy was dadelijk na thuiskomst naar de keuken verdwenen, waar zij druk met de toebereidselen voor de lunch bezig was, toen Bryan Eastley zijn hoofd om de deur stak. 'Kan ik u misschien 'n handje helpen?' vroeg hij. 'Ik ben heel handig in 't huishouden.'

Lucy keek hem, vervuld van eigen gedachten, verstrooid even aan. Bryan was rechtstreeks naar de rechtszaal gereden in zijn autootje, zodat zij nog geen gelegenheid had gehad zich een oordeel over hem te vormen.

Wat zij zag leek haar sympathiek. Eastley was nog jong, een goede dertiger. Hij zag er met zijn bruine haar, blauwe ogen en grote blonde snor aantrekkelijk uit.

'De jongens zijn er nog niet,' vertelde hij, terwijl hij binnenkwam en op de punt van de keukentafel ging zitten. 'Ze fietsen er wel twintig minuten over.'

Er verscheen een lachje om Lucy's mond. 'Ze hebben wel alles op alles gezet om er niets van te missen.'

'Kan ik die twee niet kwalijk nemen. Ik bedoel... voor het eerst van hun leven een moord in de familie, als het ware!'

'Zou u even van de tafel af willen gaan, Mr. Eastley? Ik wil de braadpan erop zetten.'

Bryan gehoorzaamde.

'Dat vet is gloeiend heet. Wat gaat u erin bakken?'

'Yorkshirepudding.'

'Dat goede oude Yorkshire. Rundvlees uit het oude Engeland. Staat dat vandaag op het menu?'

'Ja.'

'Ruikt lekker.' Hij snoof waarderend. 'Vindt u het erg dat ik zomaar wat sta te babbelen?'

'Als u hierheen bent gekomen om me te helpen, zou ik liever zien dat u dat ook deed.' Ze haalde een andere pan uit de oven. 'Keert u al deze aardappeltjes maar eens om, zodat ze ook aan de andere kant bruin kunnen worden.'

Bryan gehoorzaamde meteen enthousiast.

'Hebben al die dingen hier staan sissen terwijl wij bij het gerechtelijk onderzoek waren? Stel dat alles was verbrand!'

'Heel onwaarschijnlijk. Je kunt deze oven afstellen.'

'Soort elektrisch stel hersens? Klopt dat?'

Lucy keek hem even snel aan.

'Dat klopt. Zet u de pan nu maar weer in de oven. Pas op,

neem een pannenlap. Op de tweede plaat, want bovenin komt de Yorkshirepudding.'

Bryan deed dit, maar niet zonder een pijnlijke kreet te slaken.

'Brandt u zich?'

'Ja, een beetje. Hindert niet. Wat is koken toch een gevaarlijk karwei!'

'Dan maakt u zeker nooit uw eigen eten klaar?'

'Integendeel, dat doe ik juist heel vaak. Maar nooit op deze manier. Ik kan eieren koken... als ik niet vergeet op de klok te kijken. En ook spiegeleieren met spek bakken. Ik kan een biefstukje onder de grill leggen, of een blik soep openmaken. Ik heb een van die elektrische gevalletjes in mijn flat.'

'Woont u in Londen?'

'Als je het wonen kunt noemen... ja.' Zijn stem klonk triest.

Hij keek hoe Lucy de schotel met ingrediënten voor de vleespudding op de bovenste plaat in de oven schoof. 'Ik vind dit verbazend leuk,' zei hij met een zucht.

Nu ze haar gedachten niet meer bij haar werk behoefde te houden, nam Lucy hem met wat meer aandacht op. 'Wát is leuk... deze keuken?' vroeg ze.

'Ja. Doet me aan onze keuken thuis denken – toen ik nog een kleine jongen was.'

Het frappeerde Lucy dat Bryan Eastley een zonderling eenzame indruk maakte. Nu ze hem goed aankeek, ontdekte ze ook dat hij ouder was dan ze aanvankelijk gedacht had. Hij moest dicht bij de veertig zijn. Ze vond het moeilijk in hem Alexanders vader te zien. Eerder deed hij haar denken aan de jeugdige vliegers, die ze gedurende de oorlog had ontmoet, toen zij nog op de gevoelige leeftijd van veertien was. Zij was gegroeid en gerijpt in een naoorlogse wereld, maar het leek haar of Bryan eigenlijk zo'n jonge oorlogsvlieger gebleven was en of de jaren aan hem waren voorbijgegaan. Zijn volgende opmerking bevestigde deze indruk. Hij was weer op de keukentafel gaan zitten.

'Het is een verdraaid moeilijke wereld, vindt u ook niet?

Om je er op je plaats te voelen, bedoel ik. Ik vind dat je er niet voldoende op voorbereid bent.'

Lucy herinnerde zich nu wat ze van Emma had gehoord. 'U bent piloot op een bommenwerper geweest, nietwaar? En u hebt hoge onderscheidingen gekregen?'

'Dat is het juist wat iemand zo uit zijn doen brengt. Je hebt naam gemaakt en de mensen helpen je dan aan een baan en zo meer. Allergeschiktst van de lui. Maar dat zijn dan kantoorbaantjes waar je helemaal niet voor deugt. Achter een bureau te zitten cijferen! Ik heb zo m'n eigen ideeën, weet u, en heb ook wel geëxperimenteerd met technische snufjes. Maar je krijgt er niet de nodige steun voor. Je krijgt de lui nooit zover dat ze hun geld erin steken. Als ik maar over wat kapitaal beschikken kon...'

Hij bleef even in gedachten. 'U hebt Edie niet gekend, hè, mijn vrouw? Nee, natuurlijk niet. Zij was zo héél anders dan dit stel. Jonger, om te beginnen. Zij heeft in het Vrouwelijke Hulpcorps gediend. Ze zei altijd dat die ouweheer van haar niet goed wijs was. Dat ís-t-ie ook niet. Zo krenterig als wat. Maar hij kan zijn geld tóch niet meenemen bij zijn dood! Het wordt bij z'n overlijden in porties verdeeld. Edies erfdeel gaat natuurlijk naar Alexander. Maar hij kan pas aan 't kapitaal komen wanneer hij meerderjarig wordt.'

'Neemt u mij niet kwalijk, maar wilt u weer even van de tafel af gaan? Ik ga saus maken en daarna opdienen.'

Op dat moment kwamen Alexander en Stoddart-West binnen, min of meer buiten adem en met blozende wangen.

'Hallo, Bryan!' riep Alexander blij tegen zijn vader. 'Ben je dus hier verzeild? Allemensen, wat een fijn stuk vlees. Krijgen we soms Yorkshirepudding?'

'Precies, dat krijgen we!'

'O, die is op school afschuwelijk... helemaal slap en nat.'

'Uit de weg allemaal, ik ga de saus klaarmaken.'

'Maak maar flink veel. Kunnen we niet twee sauskommen vol krijgen?'

'Best!'

'Pri-ma!' zong Stoddart-West weer.

'Ik houd niet van een lichte saus,' zei Alexander bezorgd.

'Hij wordt ook niet licht.'

'Ze kookt reusachtig!' zei Alexander tegen zijn vader.

Het leek Lucy of op dat ogenblik de rollen waren omgekeerd: Alexander sprak op de vriendelijke toon waarop een vader zich tot zijn zoontje richt.

'Mogen we u helpen, miss Eyelesbarrow?' vroeg Stoddart-West beleefd.

'Ja, dat mogen jullie. Alexander, ga jij maar alvast op de gong slaan. James, wil jij dit dienblad naar de eetkamer dragen? En wilt u het stuk vlees binnenbrengen, Mr. Eastley? Dan kom ik met de aardappelen en de Yorkshirepudding.'

'We hebben hier ook nog iemand van Scotland Yard,' zei Alexander. 'Blijft die lunchen?'

'Dat hangt er helemaal van af wat je tante wil.'

'Ik denk wel niet dat tante Emma daar bezwaar tegen heeft. Zij is heel gastvrij. Maar ik denk dat oom Harold het niet zo prettig zal vinden. Die kan die moord niet goed verwerken.'

Terwijl Alexander met het blad de deur uitliep, gaf hij over zijn schouder nog enig aanvullend commentaar. 'Mr. Wimborne zit nu nog met de man van de Yard in de bibliotheek, maar blijft niet eten. Hij moest naar Londen terug, zei hij. Kom mee, Stodders. O, hij is al onderweg naar de gong.'

Op dat moment weerklonk de gong. Stoddart-West toonde zich daarin een virtuoos, zodat er geen sprake van was dat iemand zich verder nog verstaanbaar kon maken. Bryan kwam binnen met het vlees, Lucy volgde met de groenten en liep nog een keer naar de keuken om de twee sauskommen te halen. Mr. Wimborne stond in de hal zijn handschoenen aan te doen, toen Emma vlug de trap af kwam. 'Weet u zeker dat u niet blijft lunchen, Mr. Wimborne? Alles is klaar!'

'Nee, ik heb een belangrijke afspraak in Londen. Er is een restauratierijtuig in de trein.'

'Het is bijzonder vriendelijk van u geweest om over te komen,' zei Emma nog eens dankbaar.

De twee politiemannen kwamen uit de bibliotheek te voorschijn. Mr. Wimborne nam Emma's hand in de zijne. 'Je hoeft je nergens bezorgd over te maken, lieve kind,' zei hij. 'Dit is inspecteur Craddock van New Scotland Yard. Hij heeft de leiding bij het onderzoek overgenomen. Om kwart over twee komt hij terug om van jullie nog enkele feitelijke gegevens te vragen die hem bij zijn onderzoek van nut kunnen zijn. Maar, zoals ik zei, je hoeft je nergens ongerust over te maken.' Hij keek Craddock eens aan. 'Mag ik aan miss Crackenthorpe zeggen wat u mij hebt verteld?'

'Jazeker, meneer.'

'Inspecteur Craddock heeft me als zijn mening te kennen gegeven dat dit zo goed als zeker geen plaatselijk misdrijf is geweest. Men vermoedt dat het slachtoffer via Londen uit het buitenland is gekomen.'

Emma Crackenthorpe vroeg, verontrust, op vrij scherpe toon: 'Uit het buitenland? Was ze een Française?'

Mr. Wimborne had kennelijk zijn mededeling als geruststelling voor Emma bedoeld. Hij stond nu wat beteuterd te kijken.

De ogen van Dermot Craddock vlogen vlug van Wimbornes gezicht naar dat van Emma. Hij zou weleens willen horen waarom zij zo opeens de gevolgtrekking gemaakt had dat de vermoorde vrouw een Française moest zijn. En wat de reden van haar ongerustheid was.

9

De enigen die de maaltijd werkelijk eer aandeden, waren de twee jongens en Cedric Crackenthorpe, die zich blijkbaar hoegenaamd niets had aangetrokken van de omstandigheden die zijn plotselinge overkomst naar huis nodig hadden gemaakt. Hij leek het hele geval wel als een kolossale, zij het ook lugubere, grap te beschouwen.

Zijn broer Harold, dat merkte Lucy best, kon deze houding allerminst waarderen. Harold scheen die moord eerder te beschouwen als een persoonlijke belediging aan het adres van de familie Crackenthorpe. Van verontwaardiging at hij bijna niet. Emma zag er bezorgd en ongelukkig uit en at ook heel weinig. Alfred, die blijkbaar in gedachten verdiept was geraakt, zei geen woord. Hij was knap om te zien, met zijn magere, gebruinde gezicht en wat dicht bij elkaar staande ogen.

Na de lunch kwamen de politieambtenaren terug en vroegen eerst Mr. Cedric Crackenthorpe te spreken. Inspecteur Craddock trad daarbij heel vriendelijk op. 'Neemt u plaats, Mr. Crackenthorpe. Ik heb gehoord dat u rechtstreeks van de Balearen bent overgekomen. Woont u daar?'

'Al zes jaar. Op Ibiza. Bevalt me heel wat beter dan dit miezerige klimaat.'

'Ja, u krijgt daar heel wat meer zon dan wij hier,' ging Craddock vriendelijk voort. 'U bent anders nog niet zo lang geleden thuis geweest... met Kerstmis, bedoel ik. Wat was de oorzaak dat u al weer zo spoedig bent teruggekomen?'

Cedric lachte. 'Een telegrammetje van Emma, mijn zuster. Wij hebben nog nooit eerder een moord op ons landgoed gehad. Die kans wou ik niet laten voorbijgaan. Vandaar dat ik ben komen kijken.'

'Heeft u belangstelling voor de criminologie?'

'O, we hoeven daarvoor zulke geleerde woorden niet te gebruiken! Ik houd van moorden... detectiveromans, weet u. En zoiets bijna vlak voor je deur leek me de kans van m'n leven! Bovendien, ik dacht zo dat die goeie Em wel een steuntje zou kunnen gebruiken, nu ze haar handen vol heeft aan de ouweheer en de politie en de rest.'

'Dat begrijp ik. Uw gevoel van sportiviteit en trouw aan uw familie heeft u hier gebracht. Uw zuster zal u er ongetwijfeld erkentelijk voor zijn... hoewel, haar twee andere broers waren er toch ook nog?'

'Maar niet tot troost en opbeuring,' verzekerde Cedric hem. 'Harold is er verschrikkelijk ontdaan van. Als beursmagnaat is het niet alles in één adem te worden genoemd met een moord op een dubieuze juffrouw.'

Craddock leek lichtelijk verwonderd. 'Wás het dan... een dubieuze juffrouw?'

'U zult dat wel beter weten. Maar gezien de feiten leek mij dat wel waarschijnlijk.'

'Ik had gedacht dat u er misschien enig vermoeden van had wie zij geweest kon zijn.'

'Kom nu, inspecteur, u weet allang – of uw collega's kunnen u dat vertellen – dat ik haar niet heb kunnen identificeren.'

'Ik sprak van een vermoeden, Mr. Crackenthorpe. U kunt de vrouw wel nooit eerder hebben gezien, maar toch een vermoeden hebben omtrent haar identiteit.'

Cedric schudde het hoofd. 'Nee, dan bent u op 't verkeerde spoor. Ik heb er geen flauw vermoeden van. Wilde u zeggen dat zij wellicht naar de lange schuur zou zijn gekomen om met een van ons een ontmoeting te hebben? Maar wij wonen hier toch geen van allen? De enigen hier in huis waren een vrouw en mijn oude vader. U neemt toch niet in ernst aan dat mijn geachte papa een afspraakje met haar had?'

'Wij stellen ons op het standpunt, inspecteur Bacon en ik, dat de vrouw vroeger in enig contact met dit huis kan hebben gestaan. Dat kan een behoorlijk aantal jaren geleden zijn geweest. Ga in uw gedachten eens lang terug, Mr. Crackenthorpe.'

Cedric dacht enige ogenblikken na, maar schudde toen weer ontkennend het hoofd. 'Wij hebben zo nu en dan wel eens buitenlandse hulp in huis gehad, zoals de meeste mensen trouwens, maar ik kan me geen eventuele mogelijkheid voor de geest halen. Dat kunt u de anderen misschien met meer kans op succes vragen.'

Craddock ging, achteroverleunend in zijn stoel, voort: 'U hebt tijdens het gerechtelijk onderzoek al gehoord dat het tijdstip van haar dood niet nauwkeurig door de medici kon worden vastgesteld. Meer dan twee weken geleden, minder dan vier... wat ons zo ongeveer in de buurt van Kerstmis brengt. U vertelde dat u met Kerstmis thuis bent geweest. Wanneer bent u gekomen en wanneer bent u weer weggegaan?'

Cedric dacht even na. 'Laat eens kijken... ik ben komen

vliegen. Ik ben de zaterdag vóór Kerstmis aangekomen, dat zal dus de 21ste zijn geweest.'

'Kwam u rechtstreeks van Majorca?'

'Ja. Ik ben daar 's ochtends weggegaan en hier 's middags aangekomen.'

'En wanneer bent u weer weggegaan?'

'Ik ben de volgende vrijdag teruggevlogen, de 27ste!'

'Dank u.'

Cedric grijnsde. 'Dat is helaas dus wel binnen de veronderstelde termijn. Maar heus, inspecteur, het wurgen van jonge vrouwen hoort niet tot de grapjes die ik met de kerstdagen pleeg uit te halen.'

'Ik hoop van niet, Mr. Crackenthorpe.' Inspecteur Bacon zei niets, maar keek alleen maar afkeurend. 'Een dergelijke handeling zou getuigen van een opmerkelijk gebrek aan gevoelens van vrede en goede wil, vindt u ook niet?'

Cedric stelde die vraag aan inspecteur Bacon, die alleen wat bromde.

Inspecteur Craddock zei beleefd: 'Ik dank u, Mr. Crackenthorpe. Dat is alles.'

Toen Cedric vertrokken was, vroeg Craddock: 'Wat denk je van hem?'

Bacon bromde opnieuw. 'Hij heeft praats genoeg. Ik persoonlijk mag dat type niet. Ze leven er maar zo'n beetje op los, die schilders. Ze komen ook vaak in aanraking met vrouwen van twijfelachtige reputatie.'

Er verscheen een glimlach om Craddocks mond.

'De manier waarop de man gekleed is, bevalt me ook niet,' ging Bacon voort. 'Het getuigt van weinig respect zó in de rechtszaal te verschijnen. Ik heb in geen tijden zo'n smerige slobberbroek gezien. En hebt u wel gelet op dat touwtje van 'n das? Als u het mij vraagt is het 'n type dat er geen been in ziet een vrouw naar de andere wereld te helpen.'

'Hoe het zij, als hij de 21ste pas van Majorca is weggegaan, kan hij het onmogelijk gedaan hebben. Dat kunnen we gemakkelijk verifiëren.'

Bacon zag hem scherp aan. 'Ik heb gemerkt dat u ze nog in

onzekerheid laat omtrent de juiste datum waarop de moord gepleegd moet zijn.'

'Dat doe ik altijd in het begin van een onderzoek.'

Bacon knikte vol instemming. 'Als het juiste moment dáár is, komt u er onverwacht mee voor de dag. Dat is de beste methode.'

'Maar nou,' vervolgde Craddock, 'zullen we eens zien wat de beursmagnaat ons te vertellen heeft.'

Harold Crackenthorpe hield zijn lippen stijf op elkaar en bleek al heel weinig te vertellen te hebben. Het was hoogst onsmakelijk, een allerongelukkigst voorval. Die kranten, die zich ermee bemoeien... verslaggevers hadden al een onderhoud aangevraagd... al zulke dingen meer... zeer betreurenswaardig...

Harolds staccato-zinnetjes waren daarmee uit. Hij leunde achterover in zijn stoel met een uitdrukking op zijn gezicht alsof hij een vies luchtje had geroken.

Indringende vragen van de inspecteur bleken niets op te leveren. Nee, hij had geen flauwe notie wie die vrouw kon zijn geweest. Zeker, hij had ook met Kerstmis op Rutherford Hall gelogeerd. Hij had zich niet eerder kunnen vrijmaken dan kerstavond – maar hij was tot het volgende weekeinde gebleven.

'Dat is dan dat!' besloot inspecteur Craddock, die niet verder aandrong. Het stond voor hem al vast dat hij van de kant van Harold weinig medewerking kon verwachten.

Daarom begon hij maar liever met Alfred. Deze kwam de kamer binnen met een enigszins overdreven vertoon van onverschilligheid.

Craddock meende zijn gezicht al eens eerder te hebben gezien. Maar waar? Een foto in een krant? Het was, dacht hij, in minder eervol verband geweest.

Op zijn vraag welk beroep Alfred uitoefende, kreeg hij een ontwijkend antwoord. 'Op 't ogenblik doe ik in assurantiën. Maar tot voor kort was ik geïnteresseerd in het op de markt brengen van een nieuw type dicteermachine. Dat type betekende een totale omwenteling. Wat in feite ook uit de resultaten is gebleken.'

Inspecteur Craddock keek waarderend. Geen sterveling zou hebben vermoed dat hij intussen opmerkte dat Alfred er voor het oog wel keurig gekleed uitzag, maar toch een goedkoop pak droeg. Cedrics kleding was wel slordig en tot op de draad versleten, maar toch oorspronkelijk van goede snit en kwaliteit. Hier zag hij goedkope opschik die een eigen verhaal vertelde. Bij de gebruikelijke vragen toonde Alfred belangstelling. Ze schenen hem zelfs ietwat te amuseren.

'Dat is geen gek idee dat de vrouw hier vroeger in betrekking zou zijn geweest,' zei hij. 'Maar mijn zuster heeft er nooit een kamenierster op na gehouden. Trouwens, dat heeft geen mens meer tegenwoordig. Maar ja, er zijn heel wat buitenlandsen in de huishouding werkzaam. Wij hebben ze uit Polen gehad, uit Duitsland ook een paar. Maar aangezien Emma de vrouw niet herkend heeft, kunt u die gedachte wel laten varen. Emma heeft een heel goed geheugen voor gezichten. Maar wanneer die vrouw uit Londen is gekomen... À propos, hoe bent u tot dit vermoeden gekomen?'

Hij stelde deze vraag heel terloops, maar zijn ogen keken onderzoekend en geïnteresseerd.

Inspecteur Craddock schudde glimlachend zijn hoofd. Alfred zag hem opmerkzaam aan. 'U zegt niks, hè? Ze had zeker een retourtje in haar zak?'

'Dat zou kunnen zijn, Mr. Crackenthorpe.'

'Nu, dan heeft degene die zij wilde ontmoeten onze lange schuur zeker een heel geschikte plek gevonden om ongestoord een moord te plegen. Blijkbaar was hij van de situatie hier goed op de hoogte. Als ik u was, zou ik díé persoon op het spoor zien te komen.'

'Daar zijn we mee bezig.'

Deze vijf woorden klonken rustig en vol vertrouwen. Daarna bedankte hij Alfred en stuurde hem weg.

'Weet je,' zei Craddock tegen Bacon, 'ik heb die knaap al eens eerder gezien...'

Inspecteur Bacon velde zijn vonnis: 'Een gehaaide jongen, maar niet zo gehaaid dat hij nooit tegen de lamp zal lopen!'

2

'Ik denk niet dat u mij ook wilt ondervragen,' sprak Bryan Eastley op verontschuldigende toon, terwijl hij aarzelend bij de deur bleef staan. 'Ik hoor er eigenlijk niet bij...'

'U bent Mr. Bryan Eastley, de echtgenoot van miss Edith Crackenthorpe, die vijf jaren geleden is overleden?'

'Juist.'

'Och, dit is heel vriendelijk van u, Mr. Eastley, vooral wanneer u iets weet dat ons in enig opzicht zou kunnen helpen?'

'Maar dat wéét ik juist niet. Was het maar waar. Het hele geval doet zo verdraaid eigenaardig aan, is 't niet? Hier een of andere knul komen opzoeken en dan in die tochtige oude schuur, in 't hartje van de winter. Daar zou ik feestelijk voor bedanken!'

'Het is ongetwijfeld verbijsterend,' gaf inspecteur Craddock toe.

'Is zij werkelijk een vreemdelinge? Dat gerucht gaat tenminste.'

'Zou dat u op een gedachte kunnen brengen?' Hierbij lette de inspecteur scherp op hem, maar Bryan keek hem vriendelijk en onschuldig aan.

'Nee, hoegenaamd niet!'

'Zij was wellicht een Française,' zei inspecteur Bacon op duistere, geheimzinnige toon. Dit riep bij Bryan een lichte reactie op. Iets van belangstelling straalde uit zijn blauwe ogen en hij plukte even aan zijn blonde snor. 'Heus? Uit het losbandige Parijs?' Hij schudde het hoofd. 'Maakt dat de zaak niet nóg onwaarschijnlijker? Dat gescharrel in die schuur, bedoel ik. Hebt u wel eens eerder met een lijk in een sarcofaag te doen gehad? Zo'n kerel die zich verbeeldt dat-ie Caligula is of zo'n andere Romeinse keizer?'

Inspecteur Craddock nam niet de moeite hierop te antwoorden. In plaats daarvan vroeg hij zo langs zijn neus weg: 'Is er niemand in de familie met Franse relaties? Of verwanten?'

Bryan gaf ten antwoord dat de Crackenthorpes daarvoor te degelijk waren. 'Harold is zeer respectabel getrouwd. Een vrouw met schelvisogen, dochter van verarmde adel. Alfred bemoeit zich niet erg met vrouwen... is zijn leven lang druk bezig met dubieuze affaires, die meestal verkeerd uitpakken. Je kunt ervan op aan dat Cedric daar op Ibiza een paar aardige Spaanse señorita's heeft die bereid zijn alles voor hem te doen! Vrouwen zijn altijd dol op Cedric. De man scheert zich zelden en wast zich nooit. Ik snap niet hoe hij zo'n aantrekkingskracht kan hebben, maar toch is dat zo. Maar ja, daar maak ik u niet veel wijzer mee, hè?'

Daarbij lachte hij maar eens. 'U zou er beter aan doen Alexander eens aan de tand te voelen. De jongen is met James Stoddart-West aan het speuren geslagen. Ik wed dat ze nog wat zullen vinden ook!'

Inspecteur Craddock zei dat hij dat hoopte. Hierop bedankte hij Bryan Eastley en vroeg of miss Emma Crackenthorpe nu wilde binnenkomen.

3

Inspecteur Craddock bekeek Emma Crackenthorpe met meer belangstelling dan hij dat aanvankelijk had gedaan. Hij zou dolgraag willen weten wat die uitdrukking op haar gezicht te betekenen had gehad toen hij haar vóór tafel in de hal ontmoet had.

Een rustige vrouw. Niet dom. Ook niet briljant. Een van die prettige vrouwen die mannen geneigd zijn als iets vanzelfsprekends aan te nemen, en die zelf de kunst verstaan een gezellige huiselijke sfeer te scheppen, van warmte en harmonie. Zo'n vrouw, dacht Craddock, was Emma Crackenthorpe.

Vrouwen van dat slag werden vaak onderschat, was zijn ervaring. Achter dat rustige uiterlijk school dikwijls een sterk karakter waarmee je rekening diende te houden. Misschien lag de oplossing van het raadsel wel ergens in de schuilhoeken van Emma's geest verborgen. Terwijl deze gedachten hem door het hoofd gingen, stelde Craddock haar enkele onbelangrijke vragen.

'Ik verwacht niet dat er nog iets is dat u niet aan inspecteur Bacon zult hebben verteld,' sprak hij. 'Ik behoef u niet met veel vragen lastig te vallen, denk ik.'

'O, vraagt u mij gerust maar wat u wilt.'

'U hebt van Mr. Wimborne al vernomen dat wij tot de slotsom zijn gekomen dat de vermoorde vrouw niet uit deze buurt afkomstig was. Dat maakt het niet makkelijker voor ons. Daardoor is zij moeilijker te identificeren.'

'Maar had zij dan niets bij zich? Een handtasje? Brieven?'

Craddock schudde ontkennend het hoofd. 'Niets van dat alles!'

'Heeft u ook geen idee hoe ze heet of waar ze vandaan kwam?'

Craddock dacht bij zichzelf: Wat zou ze graag weten wie deze vrouw is geweest. Was dat aldoor al zo geweest? Bacon heeft die indruk niet gekregen, en dat is toch een slimme jongen.

'Wij weten absoluut niets van haar af,' luidde zijn antwoord. 'Daarom hoopten wij dat een van u ons misschien op weg kon helpen. Bent u er wel zeker van dat u daartoe niet in staat bent? Ook als u haar niet herkend heeft, kunt u dan toch niet iemand bedenken die zij zou kunnen zijn?'

Misschien verbeeldde hij het zich, maar hij dacht dat zij even draalde voor zij antwoordde: 'Ik heb niet het flauwste idee!'

Onmerkbaar veranderde Craddocks houding. Zijn stem kreeg iets onverbiddelijks. 'Toen Mr. Wimborne u vertelde dat het een vreemdelinge was hebt u onmiddellijk de veronderstelling geuit dat zij een Française kon zijn. Waarom?'

Emma was niet in het minst uit het veld geslagen. Zij keek wat verbaasd op. 'Heb ik dat gezegd? Ja, dat is waar, nu herinner ik 't mij. Ik weet heus niet waarom. Misschien omdat je bij buitenlanders altijd geneigd bent aan Fransen te denken, zolang je niet precies weet welke nationaliteit ze hebben. De meeste vreemdelingen hier zijn toch ook Fransen?'

'Ik geloof niet dat dat tegenwoordig nog opgaat, miss Crackenthorpe. We hebben zoveel Italianen, Duitsers, Oostenrijkers en mensen uit de Scandinavische landen...'

'Ja, daar kunt u wel gelijk in hebben.'

'Had u geen bijzondere reden om aan te nemen dat deze vrouw vermoedelijk een Française was?'

Zij haastte zich niet dit te ontkennen. Zij dacht even goed na en schudde toen bijna teleurgesteld haar hoofd. 'Nee, ik geloof het werkelijk niet.'

Haar ogen keken rustig in de zijne. Craddock gaf inspecteur Bacon een wenk. Deze boog zich voorover en reikte haar een geëmailleerd poederdoosje aan.

'Herkent u dit, miss Crackenthorpe?'

Zij nam het voorwerp aan en bekeek het nauwkeurig. 'Nee, dat is beslist niet van mij.'

'Hebt u ook geen idee van wie het kan zijn?'

'Nee.'

'Dan geloof ik niet dat wij u nog langer hoeven op te houden – voorlopig.'

'Dank u.' Zij lachte hun toe, en Craddock vond dat zij nogal vlug verdween, alsof zij zich opgelucht voelde.

'Denk je dat zij er meer van weet?' vroeg Bacon.

Inspecteur Craddock gaf teleurgesteld ten antwoord: 'In zo'n eerste fase ben je altijd geneigd aan te nemen dat ze allemaal veel meer weten dan ze je willen vertellen.'

'Ze weten ook meestal meer,' wist Bacon uit ervaring. 'Alleen, met de zaak zelf heeft het soms niets te maken. Vaak zijn ze bang dat een of andere familiezonde of domme streek aan het licht zal komen.'

'Ja, zo is het. Enfin, we zullen...'

Maar wat inspecteur Craddock verder nog van plan was geweest te zeggen werd niet uitgesproken, doordat de deur openvloog en de oude Mr. Crackenthorpe kwam binnensloffen, in alle staten van verontwaardiging.

'Dat is me wat moois!' riep hij. 'Dat is waarachtig het toppunt, dat Scotland Yard niet eens de beleefdheid heeft zich in de allereerste plaats tot het hoofd van het gezin te wenden!

Wie is hier de baas in huis, dat zou ik weleens willen weten. Geef daar eens antwoord op? Wie is hier de baas?'

'Dat bent u natuurlijk, Mr. Crackenthorpe,' sprak Craddock op kalmerende toon, van zijn stoel opstaande. 'Maar wij hoorden dat u al aan inspecteur Bacon alles had verteld wat u wist en dat wij, met het oog op uw minder goede gezondheid, niet te vaak een beroep op u mochten doen. Dokter Quimper zei...'

'Zeker, zeker, ik heb geen sterke constitutie. Maar die dokter Quimper is een oud wijf... prima dokter, hij doorziet mijn geval... maar wil me te veel in de watten leggen. En als het op eten aankomt, ziet hij ze vliegen. Toen met Kerstmis mijn maag van streek raakte, moest hij álles van me weten – Wat hebt u gebruikt? Wanneer? Wie heeft het klaargemaakt? Wie heeft 'r met zijn vingers aangezeten? Alles even gewichtig en druk. Maar, al laat mijn gezondheid dan te wensen over, ik ben volkomen in staat u alle hulp te verlenen die u nodig hebt. Moord in m'n eigen huis! In mijn eigen schuur tenminste. Interessant gebouw, overigens. Uit de zestiende eeuw. De architect hier in het dorp beweert van niet, maar die man heeft er geen verstand van. Geen dag later dan 1580, maar daar gaat 't nu niet om. Wat wilde u weten? Hebt u al een theorie?'

'Daarvoor is het op het ogenblik nog iets te vroeg, Mr. Crackenthorpe. We proberen er nog steeds achter te komen wie de vrouw geweest is.'

'Vreemdelinge, dacht u?'

'Naar onze mening wél.'

'Vijandelijke spionne?'

'Hoogst onwaarschijnlijk, dunkt me.'

'Dunkt u – dunkt u! Zulke mensen kun je overal verwachten. Dat Binnenlandse Zaken hen nog toelaat, begrijp ik niet. Loeren op industriegeheimen, wil ik wedden. Dat zal zij ook wel hebben gedaan.'

'In Brackhampton?'

'Fabrieken zijn hier overal. Vlak bij mijn achterhek is er een.'

Op Craddocks vragende blik gaf Bacon ten antwoord: 'IJzeren kisten.'

'Hoe weet u wat ze daar precies fabriceren? Men kan niet alles slikken wat die lui vertellen. Goed, als ze geen spionne is geweest, wat was ze dan wél? Denkt u soms dat ze iets met een van mijn lieve zoontjes te maken had? In dat geval zou het Alfred zijn. Harold niet, die is veel te voorzichtig. En Cedric verwaardigt zich niet in ons land te wonen. Als ze het liefje van Alfred was, zal een of andere heetgebakerde minnaar haar naar hier zijn gevolgd en haar uit jaloezie hebben gedood. Wat zegt u dáárvan?'

Inspecteur Craddock gaf hierop diplomatiek te verstaan dat dit in elk geval een theorie was. Maar, zei hij, Mr. Alfred Crackenthorpe had verklaard deze vrouw niet te kennen.

'Bah! Bangigheid, anders niet. Alfred is altijd een lafaard geweest. En hij liegt ook, vergeet dat niet. Heeft hij van jongsaf gedaan. Hij kan liegen dat-ie barst. Die zoons van mij deugen geen van allen. Een troep aasgieren, die op mijn dood zitten te wachten, dat is het enige dat ze doen in het leven.' Hij verkneuterde zich. 'Maar ze kunnen lang wachten. Ik ga heus niet dood om hen te plezieren. Nu, als dat het enige is dat ik voor u doen kan... Ik ben moe. Moet gaan rusten.'

Hij sjokte de kamer weer uit.

'Het liefje van Alfred?' herhaalde Bacon op vragende toon. 'Als je het mij vraagt, heeft de oude heer dat daareven net verzonnen.' Hij weifelde even. 'Ik voor mij ben overtuigd dat er met Alfred niets aan de hand is. Ja, de man is in menig opzicht een gladde jongen, maar niet iemand die we in dit geval in overweging moeten nemen. Wel heb ik zo mijn twijfel over die man die bij de Koninklijke Luchtmacht heeft gevlogen...'

'Bryan Eastley?'

'Ja. Ik heb eerder al eens een paar mensen van dat type leren kennen. Die zijn een beetje op drift geraakt en hebben in hun jonge leven te vroeg doodsgevaar en opwinding ervaren. Nu vinden ze het leven saai. En onbevredigend. Ze zijn inderdaad onbillijk behandeld. Al zou ik niet weten hoe dat te verhelpen valt. Daar zitten ze nu mee, niets dan verleden, en geen toekomst, zogezegd. En ze vinden het niet erg risico's te nemen. Een gewoon mens kiest instinctief de veilige weg: niet zozeer uit morele als wel uit voorzichtigheidsoverwegingen. Maar deze kerels kennen geen vrees, voor hun eigen veiligheid zijn ze niet bang. Als Eastley niet los kon komen van zo'n vrouw en haar had willen vermoorden...' Hij zweeg en maakte een wanhopig handgebaar. 'Maar waarom zou hij haar hebben willen vermoorden? En haar daarna verstoppen in de sarcofaag van z'n schoonvader? Nee, als je mij vraagt, heeft geen van dit stel iets met de moord uitstaande. Als dat wel zo was, zouden ze het slachtoffer heus niet, bij wijze van spreken, op de drempel van hun huis hebben laten liggen.'

Craddock was het met hem eens dat er geen aannemelijke verklaring voor was. Bacon stelde hem voor een kop thee met hem te gaan drinken. Maar inspecteur Craddock zei dat hij een oude kennis wilde gaan opzoeken.

10

Miss Marple zat kaarsrecht tegen een achtergrond van hondjes van Chinees porselein en souvenirs van Margate. Zij had een goedkeurend glimlachje voor inspecteur Dermot Craddock. 'Wat prettig dat ú dit geval in handen hebt gekregen. Daar had ik al zo'n stille hoop op.'

'Toen ik uw briefje kreeg, ben ik dadelijk naar de hoofdcommissaris gestapt. Het trof dat hij juist een verzoek om assistentie van de politie hier had ontvangen. Zij vonden het geen plaatselijk misdrijf. De hoofdcommissaris was zeer geïnteresseerd in wat ik hem over u vertelde. Hij had al eerder van u gehoord, heb ik begrepen, door mijn peetoom.'

'Die goeie sir Henry!' zei Miss Marple hartelijk.

'Hij heeft mij hem alles laten vertellen over die zaak rond Little Paddocks. Wilt u weten wat hij daarna zei?'

'Graag, als u daarmee geen indiscretie begaat.'

'Hij zei: "Die zaak zit scheef, op het eerste gezicht. Twee

oude dames, die het geval hebben zitten uitdenken, krijgen tegen alle verwachting in gelijk. Omdat jij een van hen goed kent, belast ik jou met het onderzoek." Dus ben ik hier. Maar luistert u eens, Miss Marple, dit is natuurlijk geen officieel bezoek. Laten we eerst eens even openhartig met elkaar praten.'

Miss Marple keek hem lachend aan. 'Wilt u wel geloven dat iemand die u alleen maar in functie gezien heeft, nooit zou denken dat u zo menselijk zou kunnen zijn? U ziet er ook knapper uit dan ooit... nee, bloos maar niet... Maar, komaan, wat hebben ze u tot nu toe verteld?'

'Ik beschik over alle gegevens, geloof ik. De allereerste verklaring van uw vriendin, Mrs. McGillicuddy, aan de politie van St. Mary Mead. De bevestiging daarvan door de treinconducteur en haar briefje aan de stationschef van Brackhampton. De zaak is door alle betrokkenen deugdelijk onderzocht, dat staat vast. Maar ik moet zeggen dat u iedereen verbluft hebt doen staan en dat u buitengewoon knap geraden hebt.'

'Niet geráden!' protesteerde Miss Marple. 'Ik had bovendien iets vóór. Ik kende Elspeth McGillicuddy, en niemand anders kende haar. Haar lezing vond nergens bevestiging, en als er dan ook geen enkele vrouw als vermist wordt opgegeven, dan denken ze natuurlijk allemaal dat het alleen maar inbeelding is geweest van een oude dame – dat héb je bij oude dames nu eenmaal – maar niet bij Elspeth McGillicuddy!'

'Niet bij Elspeth McGillicuddy!' beaamde de inspecteur. 'Ik zal haar graag eens ontmoeten. Was zij maar niet helemaal naar Ceylon gegaan. Tussen haakjes: wij hebben al maatregelen getroffen om haar daar te ondervragen.'

'Mijn eigen methode van redeneren was niet eens origineel,' verzekerde Miss Marple. 'Die vindt u al bij Mark Twain. Van die jongen, die het paard wist te vinden. Hij dacht zich alleen maar goed in waar hij heen zou gaan als hij zelf een paard was en daar ging hij zoeken, en daar stond het paard ook!'

'U hebt zich dus ingeleefd in de positie van een harteloze,

koelbloedige moordenaar?' vroeg Craddock, peinzend naar de bleekroze wangen van de oude dame kijkend. 'Werkelijk, uw geest...'

'Is net een zinkput, placht mijn neef Raymond altijd te zeggen.' Ze knikte heftig. 'Maar ik zei dan: "Zulke putjes zijn onmisbare dingen, en eigenlijk zeer hygiënisch." '

'Gaat u eens verder en stel u volkomen in zijn plaats, kunt u me dan misschien ook zeggen waar de moordenaar zich op het ogenblik bevindt?'

Miss Marple slaakte een zucht. 'Ik wou dat ik dát kon! Ik heb er niet het flauwste idee van. Alleen weet ik met zekerheid dat het iemand moet zijn die op Rutherford Hall heeft gewoond of met de situatie daar bekend is.'

'Ben ik met u eens. Maar dat opent onafzienbare mogelijkheden. Een hele reeks werksters is daar in huis geweest. Er zijn vergaderingen van de Vereniging van Plattelandsvrouwen in de lange schuur gehouden en de lui van de Luchtbescherming hebben er vóór die tijd vrije toegang gehad. Iedereen kende de lange schuur en de sarcofaag en wist ook waar de sleutel van de deur werd opgehangen. Iedereen die hier in de buurt woont, zou dat een geschikte plaats voor zijn plannen hebben kunnen vinden.'

'Ja, dat is zo. Ik begrijp uw moeilijkheid volkomen.'

Craddock ging voort: 'We zullen niets kunnen bereiken totdat we het slachtoffer hebben geïdentificeerd.'

'Maar dat zal ook niet makkelijk zijn!'

'O, dat lukt ons wel... op den duur. Wij gaan op het ogenblik alle opgaven na van vermiste vrouwen van haar leeftijd en uiterlijk. De politiedokter schat haar op ongeveer 35 jaar, gezond, vermoedelijk gehuwd, met ten minste één kind. Haar bontmantel was niet duur en in een Londense zaak gekocht. Honderden exemplaren zijn daarvan in het laatste kwartaal verkocht, waarvan ongeveer zestig procent aan blonde dames. Geen enkele verkoopster heeft de foto van het slachtoffer kunnen herkennen. Als ze trouwens vlak voor Kerstmis die mantel gekocht heeft, bestaat er ook niet veel kans op. Haar overige kledingstukken waren van Franse makelij, voornamelijk in Parijs gekocht. Wasmerken van Engelse wasserijen ontbreken. Wij hebben contact met Parijs, waar eveneens een onderzoek gaande is. Vroeg of laat horen we natuurlijk wel van de vermissing van een familielid of pensiongast. Dat is slechts een kwestie van tijd.'

'Gaf dat poederdoosje nog enige aanwijzing?'

'Helaas niet. Die worden in de Rue de Rivoli bij honderdtallen verkocht, een goedkoop ding. À propos, dat bewijsstuk had u toch onmiddellijk aan de politie ter hand behoren te stellen, weet u... of liever, miss Eyelesbarrow had dat behoren te doen.'

Miss Marple schudde haar hoofd. 'Op dat moment was er nog geen sprake van dat er enig misdrijf zou zijn gepleegd, vergeet dat niet,' bracht zij hem onder het oog. 'Wanneer een jongedame bij het slaan van een golfballetje een oud en goedkoop poederdoosje in het gras vindt, dan hoeft ze daarmee toch niet onmiddellijk naar de politie te lopen?' Miss Marple wachtte even en liet er met nadruk op volgen: 'Het leek me véél verstandiger eerst het lijk te vinden.'

Inspecteur Craddock raakte geprikkeld. 'Twijfelde u er dan geen ogenblik aan dat dit daar in de buurt te vinden zou zijn?'

'Daar was ik zeker van. Lucy Eyelesbarrow is buitengewoon bijdehand en scherpzinnig.'

'Dat ben ik volkomen met u eens! Zij jaagt me de stuipen op het lijf met haar bijdehandheid! Er is geen man die haar zal durven trouwen.'

'Nu, dat moet u niet zeggen. Maar het moet natuurlijk een bepaald type man zijn.' Miss Marple dacht hierover even door. 'Hoe voldoet zij op Rutherford Hall?'

'O, zij zijn geheel en al op haar aangewezen, voor zover ik begrijp. Zij eten, en dat bijna in letterlijke zin, uit haar hand! Tussen haakjes: zij weten daar niets van haar relatie met u. Dat hebben we verzwegen.'

'Zij is wat mij betreft nu zo vrij als een vogel. Ze heeft gedaan wat ik haar gevraagd had te doen.'

'Dus zij zou daar gewoon de dienst kunnen opzeggen?'

'O, ja.'

‘Maar toch blijft ze. Waarom doet ze dat?’

‘Dat heeft ze mij niet verteld. Ze is een verbazend intelligent meisje. Ik vermoed dat zij er geïnteresseerd in is geraakt.’

‘Het zou kunnen dat beide aspecten moeilijk te scheiden zijn.’

Craddock keek haar doordringend aan. ‘Denkt u aan iets speciaals?’

‘O, nee... gunst nee!’

‘Toch geloof ik van wél.’

Miss Marple schudde ontkennend haar hoofd. Dermot Craddock zuchtte eens.

‘Ik kan dus alleen maar mijn “nasporingen voortzetten”, zoals dat in vaktermen heet. Je hebt als politieman toch maar een saai leven!’

‘U zult resultaat boeken, daarvan ben ik overtuigd,’ zei Miss Marple vriendelijk.

‘Kunt u me nog iets aan de hand doen? Nog een paar geïnspireerde gissingen misschien?’

‘Ik heb nog gedacht aan toneelgezelschappen en zo, die in deze tijd van het jaar altijd op tournee zijn,’ zei Miss Marple. ‘Die trekken van de ene stad naar de andere, zonder vast adres. Een lid van zo’n gezelschap zal niet zo spoedig worden vermist.’

‘Ja, daar zit misschien iets in. Dat zullen we stellig in gedachten houden,’ beloofde de inspecteur. Hij liet erop volgen: ‘Waar lacht u om?’

‘Ik dacht net,’ antwoordde Miss Marple, ‘aan het gezicht dat Elspeth McGillicuddy zal opzetten, als ze hoort dat we het lijk hebben gevonden!’

2

‘Nee maar!’ riep Mrs. McGillicuddy. ‘Nee maar!’

Woorden schoten tekort. Zij keek naar de sympathieke jongeman die tegenover haar zat en haar zijn legitimatie getoond had, en toen naar de foto's die hij haar ter hand had gesteld.

'Ja, dat is ze!' bevestigde zij. 'Dat is ze. Arme ziel! Nu, ik moet zeggen dat ik blij ben dat u haar hebt gevonden. Er was niemand die me geloven wou. De politie niet en de lui van de Spoorwegen niet. Het is om dol van te worden, als niemand je wil geloven. Hoe het zij, niemand kan zeggen dat ik niet al het mogelijke aan de zaak heb gedaan.'

De aardige jongeman toonde medegevoel en waardering.

'Waar hebben ze haar gevonden, zei u?' vroeg Mrs. McGillicuddy.

'In de schuur van een landhuis, Rutherford Hall, even buiten Brackhampton.'

'Nooit van gehoord. Hoe hebben ze haar daar gekregen, vraag ik me af.'

Daarop kreeg ze geen antwoord.

'Jane Marple heeft het natuurlijk ontdekt. Dat kun je Jane best toevertrouwen!'

'Het stoffelijk overschot,' gaf de jongeman ten antwoord, na zijn aantekeningen te hebben geraadpleegd, 'is gevonden door miss Lucy Eyelesbarrow.'

'Ook nooit van gehoord,' verklaarde Mrs. McGillicuddy. 'Ik denk toch dat Jane er wel achter gezeten heeft.'

'In ieder geval, Mrs. McGillicuddy, u herkent van deze foto de vrouw die u bij die bewuste gelegenheid in de trein hebt gezien?'

'Toen ze door een man werd gewurgd. Ja, dat is ze!'

'Kunt u mij nu ook die man enigszins beschrijven?'

'Het was een grote man,' verklaarde Mrs. McGillicuddy.

'Ja?'

'Een donker type, met zwart haar.'

'Juist.'

'Meer kan ik u niet zeggen, omdat hij met zijn rug naar mij toe stond. Ik heb zijn gezicht niet kunnen zien.'

'Zou u hem herkennen wanneer u hem zag?'

'Natuurlijk niet! Ik heb alleen zijn rug gezien, niet zijn gezicht.'

‘Hebt u ook geen indruk gekregen van zijn leeftijd?’

Mrs. McGillicuddy dacht even na. ‘Nee, eigenlijk niet. Ik bedoel: weten doe ik niets. Hij was niet zo heel erg jong, dát niet. Zijn schouders waren... stijf, als u begrijpt wat ik bedoel.’

De jongeman knikte.

‘Hij was zeker ouder dan dertig, maar meer zou ik niet durven zeggen. Dat komt omdat ik eigenlijk niet naar hem gekeken heb, maar naar dat afschuwelijke gezicht van die vrouw... Weet u, soms zie ik dat nog in m’n droom vóór me... zijn handen om haar keel en zij... helemaal blauw.’

‘Het moet iets vreselijks voor u zijn geweest,’ verklaarde de jongeman vol sympathie. Hij klapte zijn notitieboekje dicht en vroeg: ‘Wanneer denkt u naar Engeland terug te keren?’

‘O, de eerstvolgende drie weken blijf ik hier nog wel. Ik móét toch niet terugkeren, is ’t wel?’

Vlug stelde hij haar gerust. ‘O, nee. U zou daar voorlopig toch niets kunnen doen. Maar ja, wanneer we tot een arrestatie mochten overgaan...’

Daar bleef het bij.

Met de luchtpost kreeg zij een brief van haar vriendin Jane Marple. Haar handschrift was klein en puntig. Telkens had zij woorden onderstreept. Door jarenlange ervaring kon Mrs. McGillicuddy het gekrabbel echter makkelijk ontcijferen. Miss Marple bracht haar vriendin uitvoerig verslag uit. Dit werd met grote voldoening verslonden.

Jane en zij hadden het toch maar bij het rechte eind gehad!

II

‘Ik kan werkelijk geen hoogte van u krijgen!’ zei Cedric Crackenthorpe, terwijl hij plaatsnam op het vervallen muurtje van een voormalig varkenshok en Lucy Eyelesbarrow onderzoekend aanzag.

‘Wat begrijpt u dan niet van me?’

‘Wat u hier eigenlijk doet.’

‘Mijn brood verdienen.’

'Als duizendpoot?' klonk het kleinerend.

'U bent werkelijk niet met uw tijd meegegaan!' verklaarde Lucy. 'Ja, als duizendpoot! Maar dat heet tegenwoordig hulp in de huishouding of huishoudster, of "antwoord op een gebed". Dit laatste nog het meest!'

'U kunt toch onmogelijk al die dingen prettig vinden die u te doen hebt... eten koken, bedden opmaken, rondsnorren met een stofzuiger of met uw armen tot aan de ellebogen in vet afwaswater duiken.'

Lucy lachte. 'Niet alle onderdelen misschien, maar koken doe ik heus voor mijn genoegen, dat spreekt tot mijn creativiteit. Ook heb ik iets in me dat werkelijk geniet van het fatsoeneren van een onordelijke bende.'

'Ik woon permanent in een bende,' gaf Cedric op uitdagende toon te kennen. 'Daar houd ik van.'

'Daar ziet u wel naar uit.'

'Mijn huisje op Ibiza wordt volgens eenvoudige beginselen bestierd. Drie borden, twee kop-en-schotels, een bed, een tafel en een paar stoelen. Overal vind je stof en vegen verf en schilfers steen – ik ben namelijk behalve schilder ook beeldhouwer – en niemand mag ergens aankomen. Ik zou geen vrouw in huis kunnen velen.'

'In geen enkele hoedanigheid?'

'Zeg eens even wat u daarmee bedoelt?'

'Ik veronderstel dat een man met zo'n kunstzinnig temperament als het uwe er toch wel een liefdesleven op na houdt?'

'Wat u mijn liefdesleven belieft te noemen, gaat een ander niet aan,' gaf Cedric waardig ten antwoord. 'Wat ik niet zou kunnen velen, is een vrouw in de hoedanigheid van redderende bemoeial.'

'Wat zou ik uw huishouden graag eens onder handen nemen!' zei Lucy.

'Daar zult u heus de kans niet toe krijgen!'

'Daar reken ik ook niet op.'

Er vielen een paar bakstenen van de varkensstal af. Cedric keek om en zag de brandnetels aan de binnenzijde. 'Die brave Madge, ik herinner me dat beest nog heel goed,' vertelde hij, 'een goedhartige zeug, met een onnoemelijk aantal biggetjes. Bij haar laatste worp had ze er zeventien, dat herinner ik me nog. Op mooie namiddagen gingen we hierheen om Madge met een stok op haar rug te krabben. Dat vond ze zalig.'

'Hoe komt het dat die stallen zo jammerlijk in verval zijn geraakt? Dat kan toch onmogelijk alleen maar een gevolg zijn geweest van de oorlog?'

'U zou de boel hier ook graag eens opknappen, neem ik aan. Wat bent u toch een bemoeial. Nu begrijp ik ook waarom juist u dat lijk ontdekt heeft. U kon zelfs niet met uw vingers van een antieke sarcofaag afblijven!' Cedric zweeg even en ging toen voort: 'Nee, dat kwam niet alleen door de oorlog. Dat heeft mijn vader op z'n geweten. Hoe vindt u hem, tussen twee haakjes?'

'Ik heb nog niet veel gelegenheid gehad daarover na te denken.'

'U moet de vraag niet ontwijken. De man is zo gierig als wat en ook niet helemaal goed wijs, als u het mij vraagt. Hij kan ons geen van allen luchten of zien... Emma misschien uitgezonderd. Dat komt door grootvaders testament.'

Lucy zag hem vragend aan.

'Grootvader heeft het familiefortuin bij elkaar geschraapt. Met z'n koekjes en zoetigheid en al dat lekkers dat bij een uitgebreide thee hoort. Maar hij had een vooruitziende blik, en is al gauw overgeschakeld op zoutjes, kaaskoekjes, canapés en al dat gedoe dat ze tegenwoordig op grote schaal bij cocktailparty's naar binnen slaan. Nu, er brak een moment aan waarop mijn vader aan grootvader te kennen gaf dat hij zich verheven voelde boven deze materie. Hij reisde naar Italië, de Balkan en Griekenland en liefhebberde in kunst. Grootvader had geweldig de smoor in. Naar zijn oordeel was vader geen zakenman en evenmin een kunstkenner – hij had overigens volkomen gelijk in beide opzichten – daarom heeft hij zijn vermogen in een trust ondergebracht ten behoeve van zijn kleinkinderen. Vader geniet dus zijn leven lang het vruchtgebruik, maar kan niet aan het kapitaal komen. Weet u wat-ie toen is gaan doen? Hij gaf geen cent meer uit, kwam hier wonen en begon te sparen en te sparen. Misschien heeft hij nu zelf net zo'n vermogen bij elkaar gespaard als mijn grootvader heeft nagelaten. Maar intussen krijgen we geen van allen, Harold, ikzelf, Alfred en Emma, een rooie cent van grootvaders geld. Ik ben een doodarme schilder. Harold is in zaken gegaan en is nu een man van betekenis in de City... hij is de enige van ons die er slag van heeft geld te verdienen, al heb ik me laten vertellen dat-ie tegenwoordig aan de grond zit. Alfred, nou ja, laat ik daarover liever zwijgen.'

'Waarom?'

'U bent wel nieuwsgierig, hè? De kwestie is dat Alf zo'n beetje het zwarte schaap van de familie is. Niet dat-ie al in de gevangenis heeft gezeten, maar het scheelde niet veel. In de oorlog was hij bij het ministerie van Bevoorrading. Daar moest hij vrij plotseling weg, onder nogal twijfelachtige omstandigheden. Daarna is hij betrokken geweest bij enkele bedenkelijke affaires met ingeblikte vruchten en een netelige kwestie over eieren. Geen grote misdrijven. Alleen wat gesjoemel in de marge.'

'Is het niet nogal onverstandig dat allemaal aan een vreemde te vertellen?'

'Hoezo? U bent toch geen politiespionne?'

'Dat zou kunnen.'

'Daar geloof ik niks van. U liep hier al te sloven vóór er ook nog maar één politieman zijn hoofd om de deur had gestoken.'

Hij zweeg omdat hij zijn zuster Emma uit de moestuin zag komen. 'Hallo, Em? Je ziet eruit of je je ergens ongerust over maakt.'

'Dat doe ik ook. Ik wil je spreken, Cedric.'

'Ik moet nu naar de keuken,' zei Lucy tactvol.

'Ga nu niet weg. Die moord heeft u vrijwel tot lid van de familie gemaakt,' zei Cedric.

'Ik heb nog zoveel te doen. Ik kwam alleen maar wat peterselie halen.'

Cedric keek haar na en zei tegen Emma: 'Een verdraaid knap meisje. Wie is ze eigenlijk?'

‘O, zij heeft al veel naam gemaakt,’ antwoordde Emma. ‘Zij is beslist het neusje van de zalm op haar gebied. Maar laten we het nu niet over haar hebben, Cedric. Ik maak me zo verschrikkelijk ongerust. Het is duidelijk dat de politie vermoedt dat die vermoorde vrouw een Française geweest is. Cedric, je denkt toch niet dat het Martine kan zijn?’

2

Gedurende enkele ogenblikken zat Cedric haar met grote ogen aan te kijken, alsof hij er niets van begreep.

‘Martine? Maar wie ter wereld... o, je bedoelt Martine?’

‘Ja, denk je dat *zij*...’

‘Waarom zou ’t in ’s hemelsnaam Martine moeten zijn?’

‘Nou, dat telegram van haar was op z’n minst genomen eigenaardig. Het moet zo ongeveer op dezelfde tijd zijn geweest... Zou je denken dat ze ten slotte tóch hiernaartoe gekomen is en toen...’

‘Onzin. Wat zou Martine hier hebben moeten doen en dan nog wel in de lange schuur! Waarvoor? Dat lijkt me al hoogst onwaarschijnlijk!’

‘Vind je niet dat ik het inspecteur Bacon moet vertellen – of die andere?’

‘Wat vertellen?’

‘Van Martine. En van haar brief.’

‘Maak de dingen nu niet erger, zus, door er van alles bij te halen dat er hoegenaamd niets mee te maken heeft. Ik voor mij ben nooit erg overtuigd geweest van die brief van Martine.’

‘Ik wel.’

‘Jij hebt altijd grif van alles geloofd, lief kind. Mijn advies luidt: houd je stil en mondje dicht! Het is de taak van de politie de identiteit van het slachtoffer vast te stellen. Ik wed dat Harold er net zo over zal denken.’

‘O, Harold zeker. En Alfred ook. Maar ik maak me ongerust, Cedric, ontzettend ongerust. Ik weet werkelijk niet wat ik doen moet.’

'Niets!' verklaarde Cedric zonder aarzelen. 'Je moet je mond dichthouden, Emma. Maak geen slapende honden wakker, da's mijn devies.'

Emma Crackenthorpe zuchtte eens. Langzaam ging zij naar huis terug, allesbehalve gerustgesteld. Toen ze bij de voordeur was, kwam dokter Quimper net naar buiten en opende het portier van zijn oude Austin. Hij zag haar en liep haar tegemoet.

'Emma,' begon hij, 'je vader is in prima conditie. Die moord heeft hem goedgedaan. Hij stelt nu veel meer belang in het leven. Ik zal het aan meer patiënten moeten aanraden, geloof ik.'

Er verscheen een automatisch lachje om Emma's lippen. Dokter Quimper, die altijd snel reacties opmerkte, vroeg: 'Is er iets bijzonders?'

Emma keek naar hem op. Zij was gewend steun te vinden in de vriendelijkheid en het medeleven van de dokter. Hij was een vertrouwd huisvriend geworden. Zij liet zich door zijn voorgewende bruuskheid niet misleiden. 'Ja, ik zit over iets te tobben,' gaf zij toe.

'Zou je het mij willen vertellen? Maar doe het vooral niet tegen je zin.'

'Ik vertel het wel graag. U weet er trouwens al wat van. De kwestie is dat ik niet weet wat ik doen moet.'

'Ik vind dat jouw oordeel altijd nogal juist is. Wat is het probleem?'

'U herinnert zich – of misschien ook niet – dat ik u wel eens verteld heb over mijn broer... degene die in de oorlog gesneuveld is?'

'Je bedoelt dat die getrouwd was – of had willen trouwen – met een Frans meisje? Iets van die aard?'

'Juist. Vrijwel onmiddellijk nadat we zijn brief daarover hadden ontvangen, is hij gesneuveld. Van dat meisje hebben we naderhand nooit meer wat gehoord. Het enige dat we wisten van haar, was haar voornaam. Wij hadden er altijd nog op gerekend dat ze zou schrijven of zou komen opdagen. Maar nee. Tot een maand geleden... vlak vóór Kerstmis!'

'Ja, dat weet ik. Toen kregen jullie een brief, is het niet?'

'Juist. Daarin stond dat ze in Engeland was en er prijs op stelde ons te komen opzoeken. Alles was daartoe voorbereid, toen we plotseling een telegram kregen dat ze onverwacht naar Frankrijk moest terugkeren.'

'En?'

'De politie heeft het vermoeden dat die vermoorde vrouw een Française is geweest.'

'Werkelijk? Mij leek ze eerder een Engels type, maar dat kan ik niet zo goed beoordelen. Jij bent dus bang dat die vermoorde vrouw misschien het meisje van je broer is geweest?'

'Ja.'

'Dat lijkt me hoogst onwaarschijnlijk,' verzekerde dokter Quimper, maar hij liet erop volgen: 'Al kan ik mij best indenken dat je daarover bent gaan tobben.'

'Nu zou ik weleens willen weten of ik ook aan de politie moet vertellen wat ik denk. Cedric en de anderen vinden dat helemaal niet nodig. Wat vindt u?'

'Hm!' Dokter Quimper tuitte zijn lippen. Enige ogenblikken dacht hij na. Toen zei hij, haast met tegenzin: 'Het is natuurlijk wel zo eenvoudig niets te zeggen. Ik kan best begrijpen dat je broers dat willen. Niettemin...'

'Ja?'

Quimper keek haar hartelijk aan. 'Ik zou doorzetten. Anders blijf je er maar over tobben. Ik ken je.'

Emma bloosde. 'Ik doe er misschien dom aan.'

'Je moet doen wat je zelf wilt, lief kind, en laat de rest van de familie maar in z'n vet gaar smoren. Ik hecht aan jouw oordeel méér dan aan dat van alle anderen bij elkaar.'

12

'Meisje! Hé... meisje, kom eens hier!'

Verbaasd keek Lucy achterom. De oude Mr. Crackenthorpe stond haar heftig te wenken, bij een halfopen deur.

'Roept u mij, Mr. Crackenthorpe?'

'Praat niet zoveel. Kom eens hier!'

Lucy gaf aan dit bevel gehoor. De oude heer pakte haar bij de arm en trok haar de kamer in. Daarna deed hij de deur achter haar dicht. 'Ik moet je eens wat laten zien,' zei hij.

Lucy keek om zich heen. Zij stonden in een vertrekje dat kennelijk als studeerkamer was ingericht, maar duidelijk in een hele tijd niet voor dat doel was gebruikt. Stapels stoffige paperassen lagen op het bureau en er hingen spinnenwebben aan het plafond. Het rook er beslist muf.

'Wilt u dat ik deze kamer eens schoonmaak?' informeerde zij.

Mr. Crackenthorpe schudde heftig van nee. 'Alsjeblieft niet! Ik houd deze kamer altijd op slot. Emma zou hier ook graag eens redderen, maar dat mag ze niet. Dit is helemaal van mij. Ziet u die stenen? Dat zijn geologische curiosa.'

Lucy bekeek een verzameling van twaalf of veertien klompen steen, enkele gladgeslepen, andere ruw. 'Prachtig!' sprak ze belangstellend. 'Heel interessant.'

'Zo is het. Hoogst interessant. Je bent een intelligent meisje. Ik laat ze ook niet aan iedereen zien. Ik zal je nog wat anders laten zien.'

'Dat is verbazend vriendelijk van u, maar ik moet nu eigenlijk nodig met mijn werk doorgaan. Met zes mensen hier in huis...'

'Die eten me de oren van het hoofd! Dat is het enige dat ze hier komen doen. Eten! Geen van hen denkt er ook maar een ogenblik aan iets te betalen. De bloedzuigers! Ze zitten gewoon te wachten op m'n dood. Maar ik ben nog lang niet van plan dood te gaan. Zeker niet voor hún plezier! Ik ben veel sterker dan zelfs Emma weet.'

'Dat geloof ik graag.'

'Ik ben ook zo oud nog niet. Zij maakt een ouwe man van me door me als zodanig te behandelen. Jij vindt me niet oud, is 't wel?'

'Nee, volstrekt niet.'

'Verstandig kind ben je. Moet je dit eens zien!' Hij wees op een ietwat verbleekte kaart aan de muur. Het was een stamboom, zag Lucy. Enkele delen waren zo dicht en zo fijntjes beschreven dat men een loep nodig zou hebben om ze te kunnen lezen. De verste voorouders echter prijkten in grote sierletters, met kroontjes boven hun namen.

'Wij stammen van koningen af,' verklaarde Mr. Crackenthorpe. 'Dit is de stamboom van mijn moeder, weet u... niet van mijn vader. Dat was een heel gewoon mannetje. Hij móch me niet. Ik stond een trap hoger dan hij. Had veel weg van mijn moeder. Van nature bezat ik kunstgevoel en smaak voor de klassieke beeldhouwkunst. Ik kan mij mijn moeder niet meer herinneren... zij is gestorven toen ik twee jaar was. Zij was de laatste van haar geslacht. Zij hadden geen cent meer en toen is ze maar met mijn vader getrouwd. Maar moet je hier eens kijken – Edward de Belijder – Aethelred de Ongerede – een hele reeks! Allemaal voordat de Normandiërs zijn gekomen. Vóór de Normandische tijd – dat wil toch wat zeggen!'

'Dat doet het zeker!'

'Nu zal ik je nog wat anders laten zien.' Hij bracht haar naar een grote, donkere, eikenhouten kast. Lucy vond het geen prettige gewaarwording zijn sterke vingers om haar arm te voelen. Er was niets dat erop wees dat Mr. Crackenthorpe een zwakke man was.

'Zie je dat? Komt uit Lushington, waar de familie van mijn moeder gewoond heeft. Uit de tijd van koningin Elizabeth. Vier mannen kunnen hem nog nauwelijks van z'n plaats krijgen. Je weet niet wat ik daarin bewaar, hè? Wil ik 't je laten zien?'

'Hè, ja, laat u me dat eens zien!' gaf Lucy beleefdheidshalve ten antwoord.

'Nieuwsgierig, hè? Alle vrouwen zijn nieuwsgierig.' Hij haalde een sleutel uit zijn zak en ontsloot daarmee de deur van het onderste gedeelte van de kast. Daaruit bracht hij een zo goed als nieuw geldkistje te voorschijn. Ook dit ontsloot hij.

'Kijk maar eens, lieve kind. Weet je wat dat zijn?'

Hij pakte er een in papier gewikkeld rolletje uit en trok het papier aan één zijde los. Gouden munten gleden in de palm van zijn hand.

'Moet je eens zien, meisje! Bekijk ze eens goed, raak ze eens aan, neem er eens een in je hand. Ik wed dat je ze nog nooit eerder gezien hebt, je bent er te jong voor. Allemaal gouden soevereinen. Echt zuiver goud. Dát was ons wettig betaalmiddel vóór die vieze papiertjes in zwang kwamen. Ze zijn nu meer dan het dubbele van het papiergeld waard! Ik heb ze jaren geleden verzameld. Ik bewaar nog meer dingen van grote waarde in deze kast. Alles voor de toekomst. Emma weet daar niets van. Geen mens weet ervan. Da's óns geheim, snap je? Weet je waarom ik je dit laat zien en het je allemaal vertel?'

'Waarom?'

'Omdat ik niet wil dat je denkt dat ik een afgeleefde, zieke ouwe man ben. Ik ben nog een vitale kerel. Mijn vrouw is al jaren dood. Die maakte altijd overal bezwaar tegen. Ze hield niet van de namen die ik aan de kinderen heb gegeven – goeie Angelsaksische namen – ze stelde geen belang in mijn stamboom. Ik nam nooit notitie van wat ze zei. En zij miste pit... gaf altijd toe. Maar jij bent heel anders... een pittig, intelligent raspaardje. Laat ik je een raad geven. Vergooi je niet aan een jonge vent. Jonge mannen zijn dwazen! Je moet aan je toekomst denken. Je moet wachten...' Zijn vingers drongen in Lucy's arm. Hij fluisterde haar in het oor: 'Meer zeg ik niet! Je moet wachten! Die onnozele halzen denken dat ik gauw dood zal gaan. Geen sprake van. Ik overleef hen misschien allemaal. En dan zullen we eens kijken. Harold heeft geen kinderen. Cedric en Alfred zijn ongetrouwd. Emma... die trouwt nu niet meer. Zij is een beetje weg van dokter Quimper, maar Quimper dénkt er niet over met Emma te trouwen. Je hebt Alexander natuurlijk. Ja, Alexander... Je moet weten dat ik erg op Alexander gesteld ben. Ja, dat is de moeilijkheid. Ik ben erg gesteld op Alexander.'

Hij zweeg even, het voorhoofd fronsend. Toen vroeg hij: 'Nu, meisje, wat denk je ervan? Wat denk je ervan, zeg?'

'Miss Eyelesbarrow...' Emma's stem drong flauwtjes door de gesloten deur tot hen door. Lucy greep dankbaar de hierdoor geboden gelegenheid aan.

'Miss Crackenthorpe roept me. Ik moet nu heus weg. Heel veel dank voor alles wat u mij hebt laten zien...'

'Vergeet niet ons geheimpje...'

'Dat vergeet ik niet,' beloofde Lucy. Zij spoedde zich naar de hal, niet goed wetend of haar nu al of niet een voorwaardelijk huwelijksaanzoek was gedaan.

2

Dermot Craddock zat achter zijn bureau bij New Scotland Yard. Hij hing in een gemakkelijke houding schuin achterover en telefoneerde, met de elleboog van een arm op de tafel steunend. Hij sprak Frans, een taal die hij tamelijk goed beheerste.

'Dit was alleen maar een idee, weet u,' sprak hij.

'Beslist een uitstekend idee,' zei de stem aan de andere kant uit de *Préfecture* in Parijs. 'Ik heb in die kringen al navraag laten doen. Als ze niet in gezinsverband leven en ook geen minnaar hebben, kunnen dergelijke vrouwen heel gemakkelijk uit de circulatie verdwijnen zonder dat iemand zich erom bekommert. Ze gaan op tournee of vinden een nieuwe echtvriend... dat gaat geen mens wat aan. Jammer dat de foto die u zond, zo deksels moeilijk herkenning toelaat. Maar dat is niet anders. Ik zal alle binnenkomende rapporten nauwlettend bestuderen. *Au revoir, mon cher*!'

Terwijl Craddock een soortgelijke afscheidsgroet herhaalde, werd hem een briefje op zijn bureau geschoven waarop te lezen stond:

'Miss Emma Crackenthorpe vraagt inspecteur Craddock te spreken.
Inzake Rutherford Hall.'

Craddock legde de hoorn op de haak en zei tegen de politieagent: 'Laat miss Crackenthorpe maar binnen.'

Terwijl hij op haar komst zat te wachten, dacht hij, achterovergeleund, na. Hij had zich dus niet vergist: er was iets dat Emma Crackenthorpe wist – misschien niet veel, maar toch iets. En zij had besloten hem daarvan in kennis te stellen.

Hij stond op toen zij werd binnengelaten, drukte haar de hand, schoof een stoel voor haar bij en presenteerde haar een sigaret, waarvoor zij echter bedankte. Daarop volgde even een stilte. Ze probeerde haar woorden zo goed mogelijk te kiezen, dacht hij. Hij boog zich naar haar toe.

'Bent u hier gekomen om mij iets mee te delen, miss Crackenthorpe? Kan ik u ergens mee helpen? U hebt zich ergens ongerust over gemaakt, vermoedelijk. Misschien over een kleinigheid, waarvan u niet zeker bent of die wel iets met de moordzaak te maken heeft? Betreft het wellicht de identiteit van het slachtoffer? Heeft u misschien reden om te vermoeden wie het geweest kan zijn?'

'Nee, dat niet precies. Ik geloof dat het zelfs bijzonder onwaarschijnlijk is, maar toch...'

'... is er een mogelijkheid die u niet met rust laat? Dan doet u beter het mij te zeggen. Dan zijn wij misschien in staat u op dit punt gerust te stellen.'

Emma dacht enige ogenblikken na voor ze sprak. Toen zei ze: 'U hebt drie broers van mij ontmoet. Ik heb er nóg een gehad, Edmund, die in de oorlog is gesneuveld. Kort voor zijn dood heeft hij me uit Frankrijk een brief gestuurd.'

Zij opende haar handtasje en haalde er een verkreukelde en vaak herlezen brief uit. Daaruit las zij voor: 'Ik hoop dat je er niet van zult schrikken, Emma, maar ik ga met een Frans meisje trouwen. Dat is allemaal nogal plotseling gekomen, maar ik ben er zeker van dat je van Martine zult houden en voor haar zult zorgen wanneer mij iets mocht overkomen. Ik schrijf alle bijzonderheden wel in een volgende brief, maar dan zijn we al getrouwd. Bereid de ouweheer voorzichtig voor, wil je? Anders springt hij nog uit zijn vel.'

Inspecteur Craddock stak zijn hand uit. Emma aarzelde

even, maar overhandigde hem daarna de brief. Zij praatte in vlug tempo verder. 'Twee dagen na de ontvangst van deze brief kregen we een telegram dat Edmund werd vermist, vermoedelijk was gesneuveld. Naderhand is ons dit laatste bevestigd. Dat was vlak vóór Duinkerken – een periode van de grootst mogelijke verwarring. In de legeradministratie werd, voor zover ik heb kunnen nagaan, geen melding van zijn huwelijk gemaakt, maar het was een tijd van de grootst mogelijke verwarring, zoals ik heb gezegd. Van dat meisje Martine heb ik daarna nooit iets gehoord. Na de oorlog heb ik nog wel pogingen gedaan om inlichtingen over haar in te winnen, maar ik kende alleen haar voornaam en zij had in het door de Duitsers bezette gebied gewoond. Zo zijn we ten slotte tot de conclusie gekomen dat het huwelijk nimmer had plaatsgevonden en dat het meisje waarschijnlijk later met iemand anders getrouwd of zelf misschien overleden was.'

Inspecteur Craddock knikte. Emma vertelde verder. 'U zult zich dus wel kunnen voorstellen hoe verrast ik was toen ik een maand geleden een brief kreeg, die was ondertekend met "Martine Crackenthorpe".'

'Hebt u die bij u?'

Emma haalde de brief uit haar tasje te voorschijn en gaf hem die. Craddock las hem met de grootste belangstelling. De brief was in een schuin en beschaafd handschrift geschreven.

'*Chère Mademoiselle*, Ik hoop dat u niet zult schrikken wanneer u deze brief ontvangt. Ik weet zelfs niet eens of uw broer Edmund u wel van ons huwelijk in kennis heeft gesteld. Hij is het wel van plan geweest. Hij is slechts enkele dagen na ons huwelijk gesneuveld, op de dag dat de Duitsers ons dorp hadden bezet. Na afloop van de oorlog kon ik er niet toe besluiten u te schrijven, ofschoon Edmund mij dat wel gevraagd had. Maar toen had ik een nieuw leven opgebouwd en was het niet nodig mij met u in verbinding te stellen. Nu staan de zaken er echter anders voor. Ik schrijf u omwille van mijn zoontje, het kind van uw broer, omdat ik hem de opvoeding niet kan geven waarop hij recht heeft. Ik kom in het begin van de volgende week naar Engeland. Wilt u mij even laten weten of u mij kunt ontvangen? Richt uw antwoord dan s.v.p. aan het adres Elvers Crescent 126. Ik hoop van harte dat u hiervan niet te zeer zult schrikken.

U de verzekering gevende van mijn oprechte gevoelens,

Martine Crackenthorpe.'

Craddock las de brief nogmaals over voor hij hem teruggaf.

'Wat hebt u na ontvangst van deze brief gedaan, miss Crackenthorpe?' wilde hij weten.

'Mijn zwager, Bryan Eastley, logeerde toevallig bij ons en ik heb hem om raad gevraagd. Daarna heb ik mijn broer Harold opgebeld en zijn advies gevraagd. Harold stond er verbazend sceptisch tegenover en ried mij de grootste voorzichtigheid aan. "We moeten de geloofsbrieven van die vrouw eerst eens zorgvuldig onderzoeken," zei hij.'

Emma vervolgde: 'Dat was een verstandig advies waarmee ik het helemaal eens was. Maar als deze dame werkelijk de Martine was over wie Edmund mij vlak voor zijn dood geschreven had, voelde ik mij geroepen haar hartelijk te ontvangen. Ik heb dus naar het door haar opgegeven adres geschreven en haar uitgenodigd bij ons op Rutherford Hall te komen logeren. Enkele dagen later kreeg ik een telegram uit Londen: "Tot mijn spijt genoopt onverwacht naar Frankrijk terug te keren. Martine." Daarna heb ik niets meer van haar gehoord.'

'En wanneer is dat allemaal gebeurd?'

Emma fronste het voorhoofd. 'Vlak vóór Kerstmis. Dat weet ik zeker, omdat ik haar wilde voorstellen de kerstdagen bij ons door te brengen. Maar mijn vader wilde daar niets van horen, dus heb ik haar geschreven dat zij het weekeinde na Kerstmis moest komen logeren, omdat we dan nog allemaal bij elkaar waren. Ik geloof dat het telegram dat zij naar Frankrijk terug moest, eigenlijk een paar dagen vóór Kerstmis gekomen is.'

'En nu denkt u dat de vrouw van wie het stoffelijk overschot in de sarcofaag gevonden is, deze Martine zou zijn?'

'Nee, natuurlijk niet. Maar toen u zei dat zij vermoedelijk een vreemdelinge was, moest ik me wel afvragen of zij misschien...'

Haar stem stokte. Craddock sprak snel en geruststellend. 'U hebt zeer juist gehandeld door mij dit te vertellen. Wij zullen het onderzoeken. Ik zou zo zeggen dat er vermoedelijk weinig reden is om te betwijfelen dat de dame die u de brief geschreven heeft, ook werkelijk naar Frankrijk is teruggereisd en daar nu gezond en wel aanwezig is. Aan de andere kant, er is sprake van een overeenkomst in data, die u zelf ook al zo slim bent geweest te constateren. Zoals u tijdens het gerechtelijk onderzoek van de politiedokter hebt gehoord, moet de vrouw tussen de drie en vier weken geleden zijn overleden. Maar maakt u zich geen zorgen, miss Crackenthorpe, laat alles maar aan ons over.' Terloops liet hij erop volgen: 'U hebt Mr. Harold Crackenthorpe om advies gevraagd. Wat zeiden uw vader en andere broers?'

'Vader moest ik het natuurlijk vertellen. Hij heeft zich erg erover opgewonden,' gaf ze met een glimlachje ten antwoord. 'Hij was overtuigd dat het weer een poging was om hem geld uit de zak te kloppen. Hij denkt, of doet net alsof hij denkt, dat hij straatarm is en op elke cent moet bezuinigen. Ik geloof dat oude mensen weleens meer zulke obsessies krijgen. Er is natuurlijk geen sprake van. Hij heeft een groot inkomen uit vermogen waarvan hij nog geen vierde gedeelte uitgeeft, al is dat nu met die hoge inkomstenbelasting wel anders geworden.'

Zij zweeg even en vervolgde: 'Ik heb het mijn twee andere broers ook verteld. Alfred scheen het hele geval als 'n grap te beschouwen, al was ook hij van mening dat het een poging tot oplichting moest zijn. Cedric interesseerde het niet, die is volmaakt egocentrisch. Ons plan was Martine te ontvangen in de familiekring en dan Mr. Wimborne uit te nodigen daarbij aanwezig te zijn.'

'Wat zei Mr. Wimborne van 't geval?'

'Wij waren nog niet zover gekomen dat we de zaak met hem hadden besproken. Toen we Martines telegram kregen, waren we net van plan dat te gaan doen.'

'Hebt u toen geen verdere stappen ondernomen?'

'Jawel. Ik heb haar aan haar Londense adres geschreven met GELIEVE DOOR TE ZENDEN op de envelop, maar ik heb er tot nu toe taal noch teken op gehoord.'

'Een vrij zonderlinge geschiedenis... Hm...' Hij keek haar doordringend aan. 'Wat is uw eigen mening erover?'

'Ik weet niet wat ik ervan denken moet.'

'Maar hoe was uw eerste reactie? Kreeg u de indruk dat de brief authentiek was, of was u het met uw vader en broers eens? En uw zwager, tussen haakjes, wat dacht die ervan?'

'O, Bryan was van mening dat de brief volkomen echt was.'

'En uzelf?'

'Ik... was er niet zeker van.'

'En wat waren uw gevoelens – aangenomen dat deze dame werkelijk de weduwe van uw broer Edmund was?'

Er verscheen een zachte uitdrukking op Emma's gezicht. 'Ik was bijzonder op Edmund gesteld. Hij was mijn lievelingsbroer. De brief van Martine leek me nu net precies een brief zoals een meisje in de gegeven omstandigheden zou schrijven. De loop van de gebeurtenissen zoals zij die beschreef, was heel natuurlijk. Misschien was ze wel hertrouwd en voor de tweede maal weduwe geworden of in de steek gelaten, en dan was het in haar geval toch juist dat zij zich tot Edmunds familie wendde, zoals hij dat indertijd zelf ook gewenst had. Maar Harold opperde de mogelijkheid dat die brief kon zijn geschreven door een vrouw, een oplichtster, die Martine goed gekend had en van alle feiten op de hoogte was en daardoor een heel aannemelijke brief had kunnen opstellen. Ik moest het bestaan van die mogelijkheid toegeven, maar toch...'

Zij zweeg.

'U had liever dat hij echt was?' vroeg Craddock vriendelijk.

Zij keek hem met een dankbare blik aan. 'Ja, ik hoopte in mijn hart dat-ie echt was. Ik zou het heel prettig vinden als Edmund een zoon had nagelaten.'

Craddock knikte eens. 'Zoals u zelf zegt: zo op het eerste gezicht maakt die brief een authentieke indruk. Het is eerder wat daarop is gevolgd, dat verwonderlijk is: dat plotselinge vertrek van Martine Crackenthorpe en het feit dat u daarna hoegenaamd niets meer van haar hebt vernomen. U had haar een vriendelijk briefje teruggeschreven en gevraagd of ze kwam logeren. Waarom heeft zij, al moest zij naar Frankrijk terugkeren, niets meer van zich laten horen dan dat ene telegrammetje? Dat wil zeggen, aangenomen dat alles zuivere koffie is geweest. Was ze een oplichtster, dan ligt de verklaring natuurlijk voor de hand. Het is bijvoorbeeld denkbaar dat een van uw broers inlichtingen over haar heeft doen inwinnen en dat haar dat heeft afgeschrikt. Of deze Martine kan een verleden hebben gehad dat ze liever niet aan het licht wilde laten komen. Ze kan hebben gedacht dat ze alleen maar met Edmunds lieve zuster te maken had en niet met harde, nuchtere en argwanende zakenlieden. Zij heeft misschien gehoopt van u geld los te zullen krijgen voor haar kind, nu bijna geen kind meer, maar een jongen van een jaar of vijftien, zestien, zonder dat haar allerlei lastige vragen zouden worden gesteld. Maar ze kan tot de ontdekking zijn gekomen dat alles heel anders zou gaan lopen. Ten slotte zou het, denk ik, ernstige juridische consequenties hebben gehad. Edmunds zoon, uit een wettig huwelijk geboren, zou een nieuwe erfgenaam van uw grootvaders vermogen betekenen.'

Emma knikte.

'Bovendien, naar wat mij verteld is, zou hij te zijner tijd Rutherford Hall met het bijbehorende terrein erven – bijzonder waardevol bouwterrein zal dat langzamerhand wel zijn geworden.'

Emma zag hem enigszins verschrikt aan. 'Ja, daaraan had ik nog niet eens gedacht.'

'Daar zou ik ook maar niet over tobben,' zei inspecteur Craddock. 'U hebt er goed aan gedaan mij dit alles te komen vertellen. Ik zal er navraag naar doen, maar voorlopig lijkt het mij zeer waarschijnlijk dat er geen enkel verband zal blijken te bestaan tussen de vrouw die u die brief heeft geschreven (en er vermoedelijk op uit was geld op te strijken uit een zwendelaffaire) en de vrouw wier lijk in de sarcofaag is aangetroffen.'

Met een zucht van verlichting stond Emma op. 'Ik ben zo blij dat ik u alles heb verteld. Dank u wel voor uw vriendelijke ontvangst.'

Craddock bracht haar tot aan de deur. Daarna belde hij brigadier Wetherall van de recherche. 'Bob, ik heb een karweitje voor je. Ga eens even naar Elvers Crescent, het nummer is 126. Neem foto's mee van die vrouw van Rutherford Hall. Kijk eens wat je daar te weten kunt komen omtrent een dame die zich Martine Crackenthorpe noemt. Zij moet óf er hebben gewoond óf brieven aan dit adres hebben afgehaald, zo tussen 15 en eind december.'

'Zeker, meneer.'

Craddock bleef daarna met allerlei andere zaken bezig. 's Middags bezocht hij een bevriende impresario. Hij verkreeg geen inlichtingen die hem iets verder brachten.

Later op de dag, toen hij weer op kantoor kwam, lag daar een telegram uit Parijs. 'Verstrekte bijzonderheden kunnen toepasselijk zijn op Anna Stravinska, Ballet Maritski. Overkomst gewenst. Dessin, Préfecture.'

Craddock haalde opgelucht adem. Zijn gezicht klaarde op. Eindelijk! Dat betekende dus dat die Martine Crackenthorpe er niets mee te maken had... Hij besloot de nachtboot naar Calais te nemen.

13

'Wat verbazend vriendelijk van u mij uit te nodigen voor de thee,' sprak Miss Marple tot Emma Crackenthorpe.

Miss Marple zag er bijzonder wollig en donzig uit – het toonbeeld van een lieve oude dame. Zij keek stralend in het rond, naar Harold Crackenthorpe in zijn donkere pak van goede snit, naar Alfred, die haar met een innemend lachje een schotel met sandwiches presenteerde, en naar Cedric, die in zijn versleten tweedjasje tegen de schoorsteenmantel leunde en de rest van de familie nors stond aan te kijken.

'Wij vonden het erg prettig dat u komen kon,' klonk Emma's beleefde antwoord.

Niets wees erop dat zich 's middags na de lunch het volgende had afgespeeld.

'O, hemeltje, dat was ik totaal vergeten,' had Emma uitgeroepen. 'Ik heb tegen miss Eyelesbarrow gezegd dat zij haar oude tante vandaag wel voor de thee kon meebrengen.'

'Zeg haar af!' zei Harold bits. 'We hebben nog een heleboel te overleggen. Daar hebben we geen vreemden bij nodig.'

'Laat haar met haar nichtje theedrinken in de keuken of ergens anders,' opperde Alfred.

'Dat kan onmogelijk,' gaf Emma op besliste toon te kennen. 'Dat zou heel onbeleefd zijn.'

'Och, laat haar gerust komen,' was Cedrics mening. 'Dan kunnen we haar eens uithoren over die wonderbaarlijke Lucy. Ik zou weleens iets meer over dat meisje willen weten. Ik weet niet wat ik van haar denken moet. Ze is mij een beetje al te glad.'

'Ze beschikt over uitstekende relaties en heeft een goede naam,' wist Harold. 'Daar heb ik dadelijk naar geïnformeerd. Ik wilde ook zekerheid hebben. Dat rondneuzen en opeens een lijk ontdekken vond ik maar raar.'

'Wisten we maar wie dat ellendige schepsel was!' bromde Alfred.

Harold zei boos: 'Ik moet zeggen, Emma, dat ik het meer dan dwaas van je heb gevonden dat jij aan de politie bent gaan zeggen dat die vermoorde vrouw weleens het meisje van Edmund kon zijn. Dat moet hen wel op de gedachte brengen dat ze ons is komen opzoeken en dat een van ons haar bij die gelegenheid kan hebben vermoord.'

'O, nee, Harold, overdrijf niet zo!'

'Harold heeft volkomen gelijk,' verklaarde Alfred. 'Wat jou daarbij heeft bezield, snap ik niet. Ik heb nu een gevoel of ik overal achterna word gezeten door rechercheurs in burger.'

'Ik heb haar nog zó gezegd dat ze het niet moest doen,' voegde Cedric eraan toe, 'maar toen heeft Quimper haar gesterkt in haar voornemen.'

'Waar bemoeit de man zich mee!' foeterde Harold. 'Laat hij zich bij zijn pillen en poeders houden.'

'O, houden jullie nou eens op met ruzie maken,' had Emma vermoeid uitgeroepen. 'Wil je wel geloven dat ik blij ben dat die ouwe miss Hoe-heet-ze-ook-al-weer hier thee komt drinken? We zullen er allemaal van opknappen als er eens iemand anders bij ons is om onze gedachten af te leiden, anders blijven we eindeloos in hetzelfde kringetje ronddraaien. Ik ga me nu eerst een beetje opknappen.'

Toen ze de kamer uit was, begon Harold: 'Die Lucy Eyelesbarrow,' maar hij hield zich in. 'Net wat Cedric zegt: het is raar dat zij in de schuur is gaan rondsnuffelen en het deksel van die sarcofaag heeft opgetild – wie komt in 's hemelsnaam op 't idee! En dan: het is een enorm werk zo'n geval op te vijzelen. Wellicht zouden we juridische stappen tegen haar moeten ondernemen. Ik vond haar houding tijdens de lunch bepaald vijandig...'

'Laat haar maar aan mij over,' stelde Alfred voor. 'Ik ben er gauw genoeg achter of ze iets in haar schild voert.'

'Ik bedoel: om welke reden heeft zij dat deksel opgetild?'

'Ze is misschien helemaal niet de echte Lucy Eyelesbarrow,' opperde Cedric.

'Maar waar was het haar om te doen...' Harold keek vreselijk ontstemd. 'Verdraaid nog-an-toe!'

Zij keken elkaar verontrust aan. 'Daar heb je die verwenste oude miss – net op 'n ogenblik dat je samen zit te overleggen.'

'We praten vanavond de zaak verder uit,' stelde Alfred voor. 'Dan kunnen we eerst die ouwe tante eens goed over Lucy uithoren.'

Miss Marple was dus netjes door Lucy van huis gehaald en in het hoekje bij de haard geïnstalleerd, waar zij nu Alfred minzaam toelachte, met die goedkeurende blik die ze altijd voor mannen met een knap uiterlijk overhad.

‘Heel graag neem ik zo’n heerlijk sandwichje – ei met ’n visje? O, dánk u, verrukkelijk! Ik geloof dat ik altijd een beetje gulzig ben, bij de thee. Als je wat ouder wordt, weet u...? En, natuurlijk, altijd maar een uiterst licht middagmaal... Ik moet me in acht nemen.’ Nu richtte zij zich weer tot haar gastvrouw. ‘Wat woont u hier mooi. En wat hebt u een boel mooie dingen. Die bronzen beelden, weet u, doen me denken aan die welke mijn vader indertijd heeft gekocht... op de wereldtentoonstelling in Parijs. Zo, zijn ze van uw grootvader? Ja, ze zijn klassiek van lijn. Heel mooi. Wat heerlijk voor u, uw broers bij u te hebben. Je ziet zo vaak dat een gezin uit elkaar valt... naar India, hoewel dat is nu wel uit... of naar Afrika – daar aan de westkust is het zo’n miserabel klimaat.’

‘Twee van mijn broers wonen in Londen.’

‘Heel prettig voor u!’

‘Maar mijn broer Cedric is schilder. Die woont op Ibiza, een van de Balearen.’

‘Schilders wonen altijd graag op ’n eiland, is ’t niet?’ vroeg Miss Marple. ‘Chopin... was dat niet Mallorca? Nee, dat was een musicus. Maar ik bedoel eigenlijk Gauguin. Wat ’n droevig leven... weggegooid, vind ik. Ik voor mij vind er niets aan, aan al die geschilderde Indische vrouwen... en al weet ik wel dat het erg mooi gevonden wordt... ik moet niets van die vale mosterdkleur hebben! Je krijgt heus last van de gal als je ernaar kijkt.’

Ze zag Cedric een beetje afkeurend aan. Deze zei: ‘Vertelt u ons eens wat uit de kinderjaren van Lucy, Miss Marple!’

Nu keek ze opeens verheugd. ‘O, Lucy is altijd zo’n begaafd kind geweest! Ja kind, dat was je – val me niet in de rede. Buitengewoon in rekenen bijvoorbeeld. Ja, ik herinner me nog best, toen de slager eens het boekje helemaal verkeerd had opgeteld...’

Miss Marple begon op volle toeren allerlei zogenaamde herinneringen uit Lucy’s kinderjaren te vertellen en ging daarna over op de belevenissen in haar eigen dorpje. Daaraan kwam een onverwacht einde door de binnenkomst van Bryan met de jongens, tamelijk nat en vies, als gevolg van hun geestdriftig speuren naar aanwijzingen. Tegelijk met de thee verscheen ook dokter Quimper, die, na aan de oude juffrouw te zijn voorgesteld, enigszins vragend om zich heen keek.

'Ik hoop niet dat je vader zich minder goed voelt, Emma?'

'O, nee, dat niet... hij was alleen wat moe vanmiddag.'

'Hij ontvlucht het bezoek, denk ik,' zei Miss Marple, met een ondeugend lachje. 'Dat weet ik nog heel goed van mijn eigen beste vader. "Komt er zo'n stel kletskousen?" vroeg hij dan aan mijn moeder. "Breng de thee maar boven, op m'n studeerkamer." Ja, hij kon dan héél ondeugend zijn.'

'O, maar denkt u vooral niet...' begon Emma, maar Cedric onderbrak haar.

'Hij laat de thee altijd boven brengen, wanneer zijn dierbare zoons eens overkomen. Psychologisch verklaarbaar, niet, dokter?'

Dokter Quimper, die zich aan sandwiches en mokkacake te goed deed met de openhartige waardering van iemand die gewoonlijk weinig tijd aan tafel kan doorbrengen, antwoordde: 'Psychologie moest overgelaten worden aan psychologen. Het is 'n ramp dat iedereen tegenwoordig aan psychologie doet. Mijn patiënten weten me haarfijn te vertellen onder welke complexen en neurosen ze gebukt gaan. Ik kan mijn mond wel dichthouden. Graag nog een kopje, Emma. De lunch is er vandaag bij ingeschoten.'

'Het leven van een dokter is vol zelfopoffering, vind ik altijd,' verzekerde Miss Marple.

'Dan kent u toch niet veel dokters,' gaf dokter Quimper ten antwoord. 'Ze heetten vroeger bloedzuigers, en dat zijn ze nóg vaak. In elk geval, nu zorgt de staat voor ons. Er is geen sprake meer van onbetaald gebleven rekeningen. Het is alleen zo jammer dat je patiënten nu het onderste uit de kan "van de staat" willen hebben, en dat betekent dat ze voor elk wissewasje de dokter uit z'n bed bellen. Maar enfin! Heerlijke cake, Emma. Bakken kún je!'

'Miss Eyelesbarrow heeft hem gebakken, niet ik.'

'Nou, maar die van jou is net zo lekker,' zei dokter Quimper hartelijk.

'Wilt u nu even meegaan om naar vader te kijken?' Emma stond op en de dokter ging met haar het vertrek uit. Miss Marple keek hen na.

'Miss Crackenthorpe is een heel toegewijde dochter, zie ik,' zei ze.

'Ik kan me niet voorstellen hoe ze het bij die ouwe uithoudt,' zei Cedric, zonder een blad voor zijn mond te nemen.

'Ze woont hier heel comfortabel en vader is erg aan haar gehecht,' zei Harold snel.

'Em is als oude vrijster geboren,' zei Cedric.

Met een lichte twinkeling in haar ogen zei Miss Marple: 'O, denkt u dat echt?'

Harold zei snel: 'Mijn broer gebruikte die woorden niet in negatieve zin, Miss Marple.'

'O, ik voelde me niet beledigd,' zei Miss Marple. 'Ik vroeg me alleen af of hij gelijk had. Ik zou zelf miss Crackenthorpe niet als een oude vrijster zien. Volgens mij is zij het type dat op latere leeftijd trouwt en daar nog een succes van weet te maken ook.'

'Niet waarschijnlijk zolang ze hier blijft wonen,' zei Cedric. 'Hier ziet ze nooit iemand met wie ze zou kunnen trouwen.'

De twinkeling in de ogen van Miss Marple werd sterker. 'Er zijn altijd geestelijken... en artsen.'

Met haar vriendelijke, ondeugende ogen keek ze een ieder om de beurt aan.

Het was duidelijk dat ze iets had gesuggereerd waar zij nog nooit aan hadden gedacht en waar ze niet al te blij mee waren.

Miss Marple ging staan en liet daarbij enige wollen sjaals en haar tasje vallen.

De drie broers raapten alles meteen heel behulpzaam op.

'Aardig van u,' piepte Miss Marple. 'O ja, en mijn blauwe mofje. Ja, zo aardig van u me hier uit te nodigen. Ik had me al afgevraagd hoe uw huis eruitzag, weet u, zodat ik me die lieve Lucy hier werkend kan voorstellen.'

'Perfecte levensomstandigheden, met een moord er gratis bijgeleverd,' zei Cedric.

'Cedric!' Harolds stem klonk boos.

Miss Marple glimlachte Cedric toe. 'Weet u aan wie u me doet denken? Aan de jonge Thomas Eade, de zoon van onze bankdirecteur. Die wilde anderen altijd schokken. Dat kon in die bankkringen natuurlijk niet, dus is hij naar West-Indië gegaan... Hij is naar huis gekomen toen zijn vader was gestorven en heeft veel geld geërfd. Zo prettig voor hem. Hij heeft altijd al beter geld kunnen uitgeven dan verdienen.'

2

Lucy had Miss Marple weer thuisgebracht. Op de terugrit kwam er een gestalte uit het donker naar voren, die in het licht van haar koplampen bleef staan, net op het moment dat zij de achterweg wilde indraaien. Lucy herkende Alfred Crackenthorpe, die zijn hand opstak.

'Hier is het beter,' merkte hij op, toen hij naast haar zat. 'Brr, wat is 't koud! Ik had zin in een fikse wandeling, maar dat viel niet mee. De oude dame weer veilig thuisgebracht?'

'Ja, ze had het erg gezellig gevonden.'

'Dat kon je haar aanzien. Grappig dat oude dames nog zo gesteld zijn op gezelschap, hoe vervelend ook. Heus, je kunt je niets saaiers indenken dan Rutherford Hall. Meestal houd ik het niet langer dan ten hoogste twee dagen uit. Ik begrijp niet dat jij het volhoudt, Lucy! Je vindt het toch niet erg als ik je Lucy noem?'

'Volstrekt niet. En ik verveel me hier helemaal niet. Maar voor mij is het natuurlijk maar een tijdelijk verblijf.'

'Ik heb eens op je gelet – je bent een reuze bijdehand meisje, Lucy. Veel te intelligent om je tijd te verdoen met koken en stoffen.'

'Dank je, maar dat doe ik toch liever dan achter een bureau op kantoor zitten.'

'O, maar er zijn ook nog andere levensmogelijkheden waarbij je zo vrij bent als 'n vogel!'

'Dat ben ik nu ook!'

‘Maar toch niet zo dat je je eigen baas bent, voor jezelf werkt, je scherpzinnigheid inzet tegen...’

‘Tegen wat?’

‘Het bevoegd gezag. Alle dwaze, bedillerige voorschriften die je tegenwoordig het leven onmogelijk dreigen te maken. Het interessantste van alles is juist dat er altijd wel een uitweg te ontdekken valt om eraan te ontkomen. Als je maar handig bent. En jij lijkt me verbazend handig. Zeg eens, staat dat je aan?’

‘Dat hangt ervan af!’

Lucy stuurde haar wagen de garage in.

‘Je laat je er liever niet over uit?’

‘Ik zou er eerst wat meer van moeten weten.’

‘Eerlijk gezegd, lieve kind, ik zou jou best kunnen gebruiken. Je beschikt over een manier van optreden die onschatbaar is, je wekt vertrouwen.’

‘Wou je dat ik je een handje hielp bij dubieuze zaakjes?’

‘Niets riskants! Alleen een beetje door de mazen van de wet heen kruipen, meer niet.’ Hij stak zijn arm door de hare. ‘Je bent een verdraaid aantrekkelijk meisje, Lucy. Ik zou je dolgraag als compagnon hebben.’

‘Ik voel me gevleid!’

‘Je bedoelt dat je er niets in ziet? Denk er toch eens over. Over de pret en het plezier slimmer te zijn dan al die stijve Klazen. De moeilijkheid is alleen aan voldoende kapitaal te komen.’

‘Het spijt me, maar dat heb ik niet.’

‘O, daar viste ik niet naar. Ik krijg binnenkort wel kapitaal in handen. Mijn hooggeachte vader heeft waarachtig het eeuwige leven niet, de ouwe gierigaard. Zodra hij ertussenuit is geknepen, krijg ik een behoorlijke duit. Wat denk je ervan, Lucy?’

‘Wat zijn de condities?’

‘Trouwen, als je daarop gesteld bent. Dat schijnen de meeste vrouwen te willen, hoe progressief en onafhankelijk ze ook zijn. Bovendien hoeven getrouwde vrouwen nooit als getuige tegen hun echtgenoot op te treden.’

'Dat is minder vleiend.'

'Lucy, laat die houding nu eens even varen. Begrijp je niet dat ik verliefd op je ben?'

Enigszins tot haar eigen verwondering bezorgde dit haar een eigenaardige gewaarwording. Alfred had werkelijk iets charmants over zich, ofschoon dit wellicht uitsluitend van fysieke aard was. Ze lachte en trok vlug haar arm uit de zijne. 'Het is nu geen tijd voor onzin! Ik moet naar de keuken, anders krijgen we niets te eten.'

'Gelijk heb je en je kunt verrukkelijk koken, Lucy. Wat krijgen we vandaag?'

'Wacht maar eens af! Je bent al net zo nieuwsgierig als de jongens!'

Ze gingen het huis binnen en Lucy haastte zich naar de keuken. Het verbaasde haar bij haar bezigheden te worden gestoord door Harold Crackenthorpe.

'Miss Eyelesbarrow, heeft u misschien een ogenblikje voor me?'

'Kan het ook straks, Mr. Crackenthorpe? Ik moet nu werkelijk opschieten.'

'Zeker. Zeker. Na tafel dan?'

'Ja, dat is goed.'

Het eten kwam op tijd op tafel en iedereen vond het lekker. Toen Lucy had afgewassen en weer in de hal verscheen, stond Harold Crackenthorpe op haar te wachten. 'Ja, Mr. Crackenthorpe?'

'Zullen we hier maar even gaan zitten?' Hij deed de deur van de salon open en ging haar voor. Hij deed de deur achter haar dicht.

'Morgen ga ik weer weg,' begon hij, 'daarom wilde ik u graag nu zeggen dat uw bekwaamheid mij bijzonder getroffen heeft.'

'Dank u voor het compliment,' gaf Lucy met enige verwondering te kennen.

'Ik heb 't gevoel dat uw talenten hier verspild zijn – eenvoudig verspild.'

'Dacht u dat? Ik niet.'

In ieder geval kan híj me niet ten huwelijk vragen, dacht Lucy, want de man is al getrouwd.

'Ik zou u willen voorstellen dat u, wanneer u ons door deze betreurenswaardige crisis hebt heen geholpen, mij daarna in Londen eens opbelt. Als u belt om een afspraak te maken, zal ik mijn secretaresse instructies geven. Het geval wil namelijk dat wij iemand van uw grote bekwaamheid in de firma zouden kunnen gebruiken. Wij zouden uitvoerig van gedachten kunnen wisselen over de vraag op welk terrein uw talent het beste productief kan worden gemaakt. Ik kan u een hoog salaris aanbieden, miss Eyelesbarrow, met schitterende vooruitzichten. Ik denk dat u daarvan verrast zult opkijken.' Hij glimlachte stralend.

Zedig gaf Lucy ten antwoord: 'Dank u wel, Mr. Crackenthorpe. Ik zal er graag eens over denken.'

'Maar doe dat vooral niet te lang. Een dergelijk buitenkansje moet een jonge vrouw die in de wereld wil vooruitkomen, niet laten voorbijgaan.' Nog eens werd zijn glinsterend gebit zichtbaar. 'Goedenacht, miss Eyelesbarrow, en welterusten.'

Nou, dacht Lucy bij zichzelf, dat is allemaal hoogst interessant...

Op weg naar boven kwam Lucy ook Cedric nog tegen. 'Luister even, Lucy, ik wou je wat vragen.'

'Wil je soms dat ik met je ga trouwen, mee naar Ibiza ga en daar verder voor je zorg?'

Cedric keek volkomen beteuterd en lichtelijk verontrust. 'Geen haar op m'n hoofd die daarover denkt.'

'Neem me niet kwalijk. Dat was dan een vergissing.'

'Ik wou je alleen maar vragen of we ook een spoorboekje in huis hebben!'

'O, is dat alles? Er ligt er een op het tafeltje in de hal.'

Op vermanende toon ging Cedric voort: 'Je moet heus niet rondlopen met de gedachte dat iedereen jou maar een huwelijksaanzoek zal doen. Je ziet er knap genoeg uit, daar niet van. Maar daar is een naam voor... als je daarvan bezeten raakt, wordt het hoe langer hoe erger. Eerlijk gezegd zou jij de allerlaatste zijn met wie ik graag getrouwd zou wezen. De allerlaatste.'

'Werkelijk?' vroeg Lucy. 'Nu, je hoeft me dat niet zo in te peperen. Wil je me dan misschien liever als stiefmoeder hebben?'

'Wat bedoel je?' Stomverwonderd bleef Cedric haar met grote ogen staan aankijken.

'Je hebt me best gehoord,' zei Lucy, terwijl ze haar kamer binnenging en de deur achter zich sloot.

14

Dermot Craddock zat heel collegiaal te praten met Armand Dessin, van de Parijse *Préfecture*. De twee mannen hadden elkaar reeds enkele malen eerder ontmoet en konden best met elkaar opschieten. Daar Craddock vloeiend Frans sprak, werd het gesprek goeddeels in die taal gevoerd.

'Het is zo maar een idee van me,' waarschuwde Dessin. 'Hier heb ik een foto van het corps de ballet... dat is ze, de vierde van links. Heb je daar wat aan?'

Inspecteur Craddock vond eigenlijk van niet. Een gewurgd jong meisje is niet gemakkelijk te herkennen, en bovendien waren alle meisjes op de foto onherkenbaar opgemaakt, met een uitbundige verentooi op het hoofd. 'Het is mogelijk,' zei hij, 'maar meer zou ik niet durven zeggen. Wie is die vrouw? Wat weet u van haar?'

'Vrijwel niets,' gaf de ander opgewekt ten antwoord. 'Ze was geen belangrijke figuur. En het Maritski-ballet is evenmin belangrijk. Het treedt op in de provincie – het zijn geen sterren, er zijn geen prima ballerina's bij. Maar we kunnen de directrice, madame Joliet, wel gaan opzoeken.'

Madame Joliet bleek een kwieke Franse zakenvrouw te zijn, met sluwe ogen, iets dat op een snorretje begon te lijken en een behoorlijke dosis overtollig vet.

'Ik ben helemaal niet op de politie gesteld!' Ze keek hen ook allesbehalve vriendelijk aan, zonder haar ontstemming over het bezoek te verbloemen. 'Altijd, als ze er kans toe zien, maken ze mij het leven zuur.'

'Maar, madame, hoe komt u daarbij?' vroeg Dessin, een lange man met een melancholiek uiterlijk. 'Wanneer heb ik u ooit het leven zuur gemaakt?'

'Toen dat malle kind carbolzuur gedronken had,' gaf madame Joliet prompt ten antwoord. 'Alleen omdat ze verliefd was geraakt op de chef d'orchestre... Wat hebt u daar toen niet een drukte over gemaakt. Dat heeft mijn ballet heus geen goed gedaan.'

'Integendeel, uw recettes vlogen daarna omhoog!' wist Dessin. 'Maar dat is al drie jaar geleden. Daarover mag u nu niet meer mokken. Vertelt u ons eerst eens iets over dat meisje Anna Stravinska.'

'Wat wilde u van haar weten?' vroeg madame Joliet voorzichtig.

'Is zij een Russin?' informeerde inspecteur Craddock.

'Welnee. Al die meisjes kiezen zulke namen! Zij was niet erg belangrijk, ze danste niet goed en zag er ook niet bijster knap uit. *Elle était assez bien, c'est tout!* In het ballet kon ze mee – maar van solo's was geen sprake.'

'Was ze een Française?'

'Misschien wel. Zij had tenminste een Franse pas. Maar ze heeft me weleens verteld dat ze met een Engelsman getrouwd was.'

'Zo, was ze met een Engelsman getrouwd? Leeft die nog?'

Madame Joliet haalde haar schouders op. 'Hij was óf dood óf hij had haar in de steek gelaten. Hoe kan ik dat nu weten? Die meisjes hebben altijd problemen met mannen...'

'Wanneer hebt u haar voor het laatst gezien?'

'Ik ben met het gezelschap zes weken naar Londen geweest. Wij zijn opgetreden in Torquay, Bournemouth, Eastbourne, nog ergens anders waarvan ik de naam kwijt ben en ten slotte in Hammersmith. Toen zijn we naar Frankrijk teruggekeerd, maar Anna was er niet bij. Zij stuurde alleen maar een berichtje dat ze het ballet verliet en bij familie van haar man zou blijven... of dergelijke onzin. Ik geloofde er in elk geval geen klap van! Het leek me eerder waarschijnlijk dat ze een andere man gevonden had, begrijpt u?'

Inspecteur Craddock knikte dat hij het begreep. Madame Joliet zou waarschijnlijk trouwens nooit iets anders denken.

'Maar ik vond dat helemaal geen verlies. Het kon me niets schelen. Meisjes van haar slag kan ik bij de vleet krijgen. Ik heb er dus niet lang bij stilgestaan. Waarom ook? Ze zijn allemaal hetzelfde, die meisjes, allemaal gek op mannen.'

'Wanneer was dat ongeveer?'

'Dat we naar Frankrijk zijn teruggekomen? Het is... ja... de zondag vóór Kerstmis geweest. Maar Anna schreef al een dag of twee, drie eerder. Heel precies weet ik dat niet meer. Maar op het einde van onze week in Hammersmith moesten we zonder haar optreden en dat betekende dus een heel nieuw arrangement... Dat was erg lelijk van haar... maar ja, die meisjes... zodra ze een man tegenkomen doen ze allemaal hetzelfde. Alleen heb ik tegen iedereen dadelijk gezegd: "Die neem ik niet weerom! Dat staat vast." '

'Wel erg lastig voor u!'

'Ah! Daar trek ik me niets van aan. Ze heeft de kerstdagen natuurlijk doorgebracht met een man. Maar dat is mijn zaak niet. Ik kan genoeg andere meisjes krijgen die een gat in de lucht springen als ze de kans krijgen bij het Maritski-ballet te komen, en die beter kunnen dansen dan Anna.'

Madame Joliet zweeg even en vroeg toen met een onverwacht vleugje belangstelling: 'Waarom zoekt u haar? Heeft ze soms een erfenis gekregen?'

'Integendeel,' gaf inspecteur Craddock beleefd te kennen. 'Wij hebben redenen om aan te nemen dat zij vermoord is.'

Madame Joliet interesseerde dat veel minder. '*Ça se peut!* Zulke dingen komen voor. Nou ja, ze was goed katholiek. Ze ging 's zondags naar de mis.'

'Heeft ze u weleens laten merken dat ze een zoontje had?'

'Dacht u dat ze 'n kind had? Dat lijkt me hoogst onwaarschijnlijk. Monsieur Dessin weet net zo goed als ik dat die balletmeisjes...'

'Zij kan best een kind hebben gekregen vóór ze bij het ballet kwam,' opperde Craddock. 'In de oorlog, bijvoorbeeld.'

'*Ah, dans la guerre!* Dat is altijd mogelijk. Maar daar weet ik niet van.'

'Wie had ze onder haar collega's als beste vriendinnen?'

'Ik kan u twee of drie namen opgeven, maar ze was met niemand erg intiem.'

Verder konden ze van madame Joliet niets wijzer worden.

Toen ze haar de poederdoos lieten zien, zei ze dat Anna er zo een had, maar de meeste andere meisjes ook. Anna had misschien een bontjas in Londen gekocht – dat wist ze niet. 'Ik houd me bezig met de repetities, de belichting en alle moeilijke aspecten van mijn vak. Ik heb geen tijd om op de kleding van mijn artiesten te letten.'

Na madame Joliet spraken ze met de meisjes van wie ze de naam had genoemd. Een of twee van hen hadden Anna vrij goed gekend, maar ze zeiden dat zij nooit veel over zichzelf had verteld en dat ze, zo vertelde een van de meisjes, meestal loog als ze dat wel deed.

'O, ze hield ervan op te snijden,' werd hun verzekerd. 'Zij beweerde het vriendinnetje van een groothertog te zijn geweest – of van een Engelse bankier – en dat ze in de oorlog voor de ondergrondse had gewerkt. Zelfs zou ze in Hollywood bij de film zijn opgetreden!'

Een ander meisje vertelde: 'Ik geloof dat ze eigenlijk een kleinburgerlijk leventje leidde. Ze was romantisch van aard en wou daarom graag bij het ballet, maar zij was geen echte danseres. U moet begrijpen dat het niet romantisch zou zijn als ze had gezegd dat haar vader in Amiens een stoffenwinkel had gehad. Dus verzon ze van alles.'

'Ook in Londen nog,' vulde het eerste meisje aan, 'zinspeelde ze op een heel rijke meneer, die haar in zijn jacht de hele wereld rond wilde laten reizen, omdat ze hem aan zijn bij een auto-ongeluk overleden dochter deed denken. *Quelle blague*!'

'Mij heeft ze verteld dat ze bij een rijke lord in Schotland ging logeren,' vervolgde het tweede meisje. 'Daar zou ze meegaan op de hertenjacht.'

Dit alles bracht de zaak niets verder. Er bleek alleen uit dat Anna Stravinska kon liegen of het gedrukt stond. Ze was zeker geen herten aan het schieten met een edelman in Schotland, en het leek al even onwaarschijnlijk dat ze op het zonnedek van een cruiseschip zat te luieren. Maar er was ook geen serieuze reden om aan te nemen dat háár stoffelijk overschot was gevonden in een sarcofaag op Rutherford Hall. De meisjes en madame Joliet aarzelden bij het zien van de foto. Ze leek wel wat op Anna. Daar waren ze het over eens. Maar ja! Zo opgezwollen – het zou iedereen kunnen zijn.

Het enige dat was komen vast te staan was dat Anna Stravinska op de 19e december had besloten niet mee naar Frankrijk terug te keren en dat op de 20e een vrouw die enigszins aan haar deed denken, in de trein van 16 uur 33 naar Brackhampton was gewurgd. Als de vrouw in de sarcofaag niet Anna Stravinska was, waar was Anna dan op het ogenblik wél?

Hierop luidde madame Joliets antwoord eenvoudigweg: 'Bij een man!'

Waarschijnlijk was dat ook wel het enige juiste antwoord, overdacht Craddock spijtig. Maar die losse opmerking over een eventuele Engelse echtgenoot? Zou dat Edmund Crackenthorpe misschien geweest kunnen zijn?

Heel waarschijnlijk leek dat toch niet, gelet op de karakterschets die van Anna was gegeven. Anna zou eerder iemand geweest kunnen zijn die het meisje Martine had gekend en van haar de nodige bijzonderheden te weten was gekomen. Het zou dus best Anna geweest kunnen zijn die dat briefje aan Emma Crackenthorpe had geschreven. Anna zou, dat sprak vanzelf, bang zijn geweest voor mogelijke naspeuringen en daarom haar relatie met het Maritski-ballet verbroken kunnen hebben. Maar steeds kwam de vraag weer naar voren: wáár was ze op het ogenblik?

Ja, dan leek het antwoord van madame Joliet toch weer het meest waarschijnlijk: bij een man...

2

Vóór Craddock uit Parijs wegging, besprak hij met Dessin de kwestie van de vrouw die alleen als Martine bekendstond. Dessin was geneigd het met zijn Engelse collega eens te zijn dat er vermoedelijk geen enkel verband tussen haar en het in de sarcofaag gevonden slachtoffer bestond. Maar niettemin behoorde het geval verder te worden uitgezocht.

De *Sûreté* zou trachten na te gaan of er ook een officieel bewijs was van een huwelijk van luitenant Edmund Crackenthorpe van het 4de Southshire-regiment met een Frans meisje van wie de voornaam Martine was, even vóór de val van Duinkerken.

Dessin waarschuwde Craddock evenwel dat het zeer de vraag zou zijn of hierop wel een afdoend antwoord te geven viel. Het gebied in kwestie was namelijk niet alleen in die tijd door de Duitsers bezet, maar had in de daarop volgende jaren ook enorm te lijden gehad van oorlogshandelingen, met name bij de invasie van de geallieerden. Hele stadswijken en veel archieven waren toen verwoest.

'Maar wees er zeker van, waarde collega, dat we ons uiterste best zullen doen.'

Met deze troostende woorden had Dessin afscheid genomen van Craddock.

3

Toen Craddock terug was, verscheen brigadier Wetherall met een ietwat somber voorgedragen rapport. 'Op Elvert Crescent 126 houden ze er een heel fatsoenlijke logeergelegenheid op na. Maar geen mens kon van de foto zeggen of dat nu de vrouw was die daar een maand geleden brieven was komen afhalen. Ze krijgen daar zoveel verschillende gezichten te zien. Het is meer een studentenpension, zogezegd.'

'Ze kan er onder een andere naam hebben gelogeerd.'

'Als dat zo is, hebben ze haar in ieder geval niet van de foto herkend.'

Hij voegde eraan toe: 'We zijn ook alle hotels nagegaan, maar nergens stond een Martine Crackenthorpe ingeschreven. Toen u uit Parijs getelefoneerd had, zijn we ook de gangen van Anna Stravinska nagegaan. Zij stond met andere leden van het gezelschap ingeschreven in een hotelletje in Brook Green, waar meestal zulke gezelschappen zijn ondergebracht. Ze is daar in de nacht van de 19e, na de voorstelling, verdwenen. Nader spoor ontbreekt.'

Craddock knikte. Hij stelde een verder plan de campagne voor, al had hij weinig fiducie in het resultaat van de nasporingen.

Na enig nadenken belde hij het advocatenkantoor Wimborne, Henderson en Carstairs op, om met Mr. Wimborne een afspraak te maken.

Op de afgesproken tijd werd de inspecteur in een vreselijk bedompt vertrek ontvangen, waar Mr. Wimborne achter een ouderwets groot bureau zat, dat met stapels dossiers en stoffige paperassen was bedekt. Mr. Wimborne bezag de inspecteur een beetje achterdochtig, zoals de raadsman van een familie meestal de politie bekijkt.

'Waarmee kan ik u van dienst zijn, inspecteur?'

'Deze brief...' Craddock schoof hem de brief van Martine over de tafel toe. Mr. Wimborne nam de brief niet op. Er verscheen wat meer kleur op zijn gezicht en hij kneep zijn lippen even op elkaar.

'Juist!' sprak hij. 'Juist! Ik heb gisteren een brief van miss Emma Crackenthorpe ontvangen, waarin zij mij van haar bezoek aan Scotland Yard op de hoogte bracht en – eh – van alle verdere bijzonderheden. Ik moet zeggen dat ik niet begrijp waarom ik indertijd, toen die brief werd ontvangen, niet ben geraadpleegd. Hoogst ongewoon! Men had mij terstond behoren te waarschuwen...'

Op kalmerende toon lanceerde inspecteur Craddock enkele gemeenplaatsen teneinde Mr. Wimborne wat toeschietelijker te maken.

'Ik heb nooit geweten dat er sprake is geweest van een huwelijk van Edmund,' verklaarde Mr. Wimborne op verongelijkte toon.

Inspecteur Craddock zei vaag iets over de oorlogsdagen, maar Mr. Wimborne zei vinnig: 'Oorlogsdagen! Wij zaten in Lincoln's Inn Fields toen de oorlog uitbrak en kregen een voltreffer vlak naast ons, waardoor een deel van onze archiefstukken verloren is gegaan. Maar de belangrijkste documenten hadden we al in veiligheid gebracht in de provincie. De zaken van de familie Crackenthorpe waren in die tijd nog in mijn vaders handen. Die is zes jaar geleden gestorven. Het is dus denkbaar dat hém wel iets is medegedeeld omtrent dat mogelijke huwelijk van Edmund, maar zo op het oog ziet het ernaar uit dat dit huwelijk, als er al over gesproken is, nimmer tot stand is gekomen. Daarom zal mijn vader de hele geschiedenis waarschijnlijk onbelangrijk hebben gevonden. Eerlijk gezegd lijkt me dit verhaal ook vrij verdacht. Ik bedoel, dit na jaren van zwijgen plotseling te voorschijn komen met een huwelijk en een wettige zoon. Daar zit beslist een luchtje aan. Wat voor bewijzen had ze daarvoor? Dat zou ik weleens willen weten!'

'Juist, precies,' beaamde Craddock. 'Welke positie zouden zij en haar zoon innemen?'

'Vermoedelijk wilde ze de Crackenthorpes zover krijgen dat zij financieel de zorg voor haar en haar zoon op zich zouden nemen.'

'Ja, maar ik bedoelde met mijn vraag: welke rechtspositie zouden zij innemen indien ze haar beweringen waar kon maken?'

'Ah, ik begrijp u.' Mr. Wimborne greep nu zijn bril, die hij in zijn eerste opwelling van verontwaardiging had afgezet, en keek daardoor inspecteur Craddock met bijzondere belangstelling aan.

'Och, voorlopig geen enkele. Maar indien zij had kunnen bewijzen dat haar zoon een kind was van Edmund Crackenthorpe, uit een wettig huwelijk geboren, dan zou de jongen bij de dood van Luther Crackenthorpe recht hebben gehad op zijn vaders erfdeel. Bovendien zou hij Rutherford Hall hebben geërfd, omdat hij de zoon is van de oudste zoon.'

'Zou iemand dat huis graag willen erven?'

'Om er te gaan wonen? Dat stellig niet. Maar dat stuk grond, waarde inspecteur, brengt als bouwterrein een aanzienlijk kapitaal op. Zeer aanzienlijk. Zowel voor industriële doeleinden als voor woningbouw. Dat terrein ligt nu midden in Brackhampton. Ja, het is een aanzienlijk erfdeel.'

'Als Luther Crackenthorpe overlijdt, valt het, geloof ik, naar u mij hebt verteld, Cedric toe?'

'Ja, als de oudste in leven zijnde zoon erft hij dan Rutherford Hall.'

'Men heeft mij gezegd dat Cedric Crackenthorpe niet veel om geld geeft.'

Mr. Wimborne keek Craddock koel en doordringend aan. 'O, ja? Ik voor mij ben altijd geneigd mededelingen van dergelijke aard met een korreltje zout te nemen. Je hebt ongetwijfeld van die onwereldse mensen die voor geld totaal onverschillig zijn. Ik voor mij heb er nog nooit een ontmoet.' Mr. Wimborne had kennelijk zelf plezier in zijn opmerking.

Inspecteur Craddock maakte vlug gebruik van dit lichtpuntje.

'Het schijnt dat Harold en Alfred Crackenthorpe door de komst van die brief nogal van streek zijn geraakt,' veroorloofde hij het zich op te merken.

'Ja, dat is geen wonder,' was Mr. Wimbornes mening, 'dat is waarachtig geen wonder.'

'Zou dat hun eigen erfdeel verminderen?'

'Jazeker. De zoon van Edmund – nog altijd aannemend dat er een zoon ís – zou aanspraak kunnen maken op een vijfde gedeelte van het vermogen.'

'Maar dat lijkt me toch niet zo'n ernstige benadeling?'

Mr. Wimborne keek hem met zijn sluwe oogjes aan. 'U bedoelt dat het geen voldoende beweegreden voor een moord oplevert?'

'Maar ik geloof dat zij allebei in geldnood verkeren,' zei

Craddock zachtjes. Daarbij trotseerde hij de scherpe blikken van Mr. Wimborne volmaakt onbewogen.

'Ah! Is de politie dus informatie gaan inwinnen? Ja, Alfred zit bijna constant aan de grond. Zo nu en dan zwemt hij in het geld, maar dat is meestal gauw weer op. Harold, zoals u blijkbaar hebt ontdekt, is er op het ogenblik ook minder florissant aan toe.'

'Ondanks zijn uiterlijke schijn van financiële welstand?'

'Façade. Niets dan een façade! De meeste van die bedrijven in de City zouden niet kunnen zeggen of ze wel solvent zijn of niet. Een balans kan altijd zó worden opgemaakt dat hij er voor een niet deskundig oog prachtig uitziet. Maar indien de daarop vermelde activa eigenlijk geen cent waard zijn... waar blijf je dan?'

'Misschien is de positie waarin Harold Crackenthorpe op het ogenblik verkeert: in geldnood?'

'Och ja, maar daar zou hij toch niet uitraken door de weduwe van zijn broer te vermoorden,' merkte Mr. Wimborne op. 'En geen mens heeft Luther Crackenthorpe vermoord. Dat zou de enige moord zijn waarvan de familie profijt kon verwachten. Dus, inspecteur, ik weet heus niet waartoe uw denkbeelden zouden kunnen leiden.'

Het ergste was, overdacht inspecteur Craddock, dat hij dat zelf ook niet wist.

15

Inspecteur Craddock verscheen, na eerst een afspraak te hebben gemaakt, met brigadier Wetherall bij Harold Crackenthorpe op kantoor. Hij was precies op tijd. Het kantoor bevond zich op de vierde verdieping van een modern zakenpand in het hart van de City. Vanbinnen maakte het een welvarende indruk, uiterst zakelijk en smaakvol.

Een keurige jongedame vroeg hem wie hij was, sprak vervolgens beschaafd zacht door een telefoon, stond daarna op en bracht hem naar Harold Crackenthorpes privékantoor.

Daar troonde Harold achter een groot en duur bureau. Hij zag er even onberispelijk en zelfbewust uit als altijd. Mocht hij al te kampen hebben met financiële moeilijkheden, iets dat de inspecteur op grond van zijn informaties praktisch zeker wist, dan was daarvan uiterlijk hoegenaamd niets te bespeuren. Hij keek op met een gemeende en van belangstelling getuigende hartelijkheid.

'Goedemorgen, inspecteur. Mag ik aannemen dat uw bezoek betekent dat u ons eindelijk uitsluitsel kunt geven?'

'Helemaal niet, tot mijn spijt, Mr. Crackenthorpe. Ik wilde u alleen nog maar een paar vragen komen stellen.'

'Nog méér vragen? Maar we hebben nu toch langzamerhand alles wel beantwoord?'

'Ik kan mij begrijpen dat u er zo over denkt, maar het is ditmaal een van de gewone routinevragen.'

'Och kom, wat is dat dan wel?' klonk het wat ongeduldig.

'Ik zou het op prijs stellen, indien u mij eens precies wilde vertellen wat u gedaan hebt in de namiddag en avond van de 20ste december jongstleden, laten we zeggen tussen drie uur 's middags en middernacht.'

Harold Crackenthorpe werd donkerrood van kwaadheid. 'Dat lijkt me een hóógst ongewone vraag. Ik zou weleens willen weten wat het te betekenen heeft dat u die mij stelt!'

Craddock glimlachte vriendelijk. 'Het betekent niet anders dan dat ik graag zou willen weten waar u tussen 3 uur 's middags en 12 uur 's nachts op vrijdag 20 december geweest bent.'

'Waarom?'

'Omdat dit een groot aantal mogelijkheden belangrijk zou verminderen.'

'Beschikt u dan over nadere gegevens?'

'Wij zijn vol hoop dat we iets dichter bij de oplossing komen.'

'Ik ben er helemaal niet van overtuigd dat ik verplicht ben uw vraag te beantwoorden. Tenminste, niet buiten aanwezigheid van mijn advocaat.'

'Dat dient u natuurlijk zelf te beoordelen,' antwoordde

Craddock. 'U bent niet verplicht enige vraag te beantwoorden en u bent ook volkomen gerechtigd eerst een advocaat bij u te laten komen.'

'U wilt mij toch niet – laat ik het duidelijk zeggen – in enig opzicht waarschuwen?'

'O, volstrekt niet, meneer!' Inspecteur Craddock deed echt verschrikt. 'Daarvan is geen sprake! De vraag die ik u stel, wordt aan verscheidene anderen eveneens voorgelegd. Zij draagt geen persoonlijk karakter. Het gaat erom de nodige personen uit te sluiten van verdenking.'

'Zo. Nou ja, natuurlijk verlang ik ook u te helpen, zoveel ik kan. Laat ik eens even nagaan. Je kunt daarop niet zo voor de vuist weg antwoorden. Maar miss Ellis zal ons wel op weg kunnen helpen.'

Hij sprak enkele woorden door de huistelefoon en bijna onmiddellijk daarop verscheen een gestroomlijnde jongedame in zwart mantelpak, met een kantooragenda in de hand.

'Mijn secretaresse, miss Ellis, inspecteur Craddock. Ja, miss Ellis, de inspecteur wil graag weten wat mijn doen en laten is geweest op de middag en avond van... welke datum ook weer?'

'Vrijdag 20 december.'

'Juist. U kunt dat vermoedelijk nog wel nagaan.'

'O, ja.' Miss Ellis liep de kamer uit, keerde terug met een kantooragenda en bladerde daarin.

'Op de 20ste december bent u 's ochtends op kantoor geweest. U had een bespreking met Mr. Goldie over de fusie met Cromartie, u hebt met lord Forthville geluncht in Hotel Berkeley...'

'Ah, was dat op díé dag, juist!'

'U bent tegen drieën weer op kantoor gekomen, hebt toen enige brieven gedicteerd en bent daarna naar een veiling bij Sotheby gegaan, omdat u zich interesseerde voor enkele manuscripten die 's middags in veiling kwamen. U bent niet op kantoor teruggekomen, maar ik heb hier een notitie dat ik u eraan moest herinneren dat u die avond een diner op de Club moest bijwonen.' Zij zag hem vervolgens vragend aan.

'Dank u, miss Ellis.' Miss Ellis zweefde het vertrek weer uit.

'Nu kan ik mij alles weer precies herinneren,' zei Harold. 'Ik ben naar die veiling gaan kijken, maar die manuscripten gingen tegen veel te hoge prijzen weg. Ik heb thee gedronken in een aardige gelegenheid in Jermyn Street, die Russels heet. Ben toen even een cineac binnengestapt en vandaar naar huis gegaan. Ik woon aan Cardigan Gardens nummer 43. Het diner op de Club begon pas om halfacht en toen ik vandaar weer thuiskwam, ben ik naar bed gegaan. Ziedaar het antwoord op uw vraag.'

'Dat is allemaal zeer duidelijk, Mr. Crackenthorpe. Hoe laat was u thuis om u te kleden voor het diner?'

'Dat weet ik niet precies. Ik denk even na zessen.'

'En hoe laat was het diner afgelopen?'

'Om halfelf was ik weer thuis.'

'Heeft uw huisknecht u binnengelaten? Of lady Alice Crackenthorpe wellicht?'

'Mijn vrouw, lady Alice, logeert al sedert begin december in Zuid-Frankrijk. Ik ben met mijn eigen huissleutel binnengekomen.'

'Er is dus niemand die uw verklaring op dit punt zou kunnen bevestigen?'

Harold keek hem strak en koel aan. 'Ik denk wel dat het personeel mij heeft horen thuiskomen. Ik heb een echtpaar in dienst. Maar, werkelijk, inspecteur...'

'Pardon, Mr. Crackenthorpe. Ik weet dat het heel vervelende vragen zijn, maar ik ben zo dadelijk klaar. Hebt u een auto?'

'Ja, een Humber Hawk.'

'Rijdt u zelf?'

'Ja, maar ik gebruik hem meestal alleen tijdens het weekend. Autorijden is in Londen tegenwoordig vrijwel onmogelijk.'

'Ik veronderstel dat u ermee naar Brackhampton rijdt wanneer u uw vader en uw zuster gaat opzoeken?'

'Alleen wanneer ik er een paar dagen ga logeren. Als het

maar voor één nacht is, zoals laatst met het gerechtelijke onderzoek, neem ik altijd de trein. De verbinding is uitstekend en veel vlugger dan per auto. Mijn zuster laat mij dan altijd met een taxi afhalen van het station.'

'Waar stalt u uw wagen?'

'Ik huur een garage achter Cardigan Gardens. Wilt u nog meer weten?'

'Nee, dank u, dit is voorlopig wel alles,' gaf inspecteur Craddock met een vriendelijk lachje te kennen. 'Het spijt me bijzonder dat ik u hiermee moest lastig vallen.'

Toen zij buiten stonden merkte brigadier Wetherall, die altijd iedereen terstond van het ergste verdacht, op: 'Die vragen vond hij maar erg matig. Hij raakte compleet van zijn stuk.'

'Als je onschuldig bent, neem je het een ander hoogst kwalijk als die je van moord verdenkt,' klonk het mild uit Craddocks mond. 'En zeker zo'n verbazend op zijn eer gesteld man als Harold Crackenthorpe. Daar steekt niets achter. Het enige dat we nu te weten moeten zien te komen is of iemand hem die middag op de veiling bij Sotheby of in dat restaurant in Jermyn Street heeft gezien. Want hij zou makkelijk de trein van 16 uur 33 hebben kunnen pakken, die vrouw eruit werpen en zelf naar Londen terugrijden om tijdig op dat diner te verschijnen. En ook zou hij 's avonds met zijn auto het slachtoffer opgehaald en in de sarcofaag gelegd kunnen hebben en daarna naar huis zijn gereden. Informeer dus bij de garage.'

'Zeker, meneer. Denkt u dat het zó gegaan is?'

'Hoe zou ik dat kunnen zeggen?' vroeg inspecteur Craddock op zijn beurt. 'Hij is een donker en lang type. Hij kán in die trein hebben gezeten en hij kent Rutherford Hall. Hij hoort dus tot de eventuele verdachten. Nu naar broer Alfred!'

2

Alfred Crackenthorpe bewoonde een flat in West Hampstead, in een groot, modern gebouw van naoorlogse kwaliteit, voorzien van een grote binnenplaats, waar de eigenaars hun wagens plachten te parkeren met heel weinig egards voor die van de buren. De flat werd blijkbaar gemeubileerd verhuurd. Een lange tafel van triplex kon van de muur worden neergeklapt. Er stonden een divanbed en een stel stoelen van onwaarschijnlijke afmetingen.

Alfred Crackenthorpe kwam hem met voorkomende vriendelijkheid tegemoet, maar de inspecteur vond hem wat zenuwachtig.

'Ik ben zeer benieuwd,' zei Alfred. 'Wilt u iets gebruiken, inspecteur?' Hij wees uitnodigend op een rijtje flessen.

'Nee, dank u zeer, Mr. Crackenthorpe.'

'Is het dan zó erg?' Hij lachte om zijn eigen grapje en informeerde vervolgens naar de reden van dit bezoek.

Inspecteur Craddock stelde zijn vraag.

'Wou u weten,' vroeg Alfred verbaasd, 'wat ik op de middag en de avond van de 20ste december gedaan heb? Hoe zou ik dat weten? Dat is meer dan drie weken geleden!'

'Uw broer Harold heeft toch kans gezien ons dat vrij nauwkeurig te vertellen.'

'Broer Harold misschien. Maar stellig niet broer Alfred.' Met een tikje jaloezie wellicht liet hij erop volgen: 'Harold is het gelukskind van de familie... drukke zaken, maar toch overal tijd voor en alles precies op tijd. Zelfs wanneer hij... laten we zeggen: een moord zou plegen, zou hij dat keurig op het juiste moment weten te doen.'

'Hebt u een bepaalde reden om juist dit als voorbeeld te kiezen?'

'Volstrekt niet. Dit schoot me zo door de gedachten, als meest volmaakte ongerijmdheid.'

'Maar hoe staat het met uzelf?'

Alfred spreidde zijn handen. 'Zoals ik u al zei, ik heb een slecht geheugen voor tijd en plaats. Als u nu nog gevraagd had eerste kerstdag... ja, dat zou ik dadelijk weten te zeggen. Toen logeerden we bij mijn vader in Brackhampton. Waarom eigenlijk? Hij moppert maar over al het geld dat 't hem kost, maar hij zou net zo hard mopperen als we het achterwege lieten. Eigenlijk doen we het om onze zuster.'

'En dat was dit jaar ook zo?'

'Ja.'

'Maar uw vader is toen helaas ziek geworden, nietwaar?'

Craddock volgde opzettelijk dit zijspoor, geleid door zijn intuïtie die hem dikwijls bij zijn speurderswerk te stade kwam.

'Ja, zijn maag raakte inderdaad van streek. Als je je ook altijd van alles ontzegt uit zuinigheid en dan opeens rijkelijk van alles gaat eten en drinken, kunnen de gevolgen niet uitblijven.'

'O, was dat de enige reden?'

'Natuurlijk. Wat zou het anders geweest kunnen zijn?'

'Ik had het idee dat zijn dokter zich... ongerust had gemaakt.'

'O, die oude malloot van een Quimper.' Alfred sprak vlug, op minachtende toon. 'Naar hém moet u niet luisteren, inspecteur. Hij is altijd overdreven zwaar op de hand.'

'Werkelijk? Het leek me anders een verstandige man.'

'Het is een dwaas. Vader is niet echt patiënt, er mankeert totaal niets aan zijn hart. Maar hij houdt Quimper finaal voor de gek. Het spreekt vanzelf dat vader, toen hij zich werkelijk niet goed voelde, een geweldige drukte maakte en Quimper voortdurend over de vloer kwam en links en rechts informeerde wat hij gegeten en gedronken had. Het was eenvoudig belachelijk!' Alfred wond zich er echt over op.

Craddock hield enige ogenblikken zijn mond, en dat had resultaat. Alfred schoof onrustig heen en weer, keek hem van terzijde aan en vroeg op geprikkelde toon: 'Maar wat heeft dit allemaal te beduiden? Waarom wilt u zo precies weten waar ik die bepaalde vrijdag, drie of vier weken geleden, ben geweest?'

'U herinnert zich dus dat het een vrijdag geweest is?'

'Ik dacht dat u dat zei?'

'Het is mogelijk,' sprak inspecteur Craddock. 'In elk geval wil ik graag worden ingelicht over vrijdag de 20ste.'

'Waarom?'

'Routinekwestie.'

'Dat is onzin. Bent u iets meer omtrent die vermoorde vrouw te weten gekomen? Waar ze vandaan kwam?'

'Onze informatie is nog niet compleet.'

Alfred keek hem scherp aan. 'Ik hoop dat u zich niet op een dwaalspoor hebt laten brengen door die wilde veronderstelling van Emma? Dat het de weduwe kon zijn van mijn broer Edmund? Dat is je reinste onzin.'

'Die Martine? Heeft die zich nooit met u in verbinding gesteld?'

'Met mij? De hemel beware me! Dat zou 'n mooie grap zijn geweest.'

'Lag het meer voor de hand dat zij zich tot uw broer Harold zou hebben gewend?'

'Dat zeker. Zijn naam verschijnt vaak genoeg in de krant. Hij zit er goed bij. Dat je het daar eens probeert, ligt voor de hand. Niet dat ze iets zou hebben losgekregen! Harold houdt zijn hand net zo stijf op zijn portemonnee als de oude heer zelf. Emma is natuurlijk de weekhartigste van ons allemaal en ze was ook de lievelingszuster van Edmund. Niettemin, Emma is helemaal niet goedgelovig. Zij heeft wel degelijk rekening gehouden met de mogelijkheid dat die vrouw een oplichtster was. Zij had de hele familie bij elkaar willen roepen en er onze doodnuchtere notaris bij willen hebben.'

'Zeer verstandig,' prees Craddock. 'Was er al een bepaalde datum vastgesteld voor deze familiereünie?'

'Dat zou vlak na Kerstmis gebeuren, het weekeind van de 27ste...' Hij zweeg opeens.

'Aha,' sprak Craddock opgewekt, 'voor bepaalde data hebt u toch wel een goed geheugen.'

'Maar ik zei toch... er was nog geen bepaalde datum vastgesteld.'

'Wanneer hebt u er dan over gesproken?'

'Dat weet ik werkelijk niet meer.'

'En kunt u mij ook niet vertellen wat u op vrijdag 20 december gedaan hebt?'

'Nee, het spijt me, op dat punt laat m'n geheugen mij in de steek.'

'Houdt u er dan geen agenda op na?'

'Die dingen kan ik niet uitstaan!'

'Het was de vrijdag vóór Kerstmis. Dat is toch niet zo moeilijk.'

'Ik ben een dag wezen golfen met een vermoedelijke klant.' Alfred schudde zijn hoofd. 'Nee, dat is een week daarvóór geweest. Ik heb waarschijnlijk zo'n beetje in bars rondgehangen. Zo breng ik een groot deel van mijn tijd door. Omdat je in bars soms beter zaken kunt doen dan wáár ook.'

'Misschien kunnen enkele mensen daar, of een paar van uw vrienden, u op streek helpen?'

'Misschien. Ik zal 't hun vragen. Zal doen wat ik kan.' Alfred leek nu zijn zelfvertrouwen weer enigszins te hebben herwonnen. 'Ik kan u niet zeggen wat ik die dag precies gedaan heb, maar ik kan u wél vertellen wat ik níét gedaan heb: iemand vermoorden in de lange schuur!'

'Waarom zegt u dat, Mr. Crackenthorpe?'

'Kom nou, mijn waarde inspecteur. U zoekt toch de moordenaar, hoop ik? En als u dan begint te vragen: "Waar ben je geweest op dat en dat uur?" wilt u de kring van verdachten natuurlijk wat kleiner maken. Ik zou heel graag willen weten hoe u precies op vrijdag 20 december bent terechtgekomen – tussen lunchtijd en middernacht? Dat kan toch niet op het medisch onderzoek zijn gebaseerd, zo lang na dato? Heeft iemand het slachtoffer die middag de schuur zien binnengaan? Is het dát soms?'

Met zijn doordringende zwarte ogen sloeg hij de inspecteur aandachtig gade, maar die was veel te ervaren om ook maar iets te laten merken. 'Het spijt me, maar ik kan die vragen nu nog niet beantwoorden,' zei hij opgeruimd.

'Ik vind de politie erg gesloten.'

'Niet alleen de politie. Ik geloof, Mr. Crackenthorpe, dat u zich best zou kunnen herinneren wat u op die vrijdag gedaan hebt, als u wilde. U kunt natuurlijk bepaalde redenen hebben om dat niet te willen...'

'Nee, inspecteur, zó kunt u mij niet vangen. Het lijkt natuurlijk verdacht, heel erg verdacht, dat ik mij dat niet kan herinneren, maar zo is het nu eenmaal! Wacht eens... ik ben die week naar Leeds geweest en heb in een hotel vlak naast het stadhuis gelogeerd – hoe heette dat ook weer – maar dat kunt u makkelijk te weten komen. Dat kan best op die vrijdag zijn geweest!'

'Dat zullen we dan eens nagaan,' gaf de inspecteur onbewogen ten antwoord. Toen stond hij op. 'Het spijt me dat u mij zo weinig medewerking hebt verleend, Mr. Crackenthorpe.'

'Dat is alleen maar ongelukkig voor mij! Cedric heeft natuurlijk een pracht van een alibi op Ibiza. En Harold kan makkelijk zijn zakelijke conferenties en officiële diners van dag tot dag laten nagaan, maar hoe kom ík aan een alibi? Ellendig! En zo onnozel allemaal. Ik heb u al gezegd dat ik geen mensen om zeep breng. En zeker geen totaal onbekende vrouw. Waarom in 's hemelsnaam? Zelfs áls die vermoorde vrouw de weduwe van Edmund zou blijken te zijn, waarom zou een van ons haar dan hebben willen vermoorden? Als ze nu nog in oorlogstijd met *Harold* was getrouwd en nu plotseling boven water was gekomen... stel je voor, die achtenswaardige Harold als bigamist! Maar Edmund! We zouden er allemaal plezier in hebben gehad vader eens een beetje te laten dokken voor een toelage voor haar en een behoorlijke school voor de jongen. Vader zou razend zijn geworden, maar hij zou toch niet met fatsoen "nee" hebben kunnen zeggen. Wilt u niet iets drinken voor u weggaat, inspecteur? Weet u 't zeker? Het spijt me werkelijk dat ik u niet van dienst heb kunnen zijn.'

3

'Mr. Craddock, luistert u eens, zal ik u eens wat zeggen?'

Inspecteur Craddock keek zijn opgewonden brigadier eens aan. 'Ja, Wetherall, wat is er?'

'Ik heb die knaap herkend! De hele tijd zat ik al te denken: waar héb ik jou méér gezien – en toen ineens schoot het me te binnen. Hij is betrokken geweest bij dat ingeblikte-vleesschandaal met Dicky Rogers. We hebben hem toen niks kunnen maken, daar was hij te glad voor. En hij heeft ook wel met de jongens van Soho samengewerkt. Horloges en die Italiaanse strafzaak!'

Natuurlijk! Craddock begreep nu ook waarom Alfreds gezicht hem van het begin af aan bekend was voorgekomen. Nee, er was nooit iets tegen hem bewezen. Alfred had zich nooit te diep met de smerige zaakjes ingelaten en had altijd een aannemelijke verklaring kunnen geven hoe hij er onschuldig bij betrokken was geraakt. Maar de politie was ervan overtuigd dat hij er kleine maar geregelde inkomsten uit trok.

'Dat werpt een nieuw licht op de zaak,' was Craddocks mening.

'Gelooft u dat hij het gedaan heeft?'

'Ik zou hem nooit voor het type aanzien dat tot een moord in staat is. Maar het verklaart wél waarom hij ons geen alibi kan opgeven.'

'Dat ziet er dus toch niet zo mooi voor 'm uit.'

'Moet je niet zeggen,' antwoordde Craddock. 'Het is een slimme methode – steevast vol te houden dat je je niets kunt herinneren. Veel mensen weten zelfs niet meer wat ze een week geleden hebben gedaan. Het is vooral praktisch wanneer je speciale redenen hebt om niet de aandacht te vestigen op de wijze waarop je je tijd hebt doorgebracht... zoals met een interessant rendez-vous met de gabbers van Dicky Rogers, bijvoorbeeld.'

'Dus u denkt niet dat hij er iets mee te maken heeft?'

'Ik ben op dit moment nog niet bereid dat van iemand te denken,' zei inspecteur Craddock. 'Je moet over zoiets diep nadenken, Wetherall.'

Toen Craddock weer rustig achter zijn bureau zat, schreef hij het volgende onder elkaar op zijn schrijfblok:

'*Moordenaar:* een rijzige, donkere man!

Slachtoffer: misschien Martine, het meisje of de weduwe van Edmund Crackenthorpe

Misschien Anna Stravinska, die op het bewuste ogenblik

zoek is geraakt, en wat kleding, uiterlijk en leeftijd betreft precies past. Heeft voor zover bekend geen enkele connectie met Rutherford Hall

Misschien Harolds eerste vrouw! Bigamie?
Misschien Harolds geliefde. Chantage?
Misschien connectie van Alfred en dan chantage?
Misschien connectie van Cedric uit Parijs? Balearen?
Of misschien Anna S., zich uitgevende voor Martine
Of onbekende vrouw vermoord door onbekende dader!!!!'

'En dat laatste lijkt me het waarschijnlijkste!' zei Craddock hardop. In somber gepeins overdacht hij de situatie. Je schoot nooit ver op met een zaak als je het motief voor de daad nog niet wist. Als de oude Mr. Crackenthorpe het slachtoffer was geweest, had je de beweegredenen voor het oprapen. Maar nu? Er schoot hem iets te binnen. Hij schreef nog wat anders op zijn papier:

'Dr. Quimper vragen naar die ziekte met Kerstmis. Alibi van Cedric. Miss M. vragen naar de laatste kletspraatjes.'

16

Toen Craddock op Madison Road nummer 4 aankwam, trof hij daar Lucy Eyelesbarrow bij Miss Marple aan. Hij aarzelde even of hij zijn plan de campagne zou uitvoeren, maar kwam toen tot de conclusie dat Lucy Eyelesbarrow een belangrijke steun zou kunnen blijken.

Na de begroeting haalde hij plechtstatig zijn portefeuille te voorschijn, haalde er drie biljetten van een pond uit, voegde er drie shilling aan toe en schoof die over de tafel Miss Marple toe.

'Wat is dat, inspecteur?'

'Het honorarium voor de specialist in moordzaken! Pols, temperatuur, plaatselijke reacties, eventuele dieperliggende oorzaak van de onderhavige moord. Ik ben alleen maar de arme, overbelaste huisdokter.'

Miss Marple keek hem met glinsterende oogjes aan. Hij lachte haar toe. Lucy Eyelesbarrow keek eerst verbaasd en schoot toen ook in de lach.

'Nou, inspecteur, u blijkt toch ook een gewoon mens te zijn!'

'Och, vanmiddag heb ik niet officieel dienst.'

'Ik heb je al verteld dat we elkaar van vroeger kennen,' sprak Miss Marple tot Lucy. 'Sir Henry Clithering is zijn peetoom, en een heel oude vriend van mij.'

'Wilt u weten, miss Eyelesbarrow, wat mijn peetoom tegen mij zei over háár, toen we elkaar de eerste keer hebben ontmoet? Hij beschreef haar als de beste speurder die ooit geboren was, een natuurlijk genie, dat zich steeds meer ontwikkeld had. Hij zei dat ik nooit kleinerend mocht denken over... eh...' Dermot Craddock zocht even een gepast synoniem voor 'ouwe vrijsters'. 'Over "dames op leeftijd". Die konden me gewoonlijk vertellen wat mogelijk kon zijn gebeurd, wat had moeten gebeuren en zelfs wat werkelijk gebeurd was! "En," voegde hij eraan toe, "zij kunnen je ook vertellen waarom het is gebeurd." En deze speciale... eh... dame op leeftijd stond daarbij aan de spits.'

'Dat lijkt me een pracht van een getuigschrift,' riep Lucy uit.

Miss Marple bloosde nu een beetje en deed ongewoon beverig en verlegen.

'Die goeie sir Henry,' zei ze zacht. 'Altijd even vriendelijk. Heus, zo knap ben ik niet... ik heb alleen maar wat mensenkennis... die krijg je wel, zie je, als je nu eenmaal in een dorp woont...'

Met meer kalmte liet ze erop volgen: 'Natuurlijk voel ik me lelijk gehandicapt doordat ik niet werkelijk ter plaatse ben. Het helpt je zo, heb ik altijd gevonden, wanneer je mensen ontmoet die je doen denken aan mensen die je al kent, want je hebt bepaalde typen die overal gelijk zijn, die brengen je dadelijk op weg.'

Lucy keek een beetje verbijsterd, maar Craddock knikte vol begrip. Hij sprak: 'Maar u bent daar toch op de thee geweest, heb ik gehoord.'

'Jawel. Dat was heel prettig. Ik vond het alleen een beetje jammer dat ik de oude Mr. Crackenthorpe bij die gelegenheid niet heb ontmoet, maar een mens kan niet álles hebben!'

'Denkt u dat wanneer u degene zou ontmoeten die de moord gepleegd heeft, dat u dat dan zou kunnen merken?' informeerde Lucy.

'O, nee, zó bedoel ik het niet, liefje. Een mens is altijd geneigd er een slag naar te slaan, maar dat zou bij zoiets ernstigs als 'n moord volmaakt uit den boze zijn. Het enige dat je kunt doen, is alle betrokkenen goed observeren en je afvragen aan wie ze je doen denken.'

'Cedric bijvoorbeeld...' begon Lucy.

'Dat is precies de zoon van onze bankdirecteur, die veel beter wist hoe hij geld kon uitgeven dan verdienen. Maar Mr. Harold lijkt juist op de solide, conservatieve vader, die ten koste van alles ieder schandaal zou willen voorkomen.'

Craddock vroeg glimlachend: 'En Alfred?'

'Dat is Jenkins van onze garage,' gaf Miss Marple rap ten antwoord. 'Die verduisterde niet bepaald gereedschap, maar wisselde toch graag een kapotte of minderwaardige krik om tegen een goeie. En ik geloof dat-ie ook niet erg eerlijk met de accu's was, ofschoon, ik heb geen verstand van dat soort dingen. Ik weet wel dat Raymond hem niet vertrouwde en naar een andere garage is gegaan, langs de weg naar Milchester. En wat Emma aangaat,' ging Miss Marple nadenkend voort, 'die doet mij sterk denken aan Geraldine Webb, altijd heel rustig geweest, haast een sloofje, en op haar kop gezeten door haar oude moeder. Maar wat was het een reuzeverrassing voor iedereen toen de moeder plotseling doodging en Geraldine een aardig sommetje erfde, en zij dadelijk naar een kapper liep om zich te laten permanenten, meeging op een cruise en terugkwam, getrouwd en wel met een heel aardige advocaat. Ze heeft nu twee kinderen.'

De parallel liet aan duidelijkheid niets te wensen over. Enigszins gegeneerd vroeg Lucy: 'Vond u het wel op zijn plaats wat u over Emma's eventuele huwelijk hebt gezegd? De broers leken me daarover ietwat gepikeerd.'

Miss Marple knikte toestemmend. 'Ja, zo zijn de mannen, die zien eenvoudig niet wat zich voor hun eigen ogen afspeelt. Ik geloof dat jij dat ook niet eens hebt opgemerkt.'

'Nee,' moest Lucy toegeven, 'er was niets dat mij op het idee zou hebben gebracht. Ze leken me allebei...'

'Zo oud?' vroeg Miss Marple met een lachje. 'Nee, die dokter Quimper is even in de veertig, zou ik denken, al wordt hij al wat grijs aan de slapen, en hij verlangt kennelijk naar wat huiselijke gezelligheid. En Emma Crackenthorpe is nog geen veertig, niets te oud om te trouwen en een gezin te stichten. De vrouw van de dokter moet heel jong gestorven zijn, bij de geboorte van hun kindje, heb ik me laten vertellen.'

'Ja, Emma heeft ook eens zoiets gezegd.'

'Dan moet de man zich eenzaam voelen,' besloot Miss Marple. 'Een dokter met een drukke praktijk heeft nu eenmaal een vrouw naast zich nodig, iemand die zijn zorgen deelt en niet ál te jong is.'

'Luister nu eens, lieverd,' interrumpeerde Lucy. 'Zijn we aan het koppelen of met het onderzoek naar een misdrijf bezig?'

De ogen van Miss Marple glinsterden. 'Misschien ben ik wat ál te romantisch, omdat ik een oude vrijster ben. Maar je weet, beste Lucy, dat je wat mij betreft meer dan je plicht hebt gedaan. Wil je dus met vakantie naar 't buitenland, dan heb je dat heus dubbel en dwars verdiend. Je kunt het ook nog net doen voordat je nieuwe baan begint.'

'En nu van Rutherford Hall weggaan? Dat nooit! Ik voel me nu door en door een detective. Ik heb het bijna net zo erg te pakken als de jongens. Die doen de hele tijd niet anders dan naar aanwijzingen speuren. Ze hebben gisteren alle vuilnisvaten ondersteboven gehaald. Alleronsmakelijkst werkje – terwijl ze niet het flauwste benul hadden waarnaar ze eigenlijk zochten. Als ze in triomf bij u komen aanzetten, inspecteur, met een stukje papier waarop geschreven staat: MARTINE, ALS JE LEVEN JE LIEF IS – PAS DAN OP VOOR DE LANGE SCHUUR, dan weet u, dat ik meelij met hen gekregen heb en dat ergens in de varkensstal heb verstopt!'

'Varkensstal, lieve kind?' vroeg Miss Marple belangstellend. 'Houden ze dan varkens?'

'O, nee, tegenwoordig niet meer. Alleen... ik kom nog weleens bij die oude stallen.' Om de een of andere reden verscheen er een blosje op Lucy's wangen. Miss Marple keek haar met verhoogde belangstelling aan.

'Wie zijn er op het ogenblik nog thuis?' vroeg inspecteur Craddock.

'Cedric is er nog en Bryan komt met het weekend. Harold en Alfred komen morgen weer. Daar hebben ze vandaag over opgebeld. Ik kreeg de indruk, inspecteur, dat u met uw bezoek de knuppel in het hoenderhok hebt geworpen.'

Er verscheen een glimlach om Craddocks lippen. 'Ik heb ze inderdaad wat opgepord door te informeren naar hun doen en laten op vrijdag 20 december.'

'Konden ze u dat vertellen?'

'Harold wel. Maar Alfred kon – of wilde – dat niet.'

'Ik geloof dat 'n alibi altijd een lastig ding is,' was Lucy's mening. 'Tijd, plaats en datum. Zo moeilijk te controleren ook.'

'Daar heb je geduld en tijd voor nodig, maar we spelen het wel klaar.' Hij keek even op zijn horloge. 'Strakjes kom ik nog even aan op Rutherford Hall om Cedric nog wat te vragen. Maar eerst wilde ik dokter Quimper zien te spreken.'

'Dat komt dan goed uit. Hij heeft om zes uur spreekuur en is meestal om halfzeven klaar. Ik moet nu ook weg om voor het avondeten te gaan zorgen.'

'Op één punt zou ik nog graag uw mening horen, miss Eyelesbarrow. Hoe denkt de familie zelf over die Martine-affaire?'

Prompt luidde het antwoord: 'Ze zijn allemaal razend op Emma dat ze u dat is gaan vertellen, en ook op dokter Quimper, die haar blijkbaar in haar voornemen heeft gesterkt. Harold en Alfred geloven dat het niet echt was, maar een poging tot oplichterij. Emma weet niet wat ze ervan denken moet. Cedric vindt het ook geen zuivere koffie, maar staat er veel onverschilliger tegenover dan zijn broers. Bryan daarentegen gelooft dat het echt is.'

'Hé, waarom dát?'

'Ja, Bryan is zo'n type... goedgelovig. Het kan best Edmunds weduwe zijn, vindt hij, die onverwacht naar Frankrijk teruggeroepen is, maar binnenkort wel weer wat van zich zal laten horen. Dat ze daarna niet meer geschreven heeft, accepteert hij als iets doodgewoons, omdat hij zelf nooit schrijft. Bryan is werkelijk 'n schat. Precies een hond die met de baas mee uit wil!'

'En neem jij hem soms mee, lieve kind?' vroeg Miss Marple. 'Naar de varkensstal, misschien?'

Lucy wierp haar een vlugge blik toe.

'Er zijn zoveel heren daar in huis...' mijmerde Miss Marple.

Wanneer Miss Marple het woord 'heren' gebruikte, dan was dat altijd in de echte, ouderwetse betekenis van het woord, als een echo uit een volstrekt verleden tijd. Je dacht dan dadelijk aan zwierige, warmbloedige jongelui (met bakkebaarden en snorren desnoods), soms ondeugend, maar altijd galant.

'Jij bent zo'n knap jong meisje,' ging Miss Marple voort, Lucy opnemende, 'dat het mij niets zou verwonderen of zij maken je flink het hof, of niet soms?'

Lucy bloosde een beetje. Losse herinneringen schoten haar te binnen. Ze zag Cedric, tegen de varkensstal geleund. Bryan, die, troost zoekend, op de keukentafel was komen zitten. Alfred, wiens vingers de hare raakten wanneer hij de koffiekopjes op het blad hielp zetten.

'Heren,' vervolgde Miss Marple op een toon alsof ze het had over vreemde en gevaarlijke wezens, 'lijken in één bepaald opzicht allemaal op elkaar, zelfs als ze al aardig oud zijn...'

'O, lieverd!' riep Lucy. 'Een paar eeuwen geleden zouden ze u vast en zeker als heks verbrand hebben!' Waarop zij in kleuren en geuren vertelde hoe de oude Mr. Crackenthorpe haar een voorwaardelijk huwelijksaanzoek had gedaan.

'Eigenlijk hebben ze allemaal op hun manier avances gemaakt,' vertelde Lucy. 'Harold heeft het keurig correct gedaan, met het aanbod van een goed betaalde baan in de City. Ik geloof er niets van dat dat vanwege mijn mooie ogen is; ze denken, geloof ik, dat ik ergens van op de hoogte ben.' Ze lachte daarbij.

Maar inspecteur Craddock lachte niet. 'Wees vooral voorzichtig,' waarschuwde hij. 'Ze mochten u eens vermoorden in plaats van u het hof te maken.'

'Dat zou eenvoudiger zijn,' moest Lucy toegeven. Maar zij rilde toch even. 'Je vergeet dat zo licht. De jongens hebben er zo'n schik in dat je bijna zou denken dat het een grapje is. Maar het ís geen grapje.'

'Nee,' zei Miss Marple, 'moord is om de drommel geen grapje.'

Zij bleef enige ogenblikken zwijgen en vroeg toen: 'Gaan de jongens al gauw weer naar school?'

'Ja, volgende week. Morgen gaan ze bij Stoddart-West logeren en dat zijn dan hun laatste vakantiedagen.'

'Daar ben ik blij om,' sprak Miss Marple in ernst. 'Ik zou niet graag willen dat er iets gebeurde zolang zij er nog zijn.'

'Bedoelt u... iets gebeurde met de oude Mr. Crackenthorpe? Dat hij misschien zou worden vermoord?'

'O, nee,' antwoordde Miss Marple. 'Hem zal niets gebeuren. Ik doelde op de jongens.'

'Dat er met de jongens iets zou gebeuren?'

'Nu ja, met Alexander.'

'Nee, maar...'

'Ja... dat lopen snuffelen en naar aanwijzingen zoeken. Jongens houden daar nu eenmaal van, maar dat zou weleens heel gevaarlijk kunnen blijken te zijn.'

Craddock keek haar nadenkend aan. 'U bent dus niet geneigd, Miss Marple, aan te nemen dat hier sprake is van moord op een onbekende vrouw door een onbekende dader? U legt wel degelijk een verband met Rutherford Hall?'

'Ik geloof inderdaad dat er een bepaald verband bestaat, ja.'

'Het enige dat ons van de moordenaar bekend is, is dat hij een grote, donkere man moet zijn. Dat is het enige dat uw vriendin van hem zeggen kon. Nu zijn er op Rutherford Hall drie grote, donkere mannen. Op de dag van het gerechtelijk onderzoek heb ik de drie broers daar op hun auto zien staan wachten. Ze stonden met hun rug naar me toe, maar het was verwonderlijk hoe zij, in hun zware winterjassen, op elkaar leken. Drie grote, donkere mannen. Maar in feite zijn het toch drie totaal verschillende types.' Hij zuchtte eens. 'Wat is dat allemaal moeilijk.'

'Ik zou weleens willen weten,' begon Miss Marple zachtjes, 'ik heb me afgevraagd of het allemaal niet veel eenvoudiger is dan we denken. Moorden zijn vaak zo weinig gecompliceerd... ze hebben meestal een voor de hand liggend, laag-bij-de-gronds motief...'

'Gelooft u aan het bestaan van de mysterieuze Martine, Miss Marple?'

'Ik geloof dadelijk dat Edmund Crackenthorpe een meisje Martine getrouwd heeft of heeft willen trouwen. Emma Crackenthorpe heeft u trouwens zijn brief daarover laten lezen en Emma is niet iemand om zoiets te verzinnen. Waarom zou ze ook?'

'Aangenomen dat Martine bestaat,' ging Craddock nadenkend voort, 'is er wel degelijk een beweegreden. Als Martine met een zoon komt opduiken, wordt het erfdeel van de Crackenthorpes kleiner – hoewel bijna niet de moeite waard om daarvoor een moord te plegen. Ze verkeren wel allemaal in geldnood...'

'Harold ook?' vroeg Lucy ongelovig.

'Zelfs de welvarend schijnende Harold Crackenthorpe is niet zo'n bezadigd en voorzichtig financier als hij wel lijkt. Hij heeft zich aan grove speculaties gewaagd en daarbij allerlei ongewenste risico's genomen. Een flinke som geld – en dát op korte termijn – zou een debacle kunnen voorkomen.'

'Maar als dat zo is...' begon Lucy, en ze zweeg toen.

'Ik weet wat je zeggen wilt, lieve kind,' zei Miss Marple, 'de verkeerde moord, wou je zeggen.'

'Ja. De dood van Martine levert Harold – noch een van de anderen – iets op. Alleen als...'

'Juist, alleen als Luther Crackenthorpe doodgaat. Precies,' zei de inspecteur. 'Maar ik heb van zijn dokter begrepen dat de oude Crackenthorpe veel taaier is dan je oppervlakkig zou denken.'

'Hij gaat nog jaren mee,' verklaarde Lucy. Maar daarna trok zij een rimpel in haar voorhoofd.

'Nou?' moedigde de inspecteur haar aan.

'Hij is met Kerstmis nogal ziek geweest,' vertelde Lucy. 'Hij zei dat de dokter er toen zo'n drukte over gemaakt had. "Iedereen zou denken dat ik vergiftigd was, zo'n drukte maakte hij erover." Dat waren zijn eigen woorden.'

Zij keek Craddock hierbij vragend aan.

'Juist,' antwoordde deze, 'dat is het wat ik nog aan dokter Quimper wilde gaan vragen.'

'En ik moet óók weg. Gunst, wat is het al laat!' schrok Lucy.

Miss Marple legde haar breiwerk neer en nam *The Times* op, waarin ze het kruiswoordraadsel nog niet helemaal opgelost had.

'Had ik hier maar een woordenboek,' verzuchtte zij. 'Ik haal Tontine en Tokayer altijd door elkaar. Een van beide is Hongaarse wijn.'

'Dat is Tokayer,' riep Lucy haar bij de deur nog toe. 'Ze hebben allebei zeven letters.'

'O, het ging niet over deze puzzel, maar een puzzeltje in mijn hoofd,' zei Miss Marple vaag.

Inspecteur Craddock keek haar eens heel onderzoekend aan. Toen groette hij en ging heen.

17

Craddock moest een minuut of vijf wachten, want dokter Quimper was nog niet klaar met zijn avondspreekuur. Toen kwam hij te voorschijn, moe en terneergedrukt.

Hij presenteerde Craddock een whisky en toen deze die aannam, maakte hij er ook een klaar voor zichzelf. 'Arme drommels,' verzuchtte hij, terwijl hij zich in een oude, gemakkelijke stoel neerliet. 'Zo bang en zo dom – geen gezond verstand. Had vanavond een pijnlijk geval. Een vrouw die een jaar geleden al bij me had behoren te komen. Dan had ze misschien nog met succes kunnen worden geopereerd. Nu is het te laat. Ik word er gewoon dol van. Het is waar, een mens is een wonderlijke mengeling van heldenmoed en lafheid. Zij heeft doodsangsten uitgestaan zonder een woord daarover te kikken, alleen omdat ze te bang was om naar me toe te komen en dan te moeten horen dat wat ze vreesde werkelijk waar zou zijn. Daartegenover vind je, als andere uiterste, de lui die me komen lastig vallen omdat ze doodgewone wintervoeten aanzien voor het begin van een kankergezwel! Ziezo – ik moest even stoom afblazen. Maar wat kwam u mij vragen?'

'Allereerst wilde ik u bedanken voor uw advies aan miss Crackenthorpe om mij die brief te brengen die afkomstig scheen te zijn van de weduwe van haar broer.'

'O, was dat iets van betekenis? Ik heb haar eigenlijk geen advies behoeven te geven. Zij wou het zelf. Zij zat erover in. Al die lieve broertjes probeerden natuurlijk haar daarvan te weerhouden.'

'Om welke reden?'

De dokter haalde zijn schouders op. 'Misschien zijn ze toch nog bang dat zou kunnen blijken dat die weduwe echt was.'

'Denkt ú dat die brief echt was?'

'Geen idee. Ik heb hem nooit onder ogen gehad. Ik begreep alleen dat het iemand moest zijn die goed op de hoogte was en een poging deed om in contact te treden. Hoopte natuurlijk op Emma's gevoel te werken. Maar dan vergissen ze zich lelijk. Want Emma is niet mal. Zij zou nooit of te nimmer een onbekende schoonzuster aan het hart drukken zonder haar eerst enkele nuchtere vragen te hebben gesteld.'

Een beetje nieuwsgierig voegde hij eraan toe: 'Maar hoe komt u erbij naar míjn mening te informeren? Ik heb er toch niets mee te maken?'

'Ik kwam ook eigenlijk voor iets heel anders, maar ik weet niet precies hoe ik het vragen moet.'

Dokter Quimper werd een en al belangstelling.

'Ik heb gehoord dat niet lang geleden – ik meen met Kerstmis – de oude Mr. Crackenthorpe een lelijke ziekte heeft moeten doorstaan.'

Hij zag dat het gezicht van de dokter veranderde. Het verstrakte.

'Ja.'

'Als ik 't goed begrijp is het een maagaandoening geweest.'

'Inderdaad.'

'Het is moeilijk... Mr. Crackenthorpe gaf hoog op over zijn gezondheid, hij verklaarde dat hij de rest van de familie best zou kunnen overleven. Hij had het daarbij over u – u excuseert me wel, dokter?'

'O, volkomen. Ik trek me niets aan van wat mijn patiënten van me zeggen.'

'Hij noemde u een oude zeurpiet.' Quimper glimlachte. 'Hij vertelde dat u hem allerhande vragen had gesteld, niet alleen over zijn eten, maar ook over degenen die het hadden klaargemaakt en opgediend.'

Nu glimlachte de dokter niet meer. Zijn gezicht verstrakte weer. 'Gaat u door.'

'Hij gebruikte de woorden: "Hij deed net alsof iemand me had vergiftigd." '

Er viel een stilte.

'Had u inderdaad verdenking opgevat?'

Quimper gaf niet dadelijk antwoord. Hij stond op en begon heen en weer te lopen. Ten slotte keerde hij zich met een ruk naar Craddock toe. 'Wat bliksem denkt u eigenlijk dat ik zeggen zal? Dacht u dat een dokter zo maar beschuldigingen kan rondslingeren, zonder feitelijk bewijs?'

'Ik wilde alleen maar horen – niet om dat schriftelijk vast te leggen – of de gedachte aan mogelijke vergiftiging bij u was opgekomen.'

Dokter Quimper gaf een ontwijkend antwoord. 'De oude

Crackenthorpe leidt een uiterst sober leven. Als de kinderen thuis zijn, slacht Emma het gemeste kalf. Gevolg: een gemene aanval van maag-darmcatarre. De symptomen klopten met de diagnose.'

Craddock hield vol. 'Ik begrijp het. Maar was u er helemaal zeker van? Vond u het niet... vreemd?'

'Goed, goed... ja, ik vond het inderdaad vreemd. Bent u nu tevreden?'

'Ik vind dat heel belangrijk,' verklaarde Craddock. 'Wat was 't eigenlijk dat u vermoedde – of vreesde?'

'Aandoeningen van die aard zijn natuurlijk zeer verschillend. Maar ik vond enkele indicaties die eerder in overeenstemming waren met symptomen van arsenicumvergiftiging dan met die van een gewone darmcatarre. U moet goed begrijpen, die twee lijken verdacht veel op elkaar. Heel wat knappere lui dan ik hebben weleens niet geweten welke diagnose ze moesten stellen.'

'Maar wat is uw eindconclusie geweest?'

'Mr. Crackenthorpe verzekerde mij dat hij vroeger ook weleens zulke aanvallen had gehad – en altijd wanneer hij wat overdadig gegeten had.'

'En dat gebeurde als er veel familieleden logeerden? Of gasten?'

'Inderdaad. Dat leek me heel redelijk, maar eerlijk gezegd, Craddock, was ik er niet gelukkig mee. Ik ben toen zelfs zover gegaan een brief te schrijven aan die oude dokter Morris, die kort nadat wij samen praktijk waren gaan voeren, met pensioen is gegaan. Crackenthorpe was oorspronkelijk zijn patiënt. Ik heb hem gevraagd naar eerdere aanvallen van de oude baas.'

'En wat gaf die voor antwoord?'

Quimper grijnsde. 'Nul op 't rekest! Ik moest me niet zo stom aanstellen. Misschien had hij wel gelijk.'

'Dat is nog maar de vraag.' Craddock dacht ernstig na. Toen kwam hij er ronduit mee voor den dag: 'Eerlijk gezegd, dokter, zijn er personen die er een groot geldelijk belang bij hebben dat Luther Crackenthorpe doodgaat.' De dokter knikte bevestigend. 'Het is een oude man – maar kerngezond. Zou hij de negentig wel kunnen halen?'

'Met gemak. Hij doet niets anders dan zich in acht nemen en hij heeft een sterk gestel.'

'Maar zijn zoons – en zijn dochter – die worden ouder en moeten zich maar zien te redden.'

'U kunt Emma wel buiten beschouwing laten. Dat is geen gifmengster. De ziekteverschijnselen doen zich ook alleen maar voor wanneer de anderen erbij zijn, nooit wanneer zij met z'n tweeën zijn.'

De inspecteur was zo wijs niets te zeggen, maar hij dacht: Dat is een elementaire voorzorgsmaatregel – als zíj het tenminste is.

Hij zweeg even en koos zijn woorden toen zorgvuldig.

'Ik weet van dat soort zaken niet veel af, maar stél nu eens dat hij arsenicum toegediend heeft gekregen. Heeft Crackenthorpe dan niet erg geboft dat hij daardoor niet is overleden?'

'Daarmee snijdt u inderdaad een eigenaardig punt aan,' zei de dokter. 'Dat geeft me het idee dat ik me stom heb aangesteld, zoals die oude Morris zei. Bij een klassiek geval van arsenicumvergiftiging, weet u, worden regelmatig kleine doses toegediend. Crackenthorpe heeft nooit last gehad van chronische maagklachten. Daardoor zijn die plotselinge hevige aanvallen ook zo vreemd. Dus als we aannemen dat er geen natuurlijke reden voor bestaat, ziet het ernaar uit dat de dader iedere keer maar half werk aflevert, en dat is nauwelijks verklaarbaar.'

'U bedoelt dat niet de juiste dosis wordt toegediend?'

'Ja. Maar aan de andere kant heeft Crackenthorpe een sterke constitutie en wat voor iemand anders dodelijk zou zijn, hoeft dat voor hem niet te zijn. Je moet altijd rekening houden met persoonlijke factoren. Je zou echter verwachten dat de persoon in kwestie – tenzij hij ongewoon timide is – de dosis nu wel zou hebben opgevoerd. Waarom is dat niet gebeurd? Als er tenminste werkelijk iemand geprobeerd heeft de oude heer te vergiftigen. Maar misschien is dat niet anders dan een hersenschim van mij...'

'Ja, het is een zonderling probleem,' moest de inspecteur toegeven. 'Er klopt iets niet!'

2

'Inspecteur!' Dit ongeduldig gefluisterde woord deed Craddock opschrikken. Hij had net op het punt gestaan aan de bel van de voordeur te trekken.

Alexander en zijn vriendje Stoddart-West doken nu schuchter op uit het duister. 'We hoorden uw auto en wilden u graag even spreken.'

'Goed, kom dan mee naar binnen!' Craddocks hand ging weer naar de bel, maar Alexander trok hem aan zijn jas. 'We hebben bewijsmateriaal gevonden!'

'Ja, we hebben bewijsmateriaal!' beaamde Stoddart-West.

Die verdraaide juffrouw! dacht Craddock weinig vriendelijk. Maar rustig zei hij: 'Prachtig! Kom binnen, dan zal ik het eens bekijken.'

'Nee!' hield Alexander vol. 'Daar worden we vast gesnapt. Gaat u met ons mee naar de tuigkamer. Wij brengen u er wel heen.'

Enigszins tegen zijn zin liet Craddock zich meevoeren, om de hoek van het huis en nog verder, naar het erf waar de stallen zich bevonden. Stoddart-West duwde een zware eiken deur open, reikte omhoog en draaide een zwakke gloeilamp aan, die een schamel licht wierp op wat een halve eeuw geleden een mooi tuighuisje geweest moest zijn, maar nu nog slechts de verzamelplaats was van allerlei kapot en overtollig meubilair, tuingereedschap, hangmatten, en dergelijke. 'We komen hier vaak,' verzekerde Alexander, 'en we worden hier nooit gestoord.'

Uit enkele dingen viel op te maken dat de ruimte inderdaad in gebruik was geweest. Een paar oude matrassen vormden een soort divan. Op een roestige tuintafel stond een blik met chocoladebeschuitjes. Er lag een berg appels en ook nog een legpuzzel.

'Het is heus een bewijsstuk, meneer,' zei Stoddart-West,

een en al activiteit. Zijn ogen glinsterden achter zijn brillenglazen. 'We hebben dagen achtereen lopen zoeken!'

'Achter de struiken – en in holle bomen.'

'En we hebben in alle vuilnisemmers gekeken.'

'Daarin zaten soms reuze interessante dingen.'

'We zijn ook in het stookhuis gaan kijken.'

'De ouwe Hillman heeft daar een grote ijzeren kuip vol oud papier.'

'Om het vuur weer aan te maken als het uitgaat.'

'Alle papieren die rondwaaien, pikt hij op en brengt ze daarheen.'

'En dáár hebben we het gevonden.'

'Wát gevonden?' onderbrak Craddock hun duet.

'Het bewijsstuk! Voorzichtig, Stodders, trek je handschoenen aan.'

Gewichtig, precies zoals een echte detective betaamt, deed Stoddart-West een paar oude, vuile handschoenen aan en haalde een grote envelop uit zijn zak. Daaruit pakte hij heel voorzichtig een smoezelige en verkreukelde envelop, die hij de inspecteur plechtig overhandigde.

De twee jongens hielden hun adem in van opwinding. Craddock pakte het papier met gepaste ernst aan. Hij vond het aardige jongens en speelde het spel graag mee.

De envelop was kennelijk door de post bezorgd, maar hij was opengescheurd en er zat hoegenaamd niets in. Het adres dat erop stond, luidde echter: Mrs. Martine Crackenthorpe, Elvers Crescent 126, N. 10.

'Ziet u dat?' vroeg Alexander hijgend. 'Hieruit blijkt dat zij hier is geweest – de Franse vrouw van oom Edmund, bedoel ik – waar al die drukte om begonnen is. Zij moet die envelop hier ergens hebben laten vallen. Daar ziet het tenminste naar uit, denkt u ook niet...'

Stoddart-West voegde eraan toe: 'Het lijkt er dus op of zij het is die vermoord is – vindt u ook niet, meneer, dat het niemand anders geweest kan zijn, in de sarcofaag?'

Vol ongeduld wachtten zij op antwoord. Craddock bleef in zijn rol.

'Mogelijk – mogelijk, zeer wel mogelijk!' sprak hij.

'Dit is zéér belangrijk, vindt u niet?'

'U laat het toch op vingerafdrukken onderzoeken, hè, meneer?'

'Dat spreekt vanzelf,' verklaarde Craddock.

Stoddart-West slaakte een zucht van voldoening. 'Wat een bof, hè? Nog wel op onze laatste dag!'

'Jullie laatste dag?'

'Ja,' legde Alexander uit, 'morgen ga ik bij Stodders logeren voor de rest van de vakantie. Die hebben een reuzegroot huis – in Queen Anne-stijl, is 't niet?'

'Nee, William en Mary!' verbeterde Stoddart-West.

'Maar je moeder zei...'

'Mijn moeder is een Française, die heeft geen verstand van Engelse architectuur.'

'Maar je vader zei dat het was gebouwd...'

Terwijl achter hem de jongens over bouwstijlen debatteerden, bekeek Craddock de envelop wat nauwkeuriger. Knap werk van Lucy Eyelesbarrow. Hoe had ze dat poststempel erop gekregen? Hij bekeek het van dichtbij, maar het licht was te flets. Wat een grap voor de jongens! Het bracht hem echter wel in een lastig parket. Lucy (ze kon opvliegen!) had daaraan natuurlijk niet gedacht. Als dit een authentiek stuk was, zou het natuurlijk een heel nieuw licht op de zaak werpen. Maar...

Achter hem werd de discussie over bouwstijlen verhit voortgezet. Hij sloot er echter zijn oren voor.

'Kom mee, jongens!' commandeerde hij. 'We gaan naar binnen. Jullie hebben goed werk geleverd!'

18

Vergezeld van de jongens kwam Craddock door de achterdeur binnen. Dit was blijkbaar voor hen de gebruikelijke ingang. De keuken baadde in een zee van licht. Lucy had een groot wit schort voor en rolde deeg uit. Tegen het aanrecht geleund stond Bryan Eastley, als een trouwe hond, toe te kijken. Hij plukte met één hand aan zijn lange, blonde snor.

'Dag, paps!' groette Alexander vriendelijk. 'Ben je hier weer?'

'Ja, ik kom hier graag,' antwoordde Bryan. Hij liet erop volgen: 'Miss Eyelesbarrow vindt het goed.'

'O, ik heb er geen enkel bezwaar tegen,' sprak Lucy. 'Goedenavond, inspecteur!'

'Komt u sporen zoeken in de keuken?' vroeg Bryan belangstellend.

'Niet bepaald. Ik tref Mr. Cedric Crackenthorpe nog hier, hoop ik?'

'O, ja, Cedric is er nog. Wou u hem spreken?'

'Ja, even maar!'

'Ik zal even gaan kijken of hij thuis is,' bood Bryan aan. 'Het kan zijn, weet u, dat hij naar de kroeg is.'

'O, graag – als u dat doen wilt,' zei Lucy tegen hem. 'Mijn handen zitten vol met bloem.'

'Wat bent u aan het maken?' wilde Stoddart-West weten.

'Perzikvlaai!'

'Pri-ma!' zong Stoddart-West voor de zoveelste keer.

'Gaan we al gauw aan tafel?' informeerde Alexander.

'Nee.'

'Jammer! Ik sterf van de honger.'

'Er staat nog een stuk gembercake in de provisiekast!'

De jongens vlogen er tegelijk op af en verdrongen elkaar bij de deur.

'Net sprinkhanen!' zei Lucy.

'Ik maak u mijn compliment!' sprak Craddock.

'Waarover eigenlijk?'

'Over die vernuftige vondst – hierover!'

'Waarover?'

Craddock wees op de envelop, die gedeeltelijk uit het fotoetui stak. 'Heel knap gedaan!' prees hij.

'Waar heeft u het over?'

Zij keek hem met grote, niet-begrijpende ogen aan. Ineens voelde Craddock een lichte duizeling. 'Hébt u dat bewijsstuk dan niet gefabriceerd? En in het stookhuis gelegd, zodat de jongens het konden vinden? Vlug – zeg eens wat!'

'Ik heb niet het flauwste idee waarover u het hebt,' gaf Lucy hem ten antwoord. 'Bedoelt u dat...?'

Craddock stak het etui vlug in zijn zak, omdat Bryan weer binnenkwam. 'Cedric is in de bibliotheek,' kwam hij zeggen. 'Loopt u maar door!'

Hij ging weer op het aanrecht zitten. De inspecteur begaf zich naar de bibliotheek.

2

Cedric Crackenthorpe scheen heel blij te zijn de inspecteur te zien. 'Bent u hier nog met uw detectivewerk bezig?' vroeg hij. 'Al iets opgeschoten?'

'Ja, ik geloof wel te kunnen zeggen dat we al iets verder zijn gekomen, Mr. Crackenthorpe.'

'Ontdekt wie de vermoorde geweest is?'

'Wij zijn nog niet aan een definitieve identificatie toe, maar hebben ons toch reeds een vrij scherp beeld gevormd.'

'Alle hulde!'

'Op grond van recente inlichtingen hebben we nog enkele nadere verklaringen nodig. Ik begin maar met u, Mr. Crackenthorpe, omdat ik u thuis tref.'

'Dat zal ook niet lang meer duren. Over enkele dagen ga ik naar Ibiza terug.'

'Dan kom ik dus net op tijd. Ik zou graag een gedetailleerd verslag van u hebben omtrent uw doen en laten op vrijdag 20 december.'

Cedric keek hem even onderzoekend aan. Hij leunde vervolgens achterover in zijn stoel, gaapte eens en nam een onverschillige houding aan. Hij leek zich alle moeite te geven zijn geheugen na te gaan.

'Ja, zoals ik u al gezegd heb, was ik toen op Ibiza. Het lastige is dat alle dagen daar zoveel op elkaar lijken. 's Ochtends schilderen, 's middags van drie tot vijf siësta. Soms maak ik dan nog een schets als de lichtval gunstig is. Dan een aperitief in het café op de Piazza, soms met de dokter, soms met de burgemeester. Daarna een hapje eten en het grootste deel van de avond in Scotty's Bar met een paar van m'n vrinden uit het gewone volk. Vindt u dat voldoende?'

'Ik zou liever de waarheid van u willen horen, Mr. Crackenthorpe.'

Cedric richtte zich op. 'Dat is in hoge mate beledigend, inspecteur!'

'Vindt u? U hebt me verteld, Mr. Crackenthorpe, dat u op de 21ste van Ibiza bent vertrokken en diezelfde dag in Engeland bent aangekomen.'

'Juist, dat ben ik. Em! Hé... Em!'

Emma kwam door de aangrenzende deur uit een zijkamertje. Vragend keek zij van Cedric naar de inspecteur.

'Luister eens, Em. Ben ik niet op de zaterdag vóór Kerstmis hier gekomen? Kwam ik toen niet rechtstreeks van het vliegveld?'

'Ja,' gaf Emma verwonderd ten antwoord. 'Je was hier tegen lunchtijd.'

'U hoort het!' zei Cedric tot de inspecteur.

'U ziet ons toch wel voor erg onnozel aan, Mr. Crackenthorpe,' merkte Craddock opgewekt op. 'Wij kunnen zulke mededelingen gemakkelijk controleren, ziet u. Ik geloof dat wanneer u mij uw pas laat zien...' Hij zweeg afwachtend.

'Ik kan dat verwenste ding niet meer vinden,' verklaarde Cedric. 'Vanochtend heb ik er al vergeefs naar gezocht. Ik wilde hem opsturen naar Cook.'

'Ik denk dat u hem wel vinden kunt, Mr. Crackenthorpe. Maar eigenlijk is dat ook niet eens nodig. Uit de registers blijkt dat u in feite al op de avond van de 19de december in het land bent gekomen. Wellicht wilt u mij nu vertellen wat u heeft gedaan vanaf dat tijdstip tot de 21ste, toen u hier aankwam.'

Cedric keek nu beslist spinnijdig. 'Dat is de vloek van deze tijd,' riep hij boos, 'al die paperassen en formulieren die moeten worden ingevuld! We leven in een bureaucratische wereld. Je kunt niet eens meer doen wat je wilt en gaan waarheen je wilt. Altijd worden je wel ergens vragen gesteld. Waarvoor maakt u zo'n drukte over die 20ste december? Wat voor bijzonders is er aan die 20ste?'

'Het geval wil dat dát de dag is geweest waarop wij mogen aannemen dat de moord is gepleegd. U kunt natuurlijk weigeren op mijn vraag te antwoorden, maar...'

'Wie zegt dat ik zou weigeren? Gun me even de tijd. Maar u deed erg vaag over de juiste datum, tijdens het gerechtelijk onderzoek. Wat voor nieuwe ontwikkeling heeft zich sedertdien voorgedaan?'

Craddock gaf hierop geen antwoord. Cedric vervolgde, met een schuinse blik op Emma: 'Zullen we soms naar de andere kamer gaan?'

Hierop zei Emma snel: 'Nee, ik ga wel weg.' Maar bij de deur draaide zij zich nog eens om. 'Dit is iets ernstigs, Cedric! Als de moord op de 20ste is gepleegd, dan moet je de inspecteur precies vertellen wat je op die dag uitgevoerd hebt.' Daarna deed zij de deur achter zich dicht.

'Die goeie Em,' sprak Cedric. 'Nou, daar gaat-ie dan. Ja, ik ben op de 19de al van Ibiza vertrokken. Ik was van plan de reis te onderbreken en een paar dagen in Parijs over te blijven, bij vrienden. Maar ja, om u de waarheid te zeggen, er zat een verbazend aardig vrouwtje in het vliegtuig... De moeite waard. Kort en goed: zij en ik zijn samen aan de rol gegaan. Zij was op weg naar Amerika, maar moest een paar nachten in Londen overblijven, vanwege een zakelijke affaire. Wij zijn de 19de in Londen aangekomen. Wij hebben in het Kingsway Palace gelogeerd, voor 't geval uw spionnen daar nog niet achter mochten zijn gekomen! Ik heb als naam John Brown opgegeven. Bij zulke gelegenheden gebruik je nooit je eigen naam.'

'Maar nu op de 20ste.'

'In de ochtenduren druk bezig geweest met het bestrijden van een kater...'

'Maar 's middags? Na drie uur bijvoorbeeld?'

'Laat eens kijken. Ik heb 's middags wat rondgelummeld.

Ben de National Gallery binnengelopen – fatsoenlijker kan 't moeilijk. Heb een film gezien, een wildwestfilm, *Rowena van de rancho* – ik ben dol op zulke films. Toen een paar borrels in de bar, op mijn hotelkamer een beetje geslapen en toen om tien uur mijn vriendin weer meegenomen naar allerlei gelegenheden – de namen zou ik niet allemaal meer weten. De Springende Kikker was er één van. Ik raakte aardig boven mijn theewater en om u de waarheid te zeggen, kan ik me niet veel meer herinneren dan dat ik de andere ochtend wakker werd met een nog véél ergere kater. Mijn vriendin kon nog net haar vliegtuig halen. Ik heb mijn hoofd onder de koude kraan gestopt, en in een apotheek een paardenmiddel gehaald en ben toen naar hier gekomen, net of ik pas uit het vliegtuig was gestapt. Ik wou Emma niet op de kast jagen. U weet hoe vrouwen zijn – die voelen zich altijd beledigd wanneer je niet dadelijk naar huis komt. Ik moest nog geld bij haar lenen om de taxi te kunnen betalen, want ik was helemaal blut. Bij de oude heer behoef je dan niet aan te komen. Die schuift nooit wat af, de ouwe vrek. En, inspecteur, bent u nu tevreden?'

'Kunt u iets daarvan nog met bewijzen staven, Mr. Crackenthorpe? Laat ik zeggen: tussen drie en zeven uur 's middags?'

'Dat lijkt me niet waarschijnlijk,' gaf Cedric vrolijk ten antwoord. 'In de National Gallery kijken de suppoosten veel te slaperig uit hun ogen. En in een volle bioscoop... Nee, dat zal wel niet lukken.'

Toen kwam Emma weer binnen. Zij hield een zakagenda in de hand. 'U wilt weten wat we allemaal op de 20ste december gedaan hebben, is 't niet, inspecteur?'

'Nou... eh... ja, inderdaad, miss Crackenthorpe.'

'Ik heb het juist even nageslagen. Ik ben de 20ste naar Brackhampton geweest om de vergadering van het Kerkrestauratiefonds bij te wonen, na afloop ben ik met twee andere leden, lady Adington en miss Bartlett, gaan lunchen in het Cadena-café. 's Middags ben ik kerstcadeaus gaan kopen, heb theegedronken in Het Klaverblad, omstreeks kwart voor vijven, en ben toen naar het station gegaan, om Bryan af te halen. Tegen zessen kwam ik thuis. Vader was toen in alle staten, omdat Mrs. Hart, onze hulp die zijn thee zou klaarmaken, onverwachts was weggebleven. Vader was toen zo boos dat hij zich in zijn kamer had opgesloten en me niet wilde binnenlaten en ook geen woord tegen me wilde zeggen. Hij houdt er niet van dat ik 's middags uitga, maar ik sta erop dat het zo nu en dan gebeurt.'

'Daar doet u, geloof ik, verstandig aan. Ik dank u wel, miss Crackenthorpe.' Het ging niet aan haar te vertellen dat zij als vrouw van 1 meter 70 lang, volstrekt niet in aanmerking kwam. In plaats daarvan vroeg hij: 'Uw beide andere broers zijn hier pas later aangekomen, nietwaar?'

'Alfred kwam pas zaterdagavond laat. Hij zei dat hij die middag, toen ik uit was, tevergeefs had geprobeerd me op te bellen – vader neemt de telefoon niet op als hij van streek is. Mijn broer Harold is pas op de dag vóór Kerstmis overgekomen.'

'Dank u, miss Crackenthorpe.'

'Misschien mag ik het niet vragen,' ging zij aarzelend verder, 'maar zijn er nieuwe factoren die dit onderzoek wenselijk maken?'

Nu haalde Craddock de grote envelop uit zijn zak. Met de vingertoppen pakte hij voorzichtig de kleinere envelop eruit. 'Raakt u dit alstublieft niet aan. Herkent u deze envelop?'

'Maar...' Emma stond hem, met grote ogen, verschrikt aan te kijken. 'Dat is míjn handschrift. Dat is de brief die ik Martine heb geschreven...'

'Dat dacht ik al.'

'Hoe komt u daaraan? Heeft zij...? Hebt u haar gevonden?'

'Het lijkt niet uitgesloten dat wij haar hebben gevonden. Deze lege envelop werd hier op het terrein aangetroffen.'

'Maar dan moet zij hier zijn geweest! Is ze... ik bedoel... was dat soms Martine... in die sarcofaag?'

'Het begint er wel op te lijken, miss Crackenthorpe,' gaf Craddock zacht ten antwoord.

Het werd nog waarschijnlijker toen hij in de stad terugkwam. Er lag een briefje van Armand Dessin op hem te wachten:

'Een van de vriendinnen heeft een briefkaart gekregen van Anna Stravinska. Het verhaal van die bootreis blijkt waar te zijn. Zij is op Jamaica en schijnt zich daar uitstekend te amuseren.'

Craddock verfrommelde het briefje tot een prop en wierp die in zijn prullenmand.

3

'Ik moet eerlijk zeggen,' zei Alexander, die nadenkend in bed een reep chocola zat te eten, 'dat dit vandaag een reuzefijne dag is geweest. De fijnste van alle. We hebben een echt bewijsstuk gevonden!'

Met enig ontzag in zijn stem ging hij voort: 'Feitelijk is de hele vakantie reuze geweest! Zoiets zal wel nooit meer voorkomen.'

'Ik hoop tenminste dat ik zoiets geen tweede keer beleef,' verzekerde Lucy, die op haar knieën Alexanders kleren in zijn handkoffer zat te pakken. 'Moet je ál die ruimtevaartboekjes meenemen?'

'Die bovenste twee niet. Die heb ik al uit. Mijn voetbal, voetbalschoenen en ook mijn rubberlaarzen gaan apart.'

'Wat nemen jullie jongens toch een lastige dingen mee op reis.'

'Da's geen bezwaar. Ze halen ons af met de Rolls-Royce. Ze hebben een mieterse Rolls, en trouwens ook de nieuwste Mercedes-Benz.'

'Wat hebben ze dan een geld!'

'Bendes! En ze zijn ook reuzegeschikt. Maar toch was ik nog liever een paar dagen hier gebleven. Weet u, misschien vinden ze nog wel een tweede lijk.'

'Ik hoop van harte van niet.'

'Nou, in een boek gebeurt dat anders vaak genoeg. Ik bedoel, iemand die iets heeft afgeluisterd of opgemerkt gaat er dan meestal óók aan. Dat zou ú best kunnen wezen,' voegde hij eraan toe, een tweede reep openmakend.

'Dank je feestelijk!'

'O, niet dat ik dat zou willen,' stelde Alexander haar gerust. 'Ik ben reuze op u gesteld en Stodders trouwens ook. We vinden dat u kunt koken als de beste. Eenvoudig zalig. En u bent ook zo verstandig.'

Dit laatste was kennelijk een uiting van de hoogste lof. Lucy vatte het althans als zodanig op en antwoordde: 'Welbedankt. Maar ik ben heus niet van plan me te laten vermoorden, alleen om jou te plezieren.'

'Nu, dan mag u wel uitkijken,' raadde Alexander aan. Hij zweeg, omdat hij zijn mond volgestopt had. Daarna zei hij zo'n beetje terloops: 'Als paps zo nu en dan hierheen komt, houdt u wel een oogje op hem, hè?'

'Ja, natuurlijk,' gaf Lucy enigszins verbaasd ten antwoord.

'Ziet u, de moeilijkheid met paps is,' legde hij uit, 'dat hij niet voor het grotestadsleven deugt. Hij komt daar in contact met het verkeerde slag vrouwen.' Daarbij schudde de jongen zorglijk het hoofd.

'Ik houd erg veel van hem,' liet hij erop volgen, 'maar hij heeft echt iemand nodig die op hem let. Hij zwalkt rond en raakt verzeild tussen verkeerde mensen. Het is vreselijk jammer dat mams toen is overleden. Bryan heeft beslist behoefte aan huiselijke gezelligheid.' Daarbij keek hij Lucy doodernstig aan, maar pakte onderhand een derde reep chocola.

'Nu niet meer, Alexander,' waarschuwde Lucy, 'straks word je nog misselijk.'

'O, daar heb ik nooit last van. Ik heb er eens zes achter elkaar opgegeten, zonder enig probleem. Ik heb ook geen last van m'n gal.' Hij was even stil, maar zei toen:

'Bryan mág u graag, weet u dat wel?'

'Dat vind ik aardig.'

'In sommige opzichten doet hij ezelachtig dom,' verzekerde zijn zoontje haar, 'maar hij is een prima oorlogsvlieger geweest. Hij is reuzedapper. En reuzegoedhartig.'

Hij wachtte even. Daarna richtte hij zijn blik naar het plafond en ging een beetje verlegen voort: 'Ik geloof heus, weet u, dat hij er goed aan zou doen weer te gaan trouwen... Een geschikt iemand... Ik voor mij zou het volstrekt geen bezwaar vinden een stiefmoeder te krijgen, wanneer het een geschikt iemand zou zijn, bedoel ik...'

Met een gevoel van schrik kwam Lucy tot het besef dat Alexanders conversatie een zeer bepaalde strekking had gekregen.

'Al die onzin over stiefmoeders,' ging Alexander door, daarbij onafgebroken het plafond toesprekend, 'is volkomen uit de tijd. Veel jongens die Stodders en ik kennen, hebben tweede moeders – na echtscheiding en zo – en kunnen bést met ze opschieten. Hangt natuurlijk helemaal van zo'n tweede moeder af. En je krijgt natuurlijk ook wel eens complicaties als je uit mag of als ze naar een schoolwedstrijd komen kijken. Ik bedoel als je dan twee stel ouders hebt. Al zit er ook het voordeel aan vast dat je dan van twee kanten zakgeld krijgt!' Hij zweeg weer even, tegenover de problemen van het moderne leven geplaatst. 'Het is natuurlijk het prettigste je eigen thuis en je eigen ouders te hebben, maar als je moeder overleden is – begrijpt u wat ik bedoel? Als ze tenminste een geschikt type is,' liet hij er voor de derde maal op volgen.

Lucy voelde zich geroerd. 'Ik vind jou héél verstandig,' zei ze. 'We moeten een aardige vrouw voor je vader proberen te vinden.'

'Ja,' gaf Alexander ten antwoord, zonder zich bloot te geven. Nonchalant liet hij erop volgen: 'Ik vond wel dat ik het ter sprake mocht brengen. Bryan mag u heel erg graag. Dat heeft-ie me zelf gezegd...'

Het staat vast, dacht Lucy bij zichzelf, dat ze hier allemaal aan koppelzucht lijden. Eerst Miss Marple al en nu die Alexander!

Om de een of andere reden dacht zij opeens aan de varkensstallen. Zij kwam overeind. 'Welterusten, Alexander. Morgenochtend hoef je alleen maar je nachtgoed en toiletartikelen in te pakken. Slaap lekker!'

'Welterusten,' zuchtte Alexander. Hij schoof onder de dekens, vlijde zijn hoofd behaaglijk op het kussen, deed zijn ogen dicht en leek precies op een slapend engeltje. Hij sliep vrijwel onmiddellijk.

19

'Niet wat je noemt afdoende,' zei brigadier Wetherall op zijn gewone pessimistische toon.

Craddock las het rapport over Harold Crackenthorpes alibi op 20 december door. Men had hem omstreeks halfvier 's middags op de veiling bij Sotheby zien verschijnen, maar al vrij spoedig daarop zien weggaan. Zijn foto was in Russells tearoom door niemand herkend. Maar aangezien het daar op theetijd altijd druk was en hij niet tot de vaste klanten behoorde, hoefde dat geen verbazing te wekken. Zijn huisknecht bevestigde dat hij omstreeks kwart voor zeven was thuisgekomen om zich voor dat etentje te kleden – vrij laat, omdat het diner om halfacht zou beginnen. Mr. Crackenthorpe was dientengevolge nogal prikkelbaar geweest. Nee, hij kon zich niet herinneren meneer te hebben horen thuiskomen, maar dat hoorde hij 's avonds vaak ook niet. Hij en zijn vrouw hielden ervan vroeg naar bed te gaan, als zij de kans daartoe kregen. De garage deed Harold zelf op slot en er was geen mens die wist hoe laat men daar in- en uitging en zeker niet op één bepaalde avond.

'Alles negatief,' besloot Craddock zuchtend.

'Hij is inderdaad bij dat diner op de Club aanwezig geweest, maar vrij vroeg weer weggegaan, voordat alle redevoeringen waren afgestoken.'

'Wat hebben de spoorwegstations opgeleverd?'

Die hadden niets opgeleverd, noch Paddington Station noch het station van Brackhampton. Het was trouwens al vier weken geleden en niet waarschijnlijk dat men zich nu nog iets zou weten te herinneren.

Craddock pakte de gegevens omtrent Cedric op. Ook die wierpen geen nieuw licht op de zaak, hoewel er een taxichauffeur gevonden was die wel dacht dat hij op die middag een passagier had gehad 'die tamelijk veel op die knul leek. Een smoezelige broek en een ruige bos haar. Hij kankerde erover dat de tarieven alweer hoger waren geworden dan toen-ie de laatste keer in 't land was geweest'. De chauffeur wist zich de dag nog te herinneren, omdat hij, net toen hij zijn vrachtje had afgeleverd, door de radio in zijn wagen gehoord had dat hij met de paardenrennen gelukkig had gegokt. Hij was toen dadelijk naar huis gereden om er een feestje van te maken.

'Wat een zegen zijn die paardenrennen toch!' zei Craddock, het rapport ter zijde leggend.

'En hier hebben we Alfred,' bood brigadier Wetherall aan. Een lichte intonatie in zijn stem deed Craddock belangstellend opkijken. Wetherall zag er tevreden uit, als iemand die 't beste tot het laatst bewaard heeft.

Over het geheel bleek ook dit alibi onbevredigend. Alfred woonde alleen in een flat en kwam en ging op ongeregelde uren. Zijn naaste buren waren niet nieuwsgierig, en waren bovendien de hele dag buitenshuis, op kantoor. Maar Wetherall wees met zijn dikke wijsvinger op de laatste alinea.

Brigadier Leakie, aan wie het onderzoek was opgedragen naar enige vrachtautodiefstallen, had in een café van vrachtrijders op de weg tussen Waddington en Brackhampton gezeten, om bepaalde chauffeurs in de gaten te houden. Aan een naburig tafeltje had hij Rooie Janus zien zitten, een van de bendeleden van Dicky Rogers. En Alfred Crackenthorpe zat met hem te praten. Hij kende Alfred van gezicht, omdat die als getuige was gehoord in de zaak van Dicky Rogers. Hij had weleens willen weten wat die twee hadden zitten smoezen. Het was om halftien 's avonds geweest, vrijdag 20 december. Alfred Crackenthorpe had een paar minuten later een bus genomen in de richting Brackhampton. William Baker, controlebeambte aan het station Brackhampton, had het kaartje geknipt van een heer, die, naar hij wist, een van de broers van miss Crackenthorpe was, even vóór het vertrek van de trein van 11 uur 55 naar Paddington. Hij herinnerde zich de dag nog goed, omdat toen het verhaal van de een of andere halfgare juffrouw de ronde had gedaan, dat er 's middags iemand in de trein zou zijn vermoord.

'Alfred?' vroeg Craddock, het rapport neerleggend. 'Alfred? Ik vraag me af...'

'Het bewijst in elk geval dat hij daar ter plaatse is geweest,' bracht Wetherall naar voren.

Craddock knikte. Zeker, Alfred zou met de trein van 16 uur 33 naar Brackhampton hebben kunnen reizen en onderweg de moord hebben kunnen plegen. Daarna kon hij met de bus naar dat vrachtrijderscafé zijn gereden. Om halftien had hij vandaar makkelijk Rutherford Hall kunnen bereiken, het stoffelijk overschot van de spoordijk kunnen halen en in de sarcofaag leggen en daarna op tijd aan het station Brackhampton kunnen zijn om de trein van 23 uur 55 naar Londen nog te halen. Zelfs zou een lid van de bende van Dicky Rogers hem bij het transport nog hebben kunnen helpen, al betwijfelde Craddock dit. Dat waren ongure kerels, maar toch geen moordenaars.

'Alfred?' herhaalde hij nadenkend.

2

Op Rutherford Hall was weer een familiereünie belegd. Harold en Alfred waren uit Londen overgekomen en het duurde niet lang of de gemoederen raakten verhit, en er werd met stemverheffing gesproken.

Lucy was op het idee gekomen wat ijs in de shaker te doen en cocktails te mixen en liep daarmee naar de bibliotheek. De stemmen waren in de hal duidelijk te verstaan. Er werden lelijke dingen aan Emma's adres gezegd.

'Dat is enkel en alleen aan jou te wijten, Emma!' Harolds diepe bas klonk heel boos. 'Ik snap werkelijk niet hoe je zo kortzichtig en dom hebt kunnen zijn. Als je niet met die brief naar Scotland Yard was gegaan – en dit alles niet aan het rollen had gebracht...'

Alfreds hoge stem riep: 'Je bent op dat moment je verstand kwijt geweest!'

'Nou moeten jullie niet zo tegen haar tekeergaan,' suste Cedric. 'Gedane zaken nemen geen keer. Het zou veel verdachter zijn geweest als ze die vrouw als Martine hadden geïdentificeerd en wij allemaal onze mond hadden gehouden over haar brief vlak voor Kerstmis!'

'Dat mag misschien gelden voor jou, Cedric,' antwoordde Harold nijdig. 'Jij was de 20ste niet in 't land. Dat schijnt de kritieke dag te zijn geweest. Voor Alfred en mij is de zaak véél neteliger. Gelukkig dat ik me nog wist te herinneren waar ik die middag en avond ben geweest.'

'Dat wil ik graag geloven,' riep Alfred uit. 'Als jij een moordplannetje maakt, zorg je vast wel voor een prachtig alibi!'

'Ik begrijp hieruit dat jij dat níét hebt gedaan,' klonk het koel.

'Dat moet je niet zeggen. Alles is beter dan met een zogenaamd waterdicht alibi aan te komen waar de politie dwars doorheen kijkt. Die is gehaaid genoeg om zoiets kapot te krijgen.'

'Als jij soms insinueert dat ik die vrouw vermoord heb...'

'O, houden jullie in 's hemelsnaam op,' riep Emma. 'Er is toch geen sprake van dat jullie dat zouden hebben gedaan!'

'En om jullie wat te kalmeren mag je weten,' zei Cedric, 'dat ik niet buitenslands ben geweest op de 20ste en dat de politie daar ook al achter is gekomen, zodat ik net zo goed tot de verdachten behoor als jullie!'

'Als Emma haar mond gehouden had...'

'O, Harold, begin nu niet opnieuw!' riep Emma uit.

Dokter Quimper, die bij de oude Mr. Crackenthorpe geweest was, kwam de studeerkamer uit. Zijn aandacht werd getrokken door de cocktailshaker die Lucy in de hand hield.

'Wat is er aan de hand? Een feestje?' vroeg hij.

'Het is meer bedoeld als olie op de golven. Ze vliegen elkaar bijna in de haren!'

'Wederzijdse verwijten?'

'Emma krijgt het het hardst te verduren.'

Dokter Quimper keek verwonderd op. 'Is het werkelijk?'

Hij nam de shaker uit Lucy's handen, deed de deur naar de bibliotheek open en ging naar binnen.

'Goedenavond, allemaal.'

'Ah, dokter Quimper, ik wilde u eens wat zeggen.' Het was Harolds stem, luid en vol ergernis. 'Ik zou weleens willen weten waarom u zich in onze privéaangelegenheden mengt door mijn zuster de raad te geven met een familiekwestie naar Scotland Yard te lopen!'

Dokter Quimper gaf bedaard ten antwoord: 'Uw zuster vroeg mij om raad. Die heb ik haar gegeven. Naar mijn overtuiging heeft zij volkomen juist gehandeld.'

'U houdt vol...'

'Hé – meisje!'

Dat was de gebruikelijke manier van de oude Mr. Crackenthorpe om Lucy te roepen. Vlak achter haar keek hij om de hoek van de studeerkamerdeur.

Lucy keerde zich met enige tegenzin om. 'Ja, Mr. Crackenthorpe?'

'Wat geef je ons vanavond te eten? Ik heb zin in rijst met kerrie. Die maak je zo lekker klaar. Het is al eeuwen geleden dat we dat gehad hebben.'

'Dat was omdat de jongens niet erg van rijst met kerrie houden, ziet u.'

'De jongens – de jongens. Wat komen die er op aan? Het gaat alleen om mij. Maar in elk geval zijn de jongens nu weg. Dat is maar goed ook. Ik wil rijst met véél kerrie, hoor je?'

'Best, Mr. Crackenthorpe!'

'Goed zo, je bent een beste, Lucy! Jij zorgt voor mij en ik zal voor jou zorgen.'

Lucy ging naar de keuken. Zij zette de kippenragout weg die ze van plan was geweest te serveren, en begon toebereidselen voor een kerrieschotel te maken. De voordeur viel met een dreun dicht en zij zag hoe dokter Quimper met grote, nijdige stappen naar zijn auto liep en even later de oprijlaan afreed.

Lucy zuchtte eens. Zij miste de jongens. En ook Bryan, een beetje. Enfin, zij begon de champignons vast schoon te maken. Ze zou de familie in elk geval een heerlijke schotel voorzetten. Voedering der dieren! dacht ze.

3

Het was drie uur in de middag toen dokter Quimper zijn auto in zijn garage zette en tamelijk vermoeid de voordeur achter zich dichttrok. Nu, Mrs. Simpkins had er een gezonde tweeling bijgekregen en daarmee haar gezin uitgebreid van acht tot tien.

Mr. Simpkins had zich niet bijster verrukt getoond over deze gezinsuitbreiding. 'Een tweeling,' had hij uitgeroepen, 'waar is dat goed voor? Als 't nou nog een vierling was geweest – dan begraven ze je onder de cadeaus, de pers komt op bezoek, foto's in de krant en je krijgt een telegram van de koningin. Maar wat is een tweeling anders dan twee hongerige monden erbij? In mijn familie komen geen tweelingen voor. In die van m'n vrouw evenmin. Daar zit iets onbillijks in.'

Dokter Quimper was naar boven gegaan, naar zijn slaapkamer, en begon zich uit te kleden. Hij keek eens op zijn horloge. Vijf over drie. Het was een ongewoon zwaar karwei geweest deze tweeling op de wereld te helpen, maar alles was goed gegaan. Hij geeuwde. Hij was moe, doodmoe. Verlangend keek hij naar zijn bed.

Toen ging de telefoon.

Dokter Quimper vloekte voordat hij de hoorn opnam. 'Met dokter Quimper?'

'Spreekt u mee!'

'Lucy Eyelesbarrow, op Rutherford Hall. Ik geloof dat u beter direct hierheen kunt komen, dokter. Iedereen is plotseling ziek geworden.'

'Ziek geworden? Hoe dan? Wat zijn de verschijnselen?'

Lucy beschreef ze nauwkeurig.

'Ik kom dadelijk. Intussen moet u...' Hij gaf haar kort en krachtig de nodige aanwijzingen.

Vervolgens schoot hij vlug zijn kleren weer aan, pakte enkele extra instrumenten in zijn tas en holde naar zijn auto.

4

Ongeveer drie uur later zaten de dokter en Lucy, allebei min of meer uitgeput, bij de keukentafel grote koppen sterke koffie te drinken.

'Ha!' Dokter Quimper dronk zijn kopje leeg en zette het met een klap op het schoteltje. 'Dat had ik net nodig. Kom, miss Eyelesbarrow, laten we nu eens spijkers met koppen slaan.'

Lucy keek hem aan. Lijnen van vermoeidheid tekenden zich scherp op zijn gezicht af. Hij leek nu veel ouder dan vierenveertig, vooral als je op zijn reeds grijzende slapen en de kringen onder zijn ogen lette.

'Voor zover ik kan nagaan,' vervolgde de dokter, 'verkeren zij nu buiten levensgevaar. Maar wat is de oorzaak? Dat moet ik nu te weten zien te komen. Wie heeft het eten gekookt?'

'Ik,' luidde Lucy's antwoord.

'En wat hebben ze gegeten? Dat wil ik zeer gedetailleerd weten!'

'Champignonsoep. Rijst met kerrie en kip. Roompudding. En een pikant schoteltje van kippenlever met spek.'

'*Canapés Diane*.'

Lucy glimlachte even. 'Juist, *canapés Diane*.'

'Best. Laten we eens nagaan wat er allemaal in zat. Champignonsoep zeker uit blik?'

'Welnee! Zelfgemaakt.'

'Hebt u die zelf gemaakt? Waarvan?'

'Een half pond champignons, kippenbouillon, melk, wat bloem en boter en wat citroensap.'

'Juist. Men is gauw geneigd te zeggen: "Het zijn natuurlijk de champignons geweest!" '

'De champignons kunnen het niet zijn geweest, omdat ik zelf ook van die soep heb gegeten en kiplekker ben gebleven.'

'Zeker, u mankeert niets. Dat heb ik niet over 't hoofd gezien.'

Lucy kreeg een kleur. 'Wanneer u daarmee bedoelt...'

'Ik bedoel er niets mee. U bent een hoogst intelligent meisje. Als ik bedoeld had wat u dacht dat ik bedoelde, dan lag u nu zelf ook boven te kreunen. Hoe het zij, ik ken uw antecedenten. Ik heb de moeite genomen daarnaar te informeren.'

'Waarom dát in 's hemelsnaam?'

De lippen van dokter Quimper vormden een strenge, rechte lijn. 'Omdat ik het tot mijn plicht reken op de hoogte te zijn van de antecedenten van iedereen die hier min of meer blijvend in huis is. U bent een volkomen bonafide jonge vrouw, die dit speciale werk doet om daarmee in uw onderhoud te voorzien, maar bovendien wijst niets erop dat u met het gezin Crackenthorpe in aanraking bent geweest vóór u hier kwam. U bent dus geen vriendinnetje hetzij van Cedric, hetzij van Harold of Alfred, die hen bij een vuil zaakje behulpzaam is.'

'Zou u werkelijk denken...'

'Ik denk van alles,' verzekerde Quimper, 'maar ik moet voorzichtig zijn bij wat ik zeg. Dat is voor een medicus nog het ergste van alles. Maar laten we doorgaan. Kip met kerrie. Hebt u daarvan óók gegeten?'

'Nee. Wanneer je zo'n kerrieschotel hebt klaargemaakt, heb je aan de lucht al genoeg, vind ik. Ik heb wel even geproefd of het goed smaakte. Ik heb soep gegeten en daarna een puddinkje opgelepeld.'

'Hoe hebt u die opgediend?'

'Ieder in een afzonderlijke coupe.'

'Hebt u nog wat over of is alles al opgeruimd?'

'Ik heb alles afgewassen en weer in de kast gezet.'

Dokter Quimper bromde: 'Een mens kan ook ál te ijverig zijn. Hebt u helemaal niets over?'

'Nog een beetje van de kerrieschotel en ook van de champignonsoep, maar niets van de pudding.'

'Dan neem ik de soep en de kerrieschotel mee. Was er geen zoetzuur bij?'

'Ja. In van die aardewerken potjes.'

'Goed. Neem ik ook mee.' Hij stond op. 'Ik ga nog even boven kijken. Kan ik hen dan verder tot morgenochtend aan uw zorg overlaten? Tegen acht uur krijgt u een verpleegster, met volledige instructies.'

'Denkt u dat het voedselvergiftiging is... of... ja... vergiftiging?'

'Ik heb u al gezegd... een medicus mag van alles denken... maar pas spreken wanneer hij zekerheid heeft. Als ik uit die etensresten enig positief resultaat verkrijg, hoort u dat direct. Anders...'

'Anders?' herhaalde Lucy vragend.

Dokter Quimper legde zijn hand op haar schouder. 'Pas vooral goed op twee van hen,' zei hij. 'Zorg goed voor Emma. Ik wil niet hebben dat Emma iets zou overkomen...'

Er klonk bewogenheid in zijn stem door, dat leed geen twijfel. 'Zij is nog nauwelijks aan haar leven begonnen. En u weet, mensen als Emma Crackenthorpe zijn het zout der aarde... Emma, ja, Emma betekent ontzaglijk veel voor me. Dat heb ik haar nog nooit gezegd. Maar dat zal ik stellig doen. Pas goed op Emma.'

'Daar kunt u op rekenen,' verzekerde Lucy hem.

'En zorg ook goed voor de oude heer. Ik kan niet zeggen dat hij mijn sympathiekste patiënt is, maar hij ís tenslotte een patiënt van me en ik vertik het hem onder mijn handen te zien uitknijpen, alleen omdat een van zijn lieve zoontjes – of misschien wel alle drie – hem naar de andere wereld wenst om aan zijn duiten te komen.'

Hij keek haar opeens guitig aan. 'Dáár!' zei hij. 'Nu heb ik tóch nog m'n mond voorbijgepraat. Maar zet je ogen wijd open, meisje, en' – dit terloops – 'houd je mondje dicht.'

5

Inspecteur Bacon keek geschrokken. 'Arsenicum?' riep hij uit. 'Arsenicum?'

'Ja. Heeft in die kerrieschotel gezeten. Hier hebt u het restant – voor de politiedeskundige. Ik heb slechts een globaal onderzoek ingesteld, maar het resultaat was niet aan twijfel onderhevig.'

'Hier is dus een gifmenger aan het werk?'

'Alles wijst erop,' beaamde dokter Quimper.

'En zij zijn er allemaal ziek van geworden, zegt u – behalve die miss Eyelesbarrow. Dat lijkt me verdacht.'

'Welke beweegreden kan zij hebben gehad?'

'Ze kan wel niet goed snik zijn,' opperde Bacon. 'Soms kunnen mensen er heel normaal uitzien, maar ze toch voortdurend zien vliegen, om 't zo maar eens te zeggen.'

'Miss Eyelesbarrow ziet ze niet vliegen. Als medicus kan ik u de verzekering geven dat ze net zo goed in orde is als u of ik. Als miss Eyelesbarrow de familie arsenicum voorzet, dan moet ze daarvoor een grondige reden hebben. Voorts is ze veel te intelligent om niet te begrijpen dat zij onmiddellijk in de gaten loopt als zij de enige zou zijn die er vrij van blijft. Zij zou dus doen wat iedere slimme gifmenger zou hebben gedaan: een heel klein hapje van het vergiftigde voedsel nemen en dan de vergiftigingsverschijnselen verder ijverig imiteren.'

'U zou die simulatie dan niet kunnen constateren?'

'Zeer vermoedelijk niet! Mensen reageren zo verschillend op vergif. Natuurlijk, als de patiënt eenmaal dood is,' besloot dokter Quimper opgewekt, 'kun je vrij aardig nagaan hoe groot de dosis geweest is.'

Inspecteur Bacon moest zijn gedachten eerst even ordenen. 'De mogelijkheid bestaat dus,' concludeerde hij, 'dat er onder de slachtoffers eentje is die meer spektakel maakt dan nodig is; die zich alleen maar ziek houdt om geen verdenking op zich te laden?'

'Omdat ik aan die mogelijkheid zelf ook al gedacht had, heb ik u juist laten waarschuwen. Ik laat de zaak nu verder aan u over. Ik heb een verpleegster laten komen die ten volle te vertrouwen is, maar die kan natuurlijk maar op één plaats tegelijk zijn. Naar mijn indruk is er niemand bij die zoveel binnengekregen heeft dat de dood daarop zou kunnen volgen.'

‘Heeft de gifmenger zich dus vergist?’

‘Dat niet. Het lijkt me eerder waarschijnlijk dat het zijn bedoeling geweest is net voldoende arsenicum in de kerrieschotel te doen om de verschijnselen van voedselvergiftiging te veroorzaken – waarvan de champignons dan natuurlijk de schuld zouden hebben gekregen. Champignonvergiftiging is gewoon een obsessie voor de meeste mensen. Maar dan zou daarna vermoedelijk de toestand van een van de slachtoffers opeens verergeren en zou hij overlijden...’

‘Doordat hem nog een tweede dosis zou zijn toegediend?’ vroeg Bacon.

De dokter knikte bevestigend. ‘Dat is de reden waarom ik u gewaarschuwd heb en direct een verpleegster heb laten komen.’

‘Weet ze van die arsenicum?’

‘Natuurlijk. Dat weet ze. En miss Eyelesbarrow trouwens ook. U kent uw taak zelf het beste, maar als ik u was, zou ik naar de mensen toegaan en hun ronduit vertellen dat het een geval van arsenicumvergiftiging is. Dan slaat de dader de schrik vermoedelijk om het hart en zal hij zijn voornemen niet durven uitvoeren.’

De telefoon die op het bureau van de inspecteur stond, rinkelde op dat moment. Hij nam de hoorn op en sprak: ‘Heel goed. Geef haar maar hier.’ Tot dokter Quimper zei hij: ‘Hier komt uw verpleegster. Ja hallo...! Spreekt u mee! Wát zegt u? Een ernstige inzinking... Ja – dokter Quimper is hier bij mij. Als u hem even wilt spreken...’

De inspecteur gaf hem de hoorn.

‘Ja, hier met Quimper... Ik begrijp het... Ja... Heel goed... Daar moet u mee doorgaan. We komen zo dadelijk bij u.’

Hij legde de hoorn neer. Bacon keek hem vragend aan. ‘Wie is het?’

‘Alfred,’ zei dokter Quimper. ‘En hij is dood!’

20

De stem van Craddock verried door de telefoon ongeloof. 'Alfred?' vroeg hij verwonderd. 'Alfred?'

Inspecteur Bacon speelde wat met de hoorn en vroeg op zijn beurt: 'Verwachtte u dat niet?'

'Nee, absoluut niet. Ik had hem juist voor de moordenaar aangezien!'

'Ik had er ook van gehoord dat de controlebeambte hem had herkend. Het zag er werkelijk niet best voor hem uit: precies alsof hij onze man was!'

'Enfin!' sprak Craddock zonder enige stemverheffing. 'We hebben het dus mis gehad!'

Er viel even een stilte. Toen ging Craddock voort: 'Er was een verpleegster bij. Hoe kwam het dat die haar plicht heeft verzuimd?'

'Dat kunnen we haar niet kwalijk nemen. Miss Eyelesbarrow was bekaf en is even gaan slapen. Toen had de zuster voor vijf patiënten tegelijk te zorgen: de oude heer, Emma, Cedric, Harold en Alfred. Ze kon niet overal tegelijk zijn. De oude heer heeft haar wel de meeste last bezorgd: hij riep maar dat hij doodging. Zij is toen bij hem gebleven en wist hem tot bedaren te brengen. Daarna heeft ze Alfred warme thee met glucose gebracht. Maar toen hij dat opgedronken had, is het gebeurd.'

'Opnieuw arsenicum binnengekregen?'

'Lijkt er veel op. Al kan het ook een inzinking zijn geweest. Maar Quimper gelooft dat niet en Johnstone evenmin.'

'Zou het wel van meet af aan de bedoeling geweest zijn Alfred uit de weg te ruimen?' opperde Craddock voorzichtig.

Bacon vroeg belangstellend: 'U bedoelt dat Alfreds dood geen mens een cent rijker maakt, maar dat iedereen belang had bij het overlijden van de oude heer? Er kan natuurlijk een vergissing in het spel zijn geweest. Iemand kan gedacht hebben dat de thee voor de oude heer bestemd was.'

'Zijn ze er absoluut zeker van,' informeerde Craddock, 'dat het spul op deze manier is toegediend?'

'Nee, natuurlijk weten ze dat niet zeker. De zuster heeft, als een goede verpleegster, alles netjes afgewassen, kopjes, lepeltjes, theepot – de hele boel. Maar het lijkt de enig mogelijke verklaring.'

'Zou dat dus moeten betekenen,' vroeg Craddock nadenkend, 'dat een van de patiënten niet zo ziek is geweest als de rest? Dat hij is opgestaan en stilletjes vergif in het kopje heeft gedaan toen hij zijn kans daartoe schoon zag?'

'Hoe het zij, we kunnen nu geen geknoei meer verwachten,' zei Bacon op barse toon. 'We hebben nu twee verpleegsters, om nog maar te zwijgen over miss Eyelesbarrow. Ik heb ook nog twee agenten op post gezet. Komt u hierheen?'

'Zo snel ik kan.'

2

Lucy Eyelesbarrow trad inspecteur Craddock in de hal tegemoet. Haar gezicht was bleek en afgetrokken.

'U hebt een heel moeilijke tijd achter de rug,' begon Craddock.

'Eén lange nachtmerrie!' zei Lucy. 'Gisternacht dacht ik heus dat ze het geen van allen zouden halen.'

'Over die kerrieschotel gesproken...'

'Is die het geweest?'

'Ja. Netjes voorzien van een scheutje vergif, zoals een Borgia dat zou hebben gedaan.'

'Als dát zo is, móét een van de gezinsleden de schuldige zijn,' was Lucy's oordeel.

'Bestaat er geen andere mogelijkheid?' vroeg de inspecteur.

'Nee. U moet weten dat ik die verwenste schotel pas op het laatste ogenblik heb klaargemaakt – na zessen – omdat de oude heer er speciaal om had gevraagd. Ik heb daarvoor een nieuw blikje kerriepoeder moeten openmaken – dus daarmee kan niet zijn geknoeid. Zou de kerrie dan de smaak hebben geneutraliseerd?'

'Arsenicum heeft helemaal geen smaak,' antwoordde Craddock nadenkend. 'Maar wie heeft tijdens de bereiding kans gehad er iets in te doen?'

Lucy ging haar herinnering na. 'Eigenlijk kan iedereen even de keuken zijn binnengelopen toen ik bezig was met tafeldekken in de eetkamer.'

'Zo. Wie waren er thuis op dat ogenblik? De oude heer, Cedric en Emma?'

'Harold en Alfred ook. Die waren 's middags al uit de stad gekomen. O, en Bryan – Bryan Eastley. Maar die is vlak vóór tafel uitgegaan – hij had een afspraak met iemand in Brackhampton.'

Voorzichtig ging Craddock verder: 'Er lijkt wel verband te bestaan met de ziekte van de oude heer met Kerstmis. Quimper heeft toen al aan de mogelijkheid van arsenicum gedacht. Leken ze gisterenavond allemaal even ziek te zijn?'

Lucy dacht na. 'Ik denk dat de oude heer er het ergst aan toe was. Dokter Quimper is als een razende aan het werk gegaan. Dat is een reuzegoede dokter, vind ik. Cedric maakte het grootste misbaar. Dat doen alle gezonde, sterke mensen.'

'En hoe was Emma?'

'Heel erg beroerd.'

'Wat zou ik dolgraag willen weten waarom juist Alfred eraan gestorven is!' zei Craddock.

'Zou het wel de bedoeling zijn geweest Alfred uit de weg te ruimen?' opperde Lucy.

'Merkwaardig – ik heb me precies hetzelfde afgevraagd. Kon ik de beweegredenen maar te weten komen. Het valt zo moeilijk enig verband te zien. Die vrouw in de sarcofaag moet de weduwe van Edmund Crackenthorpe geweest zijn, Martine. Laten we dat aannemen. Dat staat nu vrijwel vast. Maar dan moet er verband bestaan met deze opzettelijke vergiftiging van Alfred. De dader moet een van de gezinsleden zijn geweest. Maar ook al nemen we aan dat het een daad van een gek is geweest, dan zijn we er nog niet!'

'Nee, volstrekt niet!' beaamde Lucy.

'Kijk in ieder geval goed uit uw ogen!' ried de inspecteur haar aan. 'Er is een gifmenger hier in huis, bedenk dat goed. En een van uw patiënten boven is vermoedelijk niet zo ernstig ziek als het wel lijkt.'

Na Craddocks vertrek liep Lucy langzaam de trap op. Een gebiedende stem, wat zwakker dan anders, riep haar toe toen zij de kamer van de oude Mr. Crackenthorpe passeerde.

'Meisje – meisje – ben je daar? Kom eens binnen!'

Lucy ging de kamer in. Mr. Crackenthorpe zat rechtop in bed, met een stapel kussens in zijn rug. Voor een zieke zag hij er verwonderlijk opgewekt uit, vond Lucy.

'Ik zie niets anders dan verpleegsters in mijn huis,' mopperde Mr. Crackenthorpe. 'Dat ritselt maar heen en weer en loopt gewichtig te doen en koorts op te nemen, maar geeft me niet eens te eten wat ik ze vraag. Dat zal me een lieve duit gaan kosten. Zeg tegen Emma dat zij ze allemaal wegstuurt. Jij zult me veel beter kunnen verplegen.'

'Maar iedereen is ziek geworden, Mr. Crackenthorpe,' protesteerde Lucy. 'Ik kan heus niet voor allemaal tegelijk zorgen.'

'Champignons!' bromde Mr. Crackenthorpe. 'Vervloekt gevaarlijke dingen, die paddestoelen! Het is die soep van gisteravond natuurlijk geweest. Die had jij klaargemaakt!' voegde hij er beschuldigend aan toe.

'Aan de champignons mankeerde niets, Mr. Crackenthorpe.'

'Ik maak er jou geen verwijt van, meisje, ik maak jou geen verwijt. Het is al eens eerder voorgekomen. Eén verkeerde zwam kan de hele boel bederven. Niemands schuld. Ik weet dat jij een braaf meisje bent. Jij zou zoiets nooit opzettelijk doen. Hoe maakt Emma het?'

'Zij voelt zich vanmiddag gelukkig wat beter.'

'Gelukkig. En Harold?'

'Die is ook veel beter.'

'Wat is dat voor een praatje dat Alfred het hoekje om is?'

'Het was niet de bedoeling dat iemand u daarvan op de hoogte zou brengen, Mr. Crackenthorpe.'

De oude heer lachte een hoog, hinnikend lachje van intens plezier. 'Ik hoor alles,' zei hij. 'Ze kunnen de oude man niks wijsmaken, al proberen ze dat wel. Dus Alfred is dood! Hij zal dus niet meer komen klaplopen, en ook zijn deel van de erfenis mislopen. Weet je, ze zaten er allemaal op te wachten dat ik dood zou gaan – Alfred vooral. En nu is hij zelf dood. Dat noem ik nog eens een goeie mop!'

'Dat is hoogst onvriendelijk van u, Mr. Crackenthorpe,' sprak Lucy op strenge toon.

Weer lachte Mr. Crackenthorpe. 'Ik overleef hen nog allemáál!' kraaide hij. 'Let op wat ik je zeg! Let op, zeg ik je.'

Lucy ging naar haar kamer en zocht daar in een woordenboek 'tontine' op. In gedachten verzonken staarde zij daarna voor zich uit.

3

'Ik snap niet waarom u juist bij mij aankomt,' sprak dokter Morris enigszins korzelig.

'Omdat u het gezin Crackenthorpe zoveel langer kent,' verklaarde inspecteur Craddock.

'Jazeker, ik heb alle Crackenthorpes goed gekend. De oude Josiah in de eerste plaats. Dat was een lastig heerschap – maar uitgekookt! Die heeft me 'n lieve duit verdiend!' Hij schoof zijn oude lijf heen en weer in de leunstoel en loerde vanonder zijn borstelige wenkbrauwen naar inspecteur Craddock. 'U hebt dus blijkbaar geluisterd naar die dwaas van een jongen, die Quimper. Die overijverige jonge dokters! Die halen zich altijd van alles in hun kop. Hij heeft 'n idee-fixe dat ze die Luther Crackenthorpe willen vergiftigen. Onzin! Theater! Natuurlijk heeft de man zo nu en dan een darmcatarre. Daar heb ik hem vroeger ook al voor behandeld. Maar zo vaak kwam dat niet voor – daar is niets bijzonders aan.'

'Dokter Quimper dacht juist van wél,' hield Craddock vol.

'Dokters moeten niet te veel gaan denken. Ik denk zo dat

ik een geval van arsenicumvergiftiging wel zou kunnen herkennen als het zich voordeed.'

'Tal van bekende doktoren hebben dat niet gedaan,' bracht Craddock naar voren. 'We hebben dat gezien bij de zaak-Greenbarrow,' hij ging zijn herinnering na, 'bij Mrs. Reney, Charles Leeds, drie leden van de familie Westbury, allemaal netjes begraven, zonder dat de behandelende geneesheren er ook maar het flauwste vermoeden van hadden gehad. Dat waren allen medici van naam.'

'Goed, best, dat mag wáár zijn,' gaf dokter Morris ten antwoord, 'en wilt u daarmee zeggen dat ik me ook vergist zou kunnen hebben? Ik voor mij geloof dat niet.' Hij zweeg een tijdje en vervolgde toen: 'Wie verdacht Quimper – stel dat het vergif was?'

'Dat wist hij niet,' verzekerde Craddock. 'Hij was alleen bezorgd. Tenslotte gaat het daar om een bom duiten, weet u.'

'O, ja, ik weet best wat ze bij de dood van Luther Crackenthorpe krijgen. En ze hebben het hard nodig ook. Dat is zéker waar, maar dat wil nog niet zeggen dat ze Luther zullen vermoorden om het te krijgen!'

'Nee, dat is ook zo,' moest inspecteur Craddock toegeven.

'Hoe het zij,' gaf dokter Morris als zijn oordeel te kennen, 'uit principe koester ik nooit argwaan zonder behoorlijke gronden. Behóórlijke gronden,' herhaalde hij. 'Ik moet toegeven dat wat u me daarnet vertelde, mij enigszins van mijn stuk heeft gebracht. Arsenicum op uitgebreide schaal lijkt het wel – maar daarom snap ik toch nog niet waarom u daarmee bij míj aankomt. Al wat ik u vertellen kan is dat ík daar helemaal niet op verdacht was. Misschien had ik die aanvallen van Luther vroeger wel serieuzer moeten opvatten. Maar wat u me nou vertelt, gaat heel wat verder.'

Craddock was het daarmee eens. 'Wat ik eigenlijk nodig heb,' zei hij, 'is wat meer kennis omtrent het gezin. Is er misschien een erfelijke belasting ergens in de familie – een of andere geestelijke afwijking?'

De oogjes onder de borstelige wenkbrauwen keken hem doordringend aan. 'Ja, ik begrijp dat u aan die mogelijkheid denkt. Nu, de oude Josiah was kerngezond van geest, maar zo hard als 'n bikkel. Zijn vrouw was neurotisch en melancholiek van aard. Kwam door inteelt in haar familie. Is vrij spoedig na de geboorte van de tweede zoon overleden. Ik zou zo zeggen, ziet u, dat Luther van haar een zekere – onevenwichtigheid heeft geërfd. Als jongeman was hij heel normaal, maar altijd aan 't bakkeleien met zijn vader. Zijn vader voelde zich in hem teleurgesteld en dat kon hij niet best zetten, denk ik. Daar zat hij mee en dat is ten slotte een soort van obsessie voor hem geworden. Dat heeft zich in zijn eigen huwelijksleven voortgezet. U zult merken, als u eens met hem praat, dat hij een grondige hekel heeft aan zijn eigen zoons. Hij was dol op zijn dochters. Zowel Emma als Edie – dat is degene die gestorven is.'

'Waarom zou hij zo'n hekel aan zijn zoons hebben?' vroeg Craddock.

'Daarvoor zou u bij een van die moderne psychiaters moeten zijn. Ik voor mij geloof dat Luther zichzelf nooit een geslaagd figuur heeft gevonden en zich ernstig beledigd heeft gevoeld door de financiële curatele waaronder zijn vader hem min of meer heeft geplaatst. Ik geloof dat hij, als hij zelf over zijn geld zou kunnen beschikken en de macht had zijn eigen zoons te onterven, lang niet zo het land aan hen zou hebben. Nu hij zich machteloos voelt in dit opzicht, ervaart hij dat eigenlijk als een soort vernedering.'

'Verheugt hij zich daarom soms ook zo over het vooruitzicht dat hij hen allemaal nog zal overleven?' vroeg inspecteur Craddock.

'Best mogelijk. Het is ook de oorzaak van zijn gierigheid. Ik geloof vast dat hij uit zijn reusachtig inkomen in de loop der jaren een aanzienlijke som heeft overgespaard – dat wil zeggen, in de jaren voordat de belastingen tot hun tegenwoordige duizelingwekkende hoogte waren opgevoerd.'

Dit bracht inspecteur Craddock op een geheel nieuw denkbeeld. 'Zou hij dat spaargeld niet bij testament aan iemand hebben kunnen vermaken? Daarover kan hij natuurlijk vrij beschikken.'

'O, zeker. Maar de hemel mag weten aan wie hij dat zal hebben vermaakt. Aan Emma misschien, maar die krijgt haar portie van het geld van de ouwe, net als haar broers. Misschien aan Alexander, zijn kleinzoon.'

'Hij is erg op die jongen gesteld, nietwaar?'

'Dat is hij zeker. Omdat het een kind van zijn dochter is en niet van een van zijn zoons, en ook omdat hij erg gesteld was op Bryan Eastley, de man van Edie. Nu ken ik die Bryan zelf niet erg best. Het is ook al heel wat jaren geleden dat ik iemand van het gezin voor het laatst ontmoet heb. Maar het is me wel opgevallen dat hij na de oorlog ietwat is blijven zweven. Hij beschikt over eigenschappen die in de oorlog nodig waren: durf, elan en hoegenaamd geen zorg voor de toekomst. Maar evenwichtig kun je hem niet noemen. Hij zal op een gegeven moment vrijwel zeker op drift raken.'

'Voor zover u weet zit er in de jonge generatie niet een of andere bepaalde kronkel?'

'Cedric is een excentrieke figuur, van nature opstandig. Ik zou niet willen beweren dat hij volkomen normaal is, maar van wie kun je dat eigenlijk wél zeggen? Harold is van de oude stempel, niet wat je noemt een prettig karakter, harteloos en op eigen voordeel uit. Alfred heeft iets van een misdadiger over zich. Hij deugt niet en heeft dat nooit gedaan. Ik heb 'm op 'n keer geld zien gappen uit een busje voor de zending dat bij hen in de hal stond. Zo'n type was hij. Enfin, de arme jongen is nu dood, laat ik dus verder niets in zijn nadeel zeggen.'

'En hoe staat het...' vroeg Craddock enigszins aarzelend, 'met Emma Crackenthorpe?'

'Aardig meisje, rustig, al weet je niet altijd wat er in haar omgaat. Heeft zo haar eigen plannetjes en denkbeelden, waar ze niet over spreekt. Zij bezit meer karakter dan men zou afleiden uit haar manier van doen en de indruk die ze wekt.'

'U hebt natuurlijk ook Edmund gekend, de zoon die in Frankrijk is gesneuveld?'

'Zeker. Dat was de beste uit het nest, naar mijn mening. Reuze goedhartig en een vrolijke, aardige jongen.'

'Hebt u ooit gehoord dat hij plan had te trouwen of getrouwd was met een Frans meisje, kort voordat hij is gesneuveld?'

Dokter Morris fronste zijn voorhoofd. 'Ik geloof dat me daar flauwtjes iets van voor de geest staat, maar dat is al zo lang geleden.'

Craddock bracht hem in het kort op de hoogte van wat er de laatste tijd was voorgevallen.

'Ik herinner me nu,' zei dokter Morris, 'iets in de krant te hebben gelezen over een lijk in een sarcofaag. Is dat dus op Rutherford Hall geweest?'

'Er bestaat enige reden om aan te nemen dat het slachtoffer de weduwe van Edmund moet zijn.'

'Nou, nou, dat lijkt me buitengewoon vreemd. Meer iets voor een roman dan voor het werkelijke leven. Wie zou dat arme mens hebben willen vermoorden? Ik bedoel, hoe zou dat nu in verband kunnen staan met die arsenicumvergiftiging bij de familie Crackenthorpe?'

'Alleen in dit opzicht,' was de inspecteur van oordeel, 'dat er blijkbaar iemand is die op de hele erfenis van Josiah Crackenthorpe loert.'

'Dat moet dan een gek zijn,' concludeerde dokter Morris. 'Hij zou zich onmiddellijk arm betalen aan de belasting!'

21

'Gemene dingen, die paddestoelen,' zei Mrs. Kidder. Omdat ze diezelfde opmerking de laatste paar dagen zeker al tien keer gemaakt had, sloeg Lucy er geen acht meer op.

'Ik kijk wel uit, ik raak ze niet aan – veel te riskant,' ging Mrs. Kidder voort. 'Het is nog een zegen dat er maar één aan gestorven is. De hele familie had er wel aan kunnen gaan – en u erbij, juffrouw. U bent er op wonderbaarlijke wijze aan ontsnapt!'

'Het zát 'm niet in de champignons,' verzekerde Lucy. 'Die waren prima.'

'Moet u niet geloven – één vergiftige ertussen en je bent er geweest! En alles is hier zo tegelijk gekomen – eerst die akelige moord en nu Mr. Alfred gestorven aan paddestoelenvergiftiging. Wie zou de volgende wezen, zou ik weleens willen weten...'

Lucy was zich bewust van het onbehaaglijke gevoel dat zij dat óók weleens wilde weten.

'Mijn man vindt het niet prettig dat ik hier nog kom werken,' zei Mrs. Kidder. 'Hij denkt dat dat ongeluk zal brengen, maar dan zeg ik dat ik miss Crackenthorpe nu al lange tijd ken en dat ze een aardige dame is en me nodig heeft. En ik zou die arme miss Eyelesbarrow niet alleen kunnen laten, heb ik gezegd, want dan zou ze in dat grote huis alles alleen moeten doen. Al die dienbladen, juffrouw... dat moet u niet meevallen.'

Lucy was gedwongen toe te geven dat het leven de laatste tijd voor een groot deel uit dienbladen leek te bestaan. Op dat moment was ze die aan het klaarmaken, om ze naar de diverse invaliden te brengen.

'Verpleegsters doen nooit iets,' zei Mrs. Kidder. 'Ze willen alleen maar pótten en pótten sterke thee. En kant-en-klaar eten op tafel. Ik ben bekaf.' Ze sprak zeer voldaan, hoewel ze weinig meer had gedaan dan haar normale werkzaamheden op een ochtend.

'U ontziet zich nooit, Mrs. Kidder,' zei Lucy plechtig.

Mrs. Kidder leek tevreden. Lucy pakte het eerste dienblad en liep ermee naar de trap.

'Wat breng je me nu weer?' informeerde de oude Mr. Crackenthorpe op afkeurende toon.

'Bouillon en een luchtig custardschoteltje,' antwoordde Lucy opgewekt.

'Neem maar weer mee!' kefte de oude heer. 'Die slappe kost raak ik niet aan. Ik heb de verpleegster nog zó gezegd dat ik biefstuk wilde hebben!'

'Dokter Quimper zei dat u nu nog geen biefstuk mag eten,' zei Lucy geduldig.

Mr. Crackenthorpe snoof minachtend. 'Ik ben zo goed als beter. Morgen sta ik op. Hoe gaat het met de anderen?'

'Mr. Harold is veel en veel beter,' vertelde Lucy. 'Hij gaat morgen weer naar Londen.'

'Die zijn we dan kwijt, gelukkig,' luidde het antwoord van Mr. Crackenthorpe. 'En hoe staat het met Cedric? Enige kans dat hij morgen weer naar zijn eiland terugkeert?'

'Nee, zover is hij nog niet.'

'Jammer. En wat voert Emma toch uit? Waarom komt zij nooit eens naar mij kijken?'

'Zij ligt zelf nog altijd in bed, Mr. Crackenthorpe.'

'Vrouwen vertroetelen zichzelf altijd veel te veel,' zei Mr. Crackenthorpe. 'Maar jij bent een best en sterk meisje,' liet hij er goedkeurend op volgen. 'Jij loopt de hele dag maar heen en weer, hè?'

'Ja, aan lichaamsbeweging ontbreekt het mij niet,' verzekerde Lucy hem.

De oude Mr. Crackenthorpe knikte goedkeurend. 'Jij bent een best en sterk meisje,' sprak hij, 'en je moet niet denken dat ik vergeten ben waarover ik onlangs met je gesproken heb. Een dezer dagen zul je eens wat beleven. Emma zal niet altijd haar zin blijven krijgen. Ik heb een aardig sommetje opzij gelegd en ik weet voor wie dat bestemd is, wanneer de tijd dáár is.' Hij lonkte haar liefjes toe.

Lucy maakte dat zij vlug het vertrek weer uit kwam, om te voorkomen dat hij haar beetpakte.

Daarna bracht zij Emma een blad. 'O, dank je wel, Lucy,' zei deze. 'Ik begin me werkelijk langzamerhand weer een beetje mens te voelen. Ik heb trek en dat is een goed teken, is 't niet? Lieve kind,' ging ze voort, met het blad op haar knieën, 'ik maak me eigenlijk een beetje ongerust over je tante. Je hebt natuurlijk al deze dagen geen tijd gehad om haar eens op te zoeken.'

'Nee, dat kon niet, daar hebt u gelijk in.'

'Ik ben bang dat ze je wel erg zal hebben gemist.'

'O, maakt u zich daarover niet bezorgd, miss Crackenthorpe. Zij heeft volkomen begrip voor de moeilijke tijd die we hebben doorgemaakt.'

'Heb je haar al eens opgebeld?'

'Nee, tenminste niet de laatste dagen.'

'Nou, dat moet je vooral doen. Bel haar iedere dag even op. Oude mensen vinden het heerlijk op de hoogte te worden gehouden.'

'Dat is erg lief van u,' zei Lucy, die werkelijk enige gewetenswroeging had toen zij weer naar beneden ging om het volgende blad te halen. De complicaties die de vele zieken in huis hadden meegebracht, hadden haar geen tijd gelaten aan iets anders te denken. Zij besloot Miss Marple op te bellen zodra zij Cedric zijn eten had gebracht.

Er was nu nog maar één verpleegster in huis, die haar vriendelijk groette toen zij elkaar op het portaal tegenkwamen.

Cedric zag er onwaarschijnlijk netjes uit. Hij zat rechtop in bed vellen papier vol te schrijven. 'Hallo, Lucy!' verwelkomde hij haar. 'Wat voor gevaarlijk brouwsel kom je me nu weer brengen? Ik wou dat je me van die afschuwelijke verpleegster kon bevrijden, dat is zo'n olijkerd, daar zijn eenvoudig geen woorden voor. Noemt mij om de een of andere reden wij. "En hoe maken we het vanmorgen? Hebben we lekker geslapen? O, hemel, wat zijn we ondeugend, dat we de dekens zo op de grond laten hangen!" ' Daarbij bootste hij het beschaafde toontje van de zuster met een hoge falsetstem na.

'U lijkt me heel opgewekt,' zei Lucy. 'Waar bent u zo druk mee bezig?'

'Plannen maken,' antwoordde Cedric. 'Plannen voor wat ik ga doen met het landgoed, wanneer de oude heer ertussenuit knijpt. Het is een prachtig terrein, weet je. Ik ben het nog niet met mezelf eens of ik een deel ervan zelf in exploitatie zal brengen, of dat ik de hele mep tegelijk zal verkopen. Heeft grote waarde voor industriedoeleinden. Het huis zou best als kliniek of school zijn in te richten. Misschien verkoop ik wel de helft van het terrein en ga met dat geld iets geweldigs uithalen op de andere helft. Wat denk je?'

'U hébt het nog niet!' merkte Lucy nuchter op.

'O, maar ik krijg het,' sprak Cedric vast overtuigd. 'Het is, anders dan de rest, niet bij testament opgedeeld. Ik krijg het in zijn geheel. En wanneer ik het voor een slordige duit kan verkopen, wordt dat geld niet beschouwd als inkomen, maar als kapitaal, en dan betaal ik er geen belasting over. Dan zwem ik in het geld. Denk je dat eens in!'

'Ik heb altijd begrepen dat u niets om geld gaf!' merkte Lucy op.

'Dat spreekt vanzelf, als ik geen geld héb,' luidde Cedrics antwoord. 'Dat is de enige waardige houding die je dan kunt aannemen. Wat een schat van een meid ben je, Lucy, of verbeeld ik me dat alleen maar omdat ik in zo lang geen knappe vrouwen heb gezien?'

'Dat zal het wel zijn,' kaatste Lucy terug.

'Nog altijd druk bezig met iedereen en alles op te knappen?'

'Het ziet ernaar uit, dat iemand u eens opgeknapt heeft,' zei Lucy, hem aankijkende.

'Dat komt door die vervloekte verpleegster!' zei hij nijdig. 'Is er al een gerechtelijk vooronderzoek geweest naar de dood van Alfred? Wat is de uitspraak?'

'De zitting is verdaagd,' antwoordde Lucy.

'De justitie is kopschuw geworden. Zo'n massavergiftiging geeft je even een opdonder, hè? Geestelijk, bedoel ik. Ik heb het nu niet over de andere symptomen.' Hij liet erop volgen: 'Pas maar goed op jezelf, meisjelief.'

'Dat doe ik,' verzekerde Lucy.

'Is Alexander al weer naar school?'

'Hij zal op 't ogenblik nog bij de Stoddart-Wests logeren, denk ik. Ik geloof dat hun school overmorgen weer begint.'

Voordat Lucy haar eigen lunch klaarmaakte, belde zij Miss Marple even op. 'Het spijt me verschrikkelijk dat ik niet nog eens naar u toe kon komen, maar ik heb hier werkelijk de handen vol gehad.'

'Natuurlijk, kind, dat begrijp ik volkomen. Bovendien valt er op het ogenblik niets meer te doen. We kunnen alleen maar afwachten.'

'Ja, maar waar wachten wij eigenlijk op?'

'Elspeth McGillicuddy zal nu wel weer gauw thuiskomen,' vertelde Miss Marple. 'Ik heb haar geschreven dat ze dadelijk terug moest komen vliegen. Ik heb haar gezegd dat dat haar plicht was. Maak je dus maar niet te veel zorgen, kindlief.' Dit werd op een vriendelijke en geruststellende toon gezegd.

'U denkt toch niet...' begon Lucy, maar zij hield zich in.

'Dat er nog meer doden zullen vallen? O, dat hoop ik niet, liefje. Maar je kunt nooit weten, nietwaar? Wanneer je werkelijk met een door en door slecht mens te maken hebt, bedoel ik. En ik geloof dat hier van grote misdadigheid sprake is.'

'Of waanzin,' opperde Lucy.

'Natuurlijk, dat is tegenwoordig de opvatting. Maar daarmee ben ik het niet eens.'

Lucy belde af, liep naar de keuken en nam mee wat zij voor zichzelf had klaargezet. Mrs. Kidder had haar schort al afgedaan en stond op het punt te vertrekken.

'U blijft toch wel gezond, hè, juffrouw?' informeerde zij bezorgd.

'Dat spreekt vanzelf. Mij mankeert niets!' zei Lucy ietwat kortaf. Zij nam haar blaadje en ging er niet mee naar de sombere, grote eetzaal, maar naar de kleine studeerkamer. Net toen ze klaar was met eten, ging de deur open en kwam Bryan Eastley binnen.

'Hallo!' groette Lucy. 'Dit is een onverwacht bezoek!'

'Dat is het zeker!' antwoordde Bryan. 'Maar hoe maken ze het allemaal?'

'O, veel beter. Harold gaat morgen alweer naar Londen terug.'

'Wat denk jij dat het precies is geweest? Werkelijk arsenicum?'

'Jazeker, het was arsenicum!' was het antwoord.

'Ik heb er nog niets over in de krant gelezen.'

'Nee, ik denk dat de politie het voorlopig nog stilhoudt.'

'Er moet iemand zijn die het ernstig op de familie begrepen heeft,' zei Bryan. 'Wie komt het eerst in aanmerking voor de verdenking naar binnen te zijn geslopen en met zijn vingers aan het eten te hebben gezeten?'

'Ik zou zo zeggen dat ik wel het allereerst in aanmerking kom,' zei Lucy direct.

Verschrikt keek Bryan haar aan. 'Maar jij hebt 't toch niet gedaan?' vroeg hij lichtelijk ontsteld.

'Nee, ik heb het niet gedaan,' stelde Lucy hem gerust.

Geen mens had trouwens de kerrieschotel kunnen aanraken. Zij had die zelf klaargemaakt – heel alleen in de keuken en hem op tafel gezet. De enigen die er iets in konden hebben gedaan, waren de vijf geweest die aan tafel hadden gezeten.

'Ik bedoel – wat voor reden zou jij ervoor hebben?' vervolgde Bryan. 'Zij zijn tenslotte niets van je, nietwaar? Maar – eh, ik hoop dat je het niet vervelend vindt dat ik hier zo maar weer kom aanzetten?'

'Nee, nee, natuurlijk niet. Blijf je logeren?'

'Nou, eigenlijk graag, als je het tenminste niet erg lastig vindt.'

'Nee, dat redden we wel.'

'Ja, zie je, ik heb geen baan op 't ogenblik en ik – nou ja, ik ben het een beetje beu. Vind je het heus niet vervelend?'

'Ik ben niet degene die bezwaar zou kunnen maken. Dat is Emma.'

'O, Emma vindt het allang goed,' verzekerde Bryan. 'Emma is altijd verbazend aardig voor me geweest. Op haar manier, weet je. Zij zegt nooit alles wat ze denkt. Je weet nooit wat je aan haar hebt, die goeie Em. Maar als je hier moet wonen en voor die oude man moet zorgen, word je natuurlijk een beetje neerslachtig. Jammer dat ze nooit is getrouwd. Nu is het te laat, denk ik.'

'Ik geloof dat het nog helemaal niet te laat is,' was Lucy's mening.

'Tsja...' Bryan dacht na. 'Een dominee misschien,' zei hij hoopvol. 'Zij lijkt me geknipt als domineesvrouw... zo tactvol voor de Dameskring. Niet dat ik weet wat dat precies is, maar je leest dat weleens in boeken. En ze zou 's zondags natuurlijk een hoed opzetten in de kerk,' voegde hij eraan toe.

'Dat is nu niet iets dat mij bepaald aantrekt,' gaf Lucy te kennen, haar blad opnemend.

'Laat mij dat even doen,' bood Bryan aan, en hij nam het dienblad van haar over. Samen gingen zij naar de keuken. 'Zal ik je helpen afwassen? Ik houd van deze keuken,' zei hij. 'Ik weet wel dat men dit tegenwoordig niet meer mooi mag vinden, maar dit hele huis mag ik graag. Afschuwelijke smaak vermoedelijk, maar zo is het nu eenmaal. Je zou heel makkelijk met een vliegtuig op het terrein kunnen landen,' voegde hij eraan toe.

Hij pakte een theedoek en begon de lepels en vorken af te drogen. 'Eigenlijk zonde dat Cedric het krijgt,' merkte hij op. 'Het eerste dat hij doet is het hele geval verkopen en daarna weer naar het buitenland verdwijnen. Ik voor mij snap niet waarom ons land niet goed meer is voor iedereen. Harold wil dit huis ook niet houden, en voor Emma is het natuurlijk veel te groot. Nou, als Alexander het zou erven, zouden hij en ik hier zo gelukkig zijn als wat! Natuurlijk zou het wel prettig zijn wanneer er een vrouw des huizes was.' Daarbij keek hij Lucy nadenkend aan. 'Maar wat voor zin heeft het zo te praten? Als Alexander dit landgoed erfde, betekent dat dat de hele troep eerst zou moeten zijn overleden, en daar bestaat toch geen kans op, is het wel? Hoewel, wat ik van de oude heer gemerkt heb, die zou best honderd willen worden, al was 't alleen maar om de anderen dwars te zitten. Hij zal vermoedelijk ook niet erg ontdaan zijn geweest door de dood van Alfred?'

Lucy antwoordde kortaf: 'Nee, dat niet.'

'Een kribbebijter, die ouwe!' zei Bryan Eastley opgewekt.

22

'Afschuwelijk, zulke praatjes als er nu de ronde doen!' zei Mrs. Kidder. 'Ik luister daar natuurlijk niet naar. Maar u hebt er geen idee van!' Zij zweeg hoopvol.

'Nee, dat zal wel niet,' zei Lucy.

'Over dat lijk dat hier in de lange schuur ontdekt is,' ging Mrs. Kidder voort, terwijl zij op haar knieën achteruitschoof om de keukenvloer te dweilen. 'Ze zeggen dat die vrouw in de oorlog het liefje van Mr. Edmund is geweest en dat ze hierheen is gekomen en dat een jaloerse echtgenoot haar achternagereisd is en haar eenvoudig van kant heeft gemaakt. Dat is ook net iets voor zo'n buitenlander – maar heel waarschijnlijk lijkt het toch niet, na zoveel jaren, nietwaar?'

'Het lijkt mij héél onwaarschijnlijk.'

'Maar ze vertellen nog veel erger dingen,' ging Mrs. Kidder voort. 'O, mensen zeggen soms de gekste dingen. Daar zou u van staan te kijken. Er zijn er die beweren dat Mr. Harold ergens in het buitenland is getrouwd en dat ze is overgekomen en toen heeft ontdekt dat hij bigamie heeft gepleegd met lady Alice en dat ze hem voor de rechter had willen dagen en dat hij haar toen hier heeft opgevangen en in de sarcogaaf heeft gedouwd. Nou vraag ik je!'

'Schandelijk,' zei Lucy vaag, want zij was met haar gedachten elders.

'Ik luister natuurlijk niet naar zulke praatjes,' klonk het deugdzaam uit de mond van Mrs. Kidder. 'Maar ik sta ervan te kijken hoe de mensen zulke verhalen verzinnen, en ook nog rondvertellen. Ik hoop alleen dat miss Emma er nooit iets van te horen krijgt. Dat zou haar van streek maken en dat zou ik voor geen goud willen. Zij is een verbazend aardige dame, miss Emma, en er is niemand die een woord kwaad van haar spreekt. Niemand. En nu Mr. Alfred overleden is, zegt ook niemand meer iets ten nadele van hem. Zelfs niet dat dit een godsoordeel is geweest, wat ze best hadden kunnen zeggen. Maar het is schandalig, hè, juffrouw, zoveel als er kwaadgesproken wordt.'

Mrs. Kidder was met welbehagen aan het woord.

'Het moet erg pijnlijk voor u zijn dat alles aan te horen,' zei Lucy.

'Nou, reken maar,' verzekerde Mrs. Kidder. 'Dat is het zeker. Ik zeg tegen mijn man, hoe kómen ze erbij, zeg ik.'

Toen ging de huisbel. 'O, dat zal de dokter wezen, juffrouw. Wilt u hem opendoen, of zal ik 't doen?'

'Ik ga al,' zei Lucy.

Maar het was de dokter niet. Op de stoep stond een rijzige, elegante dame in een nertsmantel. Op het grindpad stond een Rolls-Royce, de chauffeur achter het stuur.

'Zou ik miss Emma Crackenthorpe ook even kunnen spreken?' De stem klonk sympathiek. De vrouw zag er ook aantrekkelijk uit. Ongeveer vijfendertig, met zwart haar en heel goed opgemaakt.

'Het spijt me zeer,' gaf Lucy ten antwoord, 'maar miss Crackenthorpe ligt ziek te bed en ontvangt geen bezoek.'

'Ik weet het. Maar het is van groot belang dat ik haar toch even spreek.'

'Het spijt me,' begon Lucy. Maar de bezoekster viel haar in de rede. 'U bent zeker miss Eyelesbarrow?' Zij glimlachte haar daarbij beminnelijk toe. 'Mijn zoontje heeft me van u verteld, weet u. Ik ben lady Stoddart-West en op het ogenblik logeert Alexander bij ons.'

'O, juist,' zei Lucy.

'Het is zeer belangrijk dat ik miss Emma even spreek,' ging de ander verder. 'Ik ben op de hoogte van haar ziekte en verzeker u dat dit niet zomaar een visite is. Het gaat over iets dat de jongens mij hebben verteld – of liever, dat mijn eigen zoon mij heeft verteld. Het is, naar mijn mening, iets zeer belangrijks en ik zou er graag met miss Crackenthorpe over willen spreken. Wilt u haar alstublieft even vragen of zij mij ontvangen wil?'

'Komt u binnen.' Lucy bracht de bezoekster door de hal naar de salon en zei: 'Ik ga even naar boven om het aan miss Crackenthorpe te vragen.'

Zij liep de trap op, klopte aan Emma's deur en ging de slaapkamer binnen.

'Lady Stoddart-West?' vroeg Emma verwonderd. Er verscheen een uitdrukking van ongerustheid op haar gezicht. 'Er is toch niets met de jongens gebeurd – met Alexander?'

'Nee, nee,' stelde Lucy haar gerust. 'Ik weet zeker dat er niets aan de hand is met de jongens. Het betreft iets dat de jongens haar hebben verteld.'

'O, nu, dan...' Emma weifelde. 'Ik zal haar wel moeten ontvangen. Zie ik er netjes uit, Lucy?'

'U ziet er meer dan keurig uit,' antwoordde Lucy.

Emma zat rechtop in bed en had een zachtroze sjaal om de schouders geslagen, waardoor het lichte kleurtje op haar wangen goed uitkwam. Haar zwarte haar was door de verpleegster netjes geborsteld en gekamd. Lucy had de vorige dag nog een vaas met herfstbladeren op de toilettafel gezet. De kamer zag er daardoor gezellig uit en leek helemaal niet op een ziekenkamer.

Lucy bracht de bezoekster boven, deed de deur voor haar open en achter haar weer dicht. 'Miss Crackenthorpe? Ik bied u mijn oprechte excuses aan voor het feit dat ik zo brutaal bij u aankom. Ik heb u weleens ontmoet, geloof ik, tijdens de sportwedstrijden op school.'

'Zeker,' zei Emma. 'Ik herinner mij u ook best. Neemt u plaats.'

Lady Stoddart-West ging in de stoel zitten die naast het bed was gezet. Met rustige, diepe stem begon zij: 'U moet het wel erg vreemd van mij vinden dat ik zo maar bij u kom, maar daar is een reden voor. Een zeer belangrijke reden, naar mijn mening. Weet u, de jongens hebben mij alles verteld. U begrijpt dat ze erg opgewonden waren over de moord die hier was gepleegd. Ik moet u eerlijk bekennen dat ik dat indertijd helemaal niet prettig heb gevonden. Ik maakte me zenuwachtig. Ik wilde James onmiddellijk laten thuiskomen. Maar mijn man lachte daarom. Hij zei dat het klaarblijkelijk een moord was geweest die niets met het huis en de familie te maken had en hij zei dat, naar wat hij zich van zijn eigen jongensjaren herinnerde en nu uit de brieven van James las, hij en Alexander juist dolverheugd waren en het bepaald hardvochtig zou zijn de jongens weg te halen. Ik heb dus toegegeven en goedgevonden dat ze bleven tot de dag die was afgesproken, waarop Alexander met James bij ons zou komen logeren.'

Emma vroeg: 'Vindt u dat wij uw zoon eerder naar huis hadden moeten laten gaan?'

'O, nee, dat is volstrekt niet wat ik zeggen wilde. O, het valt mij zo moeilijk! Maar toch moet ik het u vertellen. Ziet u, de jongens hebben heel wat opgevangen. Zij vertelden dat die vrouw – die vermoorde vrouw – volgens de politie een Française kon zijn, die uw oudste broer – die in de oorlog gesneuveld is – in Frankrijk had leren kennen. Is dat zo?'

'Het is een mogelijkheid,' antwoordde Emma, terwijl haar stem trilde, 'waarmee wij rekening dienen te houden.'

'Bestaat er dan een bepaalde reden om aan te nemen dat dit het stoffelijk overschot van die vrouw – die Martine is?'

'Ik zei u reeds, het is een mogelijkheid.'

'Maar hoe komen ze erbij te veronderstellen dat zij die Martine is? Had zij soms brieven bij zich – of papieren?'

'Nee, niets van dat alles. Maar weet u, ik had kort tevoren een brief gekregen van die Martine.'

'Had u een brief gekregen – van Martine?'

'Ja. Een brief waarin zij schreef dat zij in het land was en ons wilde komen opzoeken. Ik heb haar toen uitgenodigd hier te komen, maar ontving daarna een telegram waarin stond dat zij onverwacht naar Frankrijk was teruggeroepen. Misschien is zij dus wel naar Frankrijk teruggekeerd. Wij weten het niet. Maar daarna is hier een envelop gevonden die aan haar was geadresseerd. Dat wijst erop dat zij hierheen gekomen was. Maar ik begrijp werkelijk niet...' Emma maakte haar zin niet af.

Lady Stoddart-West kwam haar vlug te hulp. 'U begrijpt natuurlijk niet dat mij dat zo interesseert. Natuurlijk, dat zou ik in uw plaats evenmin begrijpen. Maar toen ik hiervan hoorde – of liever een enigszins verminkt verslag ervan kreeg – moest ik wel naar u toe komen om zekerheid te krijgen of dat alles werkelijk zo was. Want als dat het geval is...'

Nu?' vroeg Emma.

'Dan moet ik u iets zeggen dat ik u anders nooit zou hebben verteld. Weet u, ik ben Martine Dubois.'

Emma zat haar bezoekster met grote ogen aan te kijken, alsof ze de betekenis van haar woorden nauwelijks kon bevatten.

'Bent ú dat? Bent u Martíne?' vroeg zij.

De ander knikte heftig van ja. 'Dat zal u verwonderen, dat spreekt vanzelf, maar toch is het zo. Ik had uw broer leren kennen in de eerste oorlogsdagen. Hij was namelijk bij ons ingekwartierd. Nu, de rest is u bekend. Wij raakten verliefd op elkaar. Wij hadden het plan te trouwen, maar toen kwam Duinkerken en Edmund werd als vermist opgegeven. Later kreeg ik het bericht van zijn dood. Laat ik u over die tijd maar niets vertellen. Het is lang geleden, voorbij. Maar ik wil u wel zeggen dat ik erg veel van uw broer heb gehouden... Toen zijn de moeilijke oorlogsjaren gevolgd. De Duitse bezetting van Frankrijk. Ik was in de Résistance werkzaam. Mij werd opgedragen Engelsen behulpzaam te zijn om van Frankrijk weer naar Engeland te komen. Op die manier heb ik de man leren kennen met wie ik nu ben getrouwd. Hij was officier bij de Royal Air Force. Na de oorlog zijn wij getrouwd. Een paar keer heb ik overwogen of ik u misschien eens zou schrijven of gaan opzoeken, maar daar heb ik ten slotte van afgezien. Het zou niet goed zijn, vond ik, oude herinneringen op te halen. Ik was een nieuw leven begonnen en wilde het oude vergeten.'

Zij wachtte even en vervolgde toen: 'Maar ik kan u wel zeggen dat het mij een wonderlijk genoegen was te merken dat de beste schoolvriend van mijn zoon James een jongen was die een neefje van Edmund bleek te zijn. Alexander lijkt, naar mijn gevoel, erg veel op Edmund, zoals u stellig zelf het beste kunt beoordelen. Ik vond het een gelukkige omstandigheid dat James en Alexander zulke goede vrienden waren.'

Zij boog zich voorover en legde haar hand op Emma's arm. 'Maar u begrijpt, nietwaar, toen ik die geschiedenis van die moord hoorde en vernam dat men dacht dat die vermoorde vrouw de Martine kon zijn die Edmund gekend had, dat ik toen naar u toe moest komen om u de waarheid te vertellen. Ik had de keuze tussen u of de politie. Wie de vermoorde vrouw ook mag zijn, Martine is zij in geen geval!'

'Ik kan bijna niet geloven,' sprak Emma, 'dat u de Martine bent over wie die beste Edmund mij heeft geschreven.' Zij zuchtte eens, hoofdschuddend, en fronste toen onthutst het voorhoofd. 'Maar ik begrijp nog niet... Bent u het dan geweest die mij die brief heeft geschreven?'

Lady Stoddart-West schudde krachtig van nee. 'Nee, zeker niet. Ik heb u natuurlijk niet geschreven.'

'Dan...' Emma zweeg.

'Er moet iemand zijn die zich voor Martine heeft uitgegeven, misschien wel met de bedoeling geld van u los te krijgen. Dat zal het wel geweest zijn. Maar wie zou dat zijn?'

Langzaam sprak Emma: 'Ik denk dat er indertijd wel meer mensen van op de hoogte zullen zijn geweest.'

De ander haalde haar schouders op. 'Vermoedelijk wel. Maar niemand is erg intiem met mij geweest. Ik heb er ook met niemand over gesproken sinds ik in Engeland woon. En waarom zou die al die tijd hebben gewacht? Het is eigenaardig, hoogst eigenaardig.'

'Ik begrijp er niets van,' zei Emma. 'Wij moeten eens afwachten wat inspecteur Craddock ervan zegt.' Met vertederde blik keek zij haar bezoekster aan. 'Wat ben ik blij dat ik je eindelijk eens ontmoet!'

'En ik jou. Edmund had het altijd over je. Hij hield erg veel van je. Ik ben heel gelukkig geworden, maar niettemin, ik zal hem nooit vergeten.'

Emma leunde met een zucht achterover in de kussens. 'Het is een geweldige opluchting,' sprak ze. 'Zolang wij in onzekerheid verkeerden en dachten dat de vermoorde vrouw misschien Martine zou kunnen zijn, leek die moord met onze familie in enig verband te staan. Maar nu – dit is werkelijk een pak van mijn hart. Ik kan me niet voorstellen wie de arme ziel geweest is, maar zij kan onmogelijk iets met óns te maken hebben.'

23

De gestroomlijnde secretaresse bracht Harold Crackenthorpe 's middags zijn gebruikelijk kopje thee. 'Dank u, miss Ellis, ik ga vandaag wat vroeger naar huis.'

'Ik vind dat u eigenlijk helemaal nog niet op kantoor had moeten komen, Mr. Crackenthorpe,' sprak miss Ellis. 'U ziet er nog altijd wat betrokken uit.'

'Ik voel me goed,' beweerde Harold Crackenthorpe, al voelde hij zich nog verre van lekker. Hij was er ernstig aan toe geweest. Maar dat was nu weer voorbij.

Wonderbaarlijk, bedacht hij zich, in zijn herinneringen verdiept, dat Alfred eraan had moeten bezwijken terwijl de oude heer er goed doorheen was gekomen. Hoe oud was die tenslotte al – drieënzeventig – vierenzeventig? En al jarenlang aan het sukkelen. Als er nu één was van wie je zou hebben verwacht dat hij erbij om het leven zou zijn gekomen, dan was dat de oude heer. Maar nee. Dat moest nu juist Alfred zijn. Alfred, die, voor zover Harold kon nagaan, een gezonde, taaie kerel was geweest.

Hij leunde achterover in zijn stoel en zuchtte eens. Dat meisje had gelijk. Hij voelde zich nog niet honderd procent, maar had toch behoefte gevoeld op kantoor te komen. Hij wou eens poolshoogte komen nemen hoe het met de zaken stond. Het was een dubbeltje op zijn kant! Ja, het scheelde nog maar een haartje. Dit alles hier – hij keek eens om zich heen – dat rijk ingerichte kantoor, het lichte glanzende hout, de dure stalen stoelen, het zag er allemaal even welvarend uit. En dat was maar goed ook! Dat was het nu waarin Alfred zich altijd had vergist. Als je er welvarend uitzag, dachten de mensen dat de zaken goed gingen. Er deden voorlopig nog geen geruchten de ronde over zijn minder goede financiële positie. Niettemin, de debacle zou zo heel lang niet meer kunnen uitblijven. Was zijn vader maar overleden in plaats van Alfred – dat had vast en zeker moeten gebeuren! Maar die leek van arsenicum juist op te kikkeren! Ja, als zijn vader was bezweken – dan zou hij nu geheel en al uit de zorgen zijn geweest.

Toch kwam het er nu op aan niet te tonen dat je zat te tobben. Naar buiten doen of je succes had. Niet zoals die arme Alfred, die er altijd sjofeltjes en onsolide had uitgezien, precies zoals hij er voorstond. Een van die kleine speculantjes, die nooit eens een brutale gooi naar een bom duiten deden. Nee, Alfred had geen brede visie gehad. Wanneer je alles overwoog, kon je niet zeggen dat er aan Alfred veel verloren was gegaan. Hij, Harold, was nooit erg op Alfred gesteld geweest. Nu Alfred niet meer meedeed, zou het kapitaal dat hem van die oude schrielhannes van een grootvader te wachten stond, aanmerkelijk groter zijn, omdat het niet in vijven maar in vieren zou worden opgedeeld.

Harolds gezicht klaarde enigszins op. Hij stond op, pakte zijn jas en verliet zijn kantoor. Het zou verstandig zijn het de eerste dagen nog wat kalm aan te doen. Hij voelde zich nog zwak. Zijn auto stond beneden bij de hand en even later zocht hij zijn weg door het drukke Londense verkeer naar huis.

Darwin, zijn huisknecht, deed hem open. 'Mevrouw is juist thuisgekomen, meneer!' zei de man.

Even keek Harold hem verbaasd aan. Alice! Mijn hemel, zou Alice vandaag al thuiskomen? Dat was hij glad vergeten! Goed dat Darwin hem waarschuwde. Het zou niet zo best zijn geweest, als hij, bovengekomen, verwonderd zou hebben opgekeken bij de ontmoeting. Niet dat het er eigenlijk iets toe deed. Noch Alice noch hijzelf hield er enige illusie op na omtrent de gevoelens die zij voor elkaar koesterden. Of misschien hield Alice wel van hem – hij wist het niet.

Over het geheel genomen was Alice een grote teleurstelling gebleken. Hij was niet verliefd op haar geweest, natuurlijk, maar al was zij dan niet knap, ze was een aardige vrouw. En haar familie en relaties waren hem stellig van nut geweest. Misschien niet zo nuttig als hij had gehoopt, want toen hij Alice trouwde, had hij wel degelijk aan de mogelijkheid van eventuele kinderen gedacht. Goede relaties voor zijn jongens. Maar zij hadden geen jongens gekregen, en meisjes evenmin. De enigen die dus overbleven, waren hij en Alice, die al een dagje ouder werden en elkaar niet zo heel veel meer te vertellen hadden en geen bijzonder genoegen schepten in elkaars gezelschap.

Zij logeerde een groot deel van het jaar bij familieleden en ging 's winters meestal naar de Rivièra. Dat vond ze prettig en hij had er geen last van.

Nu ging hij naar boven, naar de salon, om haar keurig netjes te verwelkomen.

'Zo, ben je er weer, lieve. Jammer dat ik je niet kon komen afhalen, maar ik werd opgehouden in de City. Ik ben zo vroeg thuisgekomen als ik kon. Hoe was het in Saint-Raphaël?'

Alice vertelde hem hoe het in Saint-Raphaël was geweest. Zij was een magere vrouw, met zandkleurig haar, een fraai gebogen neus en fletse, lichtbruine ogen. Zij sprak met een beschaafde, eentonige, wat neerslachtige stem. De terugreis was voorspoedig geweest, wat ruw op het Kanaal. De douane in Dover verbazend lastig zoals gewoonlijk.

'Neem toch een vliegtuig,' luidde zijn raad, zoals altijd. 'Het is zoveel eenvoudiger.'

'Dat kan wel zijn, maar ik houd niet van vliegen. Het maakt me zo nerveus.'

'Het spaart een hoop tijd.'

Lady Alice Crackenthorpe gaf hierop geen antwoord. Waarschijnlijk was haar probleem niet zozeer tijd te winnen, als wel tijd te doden. Zij informeerde beleefd naar de gezondheid van haar man. 'Dat telegram van Emma heeft me erg verontrust,' zei ze. 'Jullie waren er allemaal erg ziek van geworden, hoorde ik.'

'Jazeker,' bevestigde Harold.

'Onlangs las ik in de krant,' vertelde Alice, 'dat er in een hotel veertig personen tegelijk ziek waren geworden door voedselvergiftiging. Al die koelkasten vind ik maar gevaarlijk. Ze bewaren de etenswaren daarin veel te lang.'

'Mogelijk,' zei Harold. Zou hij al of niet iets zeggen over het arsenicum? Om de een of andere reden voelde hij, wanneer hij Alice aankeek, zich niet in staat dit ter sprake te brengen. In de wereld waarin Alice leefde, was helemaal geen plaats voor arsenicumvergiftiging. Daar las je alleen over in de kranten. Dat kwam in haar familie niet voor. Maar wél bij de Crackenthorpes...

Hij verdween naar zijn kamer en ging nog een paar uur rusten, voor hij zich kleedde voor het diner. Tijdens de maaltijd spraken ze weer over dezelfde onderwerpen. Vluchtigjes en beleefd. Een opsomming van vrienden en kennissen die ook in Saint-Raphaël waren geweest.

'Er ligt een pakje voor je op het tafeltje in de hal, een heel klein pakje,' vertelde Alice.

'O? Dat had ik niet gezien.'

'Een gek geval, zeg. Iemand deed me een verhaal dat er een vrouw vermoord was gevonden in een schuur of iets dergelijks. Ze vertelde dat het op het terrein van Rutherford Hall was geweest. Dat moet dan beslist een ander Rutherford Hall zijn.'

'Nee, zeker niet,' verklaarde Harold. 'Het is werkelijk in een schuur op ons terrein gevonden.'

'Heus, Harold? Een vermoorde vrouw in de schuur op Rutherford Hall – en jij hebt me daar helemaal niets van verteld!'

'Och, zo lang hebben we elkaar ook nog niet gesproken – en het was nogal een vervelende geschiedenis. Had met óns natuurlijk niets te maken. Maar de kranten bemoeiden zich ermee en wij kregen de politie uit de aard der zaak op bezoek en wat daar zo bijhoort.'

'Hoogst onaangenaam,' zei Alice. 'Hebben ze de dader gepakt?'

'Nog niet,' antwoordde Harold.

'Wat voor soort vrouw was het?'

'Dat weet geen mens. Een Française schijnt het.'

'Zó – 'n Française!' zei Alice, welhaast op dezelfde toon als indertijd inspecteur Bacon, zij het dan ook op een beschaafdere manier dan hij. 'Wat méér dan vervelend voor jullie!' herhaalde zij.

Toen zij uit de eetkamer kwamen, gingen zij naar de kleine studeerkamer, waar zij bij voorkeur zaten als zij geen gasten hadden. Harold voelde zich nu doodmoe. Ik ga maar vroeg naar bed, dacht hij bij zichzelf.

Hij haalde het pakje dat op het haltafeltje lag en waarover zijn vrouw hem gesproken had. Het was een keurig pakje, dat hij, in zijn fauteuil bij de haard gezeten, openmaakte. Het bleek een pillendoosje te zijn, met opschrift: 'Elke avond twee stuks.' Er was een strookje papier bijgevoegd, bedrukt met naam en adres van de apotheker in Brackhampton. 'Gezonden op voorschrift van dokter Quimper' stond erop geschreven.

Harold Crackenthorpe fronste het voorhoofd. Hij opende het doosje en bekeek de tabletten die erin zaten. Ja, dat leken wel dezelfde die hij had gehad. Maar Quimper had toch zeer beslist tegen hem gezegd dat hij er niet meer van hoefde in te nemen? 'U hebt ze nu niet meer nodig.' Dát had Quimper gezegd.

'Wat is er, lieve? Je kijkt zo bezorgd,' zei Alice.

'Och, het zijn tabletjes. Ik heb die destijds gekregen om te kunnen slapen. Maar ik dacht eigenlijk dat de dokter had gezegd dat ik ze niet meer moest innemen.'

Zijn vrouw zei onverschillig: 'Waarschijnlijk heeft hij gezegd dat je niet moest vergeten ze in te nemen!'

'Dat is mogelijk,' zei Harold enigszins weifelend.

Hij keek haar eens aan. Zij had haar ogen op hem gericht. Slechts een paar seconden vroeg hij zich met verwondering af – dat gebeurde hem niet vaak bij Alice – wat zij precies dacht. Die vriendelijke blik van haar was nietszeggend. Haar ogen leken wel vensters van een leegstaand huis. Wat dacht Alice wel van hem, wat voelde zij voor hem? Zou ze vroeger verliefd op hem zijn geweest? Hij dacht van wel. Of zou ze met hem zijn getrouwd omdat ze dacht dat hij goede zaken deed en ze genoeg had van haar financieel zorgelijk bestaan? Nu, over het geheel genomen was zij er wél bij gevaren. Hij zou weleens willen weten of zij dat zelf ook vond. Zij was niet echt dol op hem, natuurlijk, maar dat was hij ook niet op haar. Zij hadden niets gemeen, niets om over te praten, geen gemeenschappelijke herinneringen. Als er kinderen waren geweest – ja – wel vreemd toch dat er helemaal geen kinderen in de familie waren behalve het zoontje van Edie. Die kleine Edie. Wat een dom meisje, om zo'n dwaas, overhaast huwelijk in oorlogstijd te sluiten. Och, hij had haar nog goede raad gegeven.

Hij had gezegd: 'Dat is allemaal goed en wel, die kranige jonge vliegers, schitterend, dapper en zo, maar in vredestijd begin je daar niets mee, weet je. Vermoedelijk zal hij dan nauwelijks in staat zijn jou te onderhouden.'

'Nou – en?' had Edie gezegd. Wat kwam dat erop aan? Zij hield van Bryan en Bryan hield van haar en misschien had hij nog maar kort te leven. Waarom zouden ze dan niet korte tijd samen gelukkig zijn? Wat had het voor zin je in de toekomst te verdiepen, als je elk ogenblik een bom op je hoofd kon krijgen? En tenslotte, had Edie gezegd, hoefden ze zich geen zorgen te maken voor hun toekomst, want dan kwam het geld van grootvader los.

Harold schoof onrustig in zijn stoel heen en weer. Werkelijk, grootvaders testament was onrechtvaardig geweest! Om hen allemaal aan het lijntje te houden! Van dat testament had nu letterlijk niemand plezier beleefd. De kleinkinderen niet – en hun vader was er razend om, al was hij nog lang niet van plan dood te gaan. Daarom leefde hij zo uiterst voorzichtig. Maar toch kon hij het niet lang meer maken. Nee, zeer zeker zou hij het niet lang meer maken. Anders – alle zorgen bevingen Harold opeens weer en bezorgden hem een wee, vermoeid en duizelig gevoel.

Alice zat hem nog altijd aan te kijken, zag hij. Die fletse, nadenkende ogen bezorgden hem op de een of andere manier een onbehaaglijk gevoel.

'Ik geloof dat ik maar naar bed ga,' zei hij. 'Het is de eerste dag dat ik weer naar kantoor ben geweest.'

'Ja,' sprak Alice, 'ik geloof dat je daar verstandig aan doet. De dokter zal je vast wel hebben aangeraden het de eerste tijd kalm aan te doen.'

'Dokters zeggen nooit wat anders,' gaf Harold ten antwoord.

'Vergeet je tabletten niet, lieve,' sprak Alice. Zij reikte hem het doosje aan dat hij had vergeten mee te nemen.

Hij wenste haar goedenacht en ging naar boven. Ja, hij had die tabletjes nog nodig. Het zou glad verkeerd zijn geweest er al zo gauw mee op te houden. Hij pakte er twee van en nam ze met een teug water in.

24

'Niemand had de boel erger kunnen verknoeien dan ik gedaan heb,' zuchtte Dermot Craddock verslagen. Hij zat, met zijn lange benen voor zich uitgestrekt, als een ietwat misplaatst element in de overladen salon van de trouwe Florence. Craddock leek door en door vermoeid, uit zijn humeur en moedeloos.

Miss Marple gaf zacht en kalmerend te kennen dat ze het niet met hem eens was. 'Nee, nee, je hebt heus goed werk geleverd, beste jongen. Heel goed werk.'

'Wat u maar goed noemt! Ik heb vlak onder mijn neus de hele familie zien vergiftigen, eerst Alfred Crackenthorpe laten doodgaan en nu Harold nog. Wat is daar voor de duivel gaande? Dat zou ik zo graag willen weten.'

'Vergiftigde tabletjes,' zei Miss Marple nadenkend.

'Ja. Vervloekt slim bedacht. Ze zagen er precies zo uit als de tabletjes die hij al eerder had geslikt. Er was een bedrukt strookje bij, waarop stond: "Gezonden op voorschrift van dokter Quimper." Nu, Quimper heeft ze nooit besteld. Er zijn etiketjes van een apotheek opgeplakt. Maar de apotheker wist van niets. Nee, dat doosje kwam van Rutherford Hall.'

'Weet je wel zeker dat het van Rutherford Hall gekomen is?'

'Ja. We hebben alles gecontroleerd. Het is waarachtig het pillendoosje waarin Emma haar slaaptabletten gekregen heeft.'

'O, zo... Emma.'

'Ja. Haar vingerafdrukken staan erop en die van de twee verpleegsters en van de apotheker. Van niemand anders natuurlijk. Degene die het gezonden heeft, is uiterst voorzichtig te werk gegaan.'

'Maar de slaappilletjes waren eruit en vervangen door iets anders?'

'Juist. Maar dat is het gemene met die tabletten: de ene soort lijkt precies op de andere.'

'Zeg dat wel,' stemde Miss Marple in. 'In mijn jonge jaren was dat zo héél anders, dan had je het zwarte drankje en het bruine (dat kreeg je voor de hoest), en dan had je ook nog het witte en dokter Hoe-heette-die-ook-weer z'n roze drankje. Daar kreeg je nooit zulke vergissingen mee! Het is een feit, hoor. In mijn dorpje St. Mary Mead zweren ze nog altijd bij die drankjes. Ze vragen altijd een drankje en nooit tabletjes. Wat zijn het voor tabletjes geweest?' vroeg zij.

'Aconiet. Die tabletten worden altijd in de vergiffles bewaard, in een oplossing van één op honderd, voor uitwendig gebruik.'

'En Harold heeft ze dus ingenomen en is eraan overleden,' sprak Miss Marple nadenkend. Dermot Craddock kreunde even.

'Neemt u me niet kwalijk dat ik me even laat gaan,' zei hij. 'Vertel alles maar eerlijk aan tante Jane, zó voel ik me nou precies!'

'Dat vind ik aardig, erg aardig van je,' prees Jane Marple. 'Ik stel het ook op prijs. Omdat je sir Henry's petekind bent, voel ik me tegenover jou ook héél anders dan tegenover een gewone inspecteur van de recherche.'

'Maar het feit blijft bestaan,' zei Craddock, met een flauwe glimlach, 'dat ik over de hele linie deze zaak in de soep heb gedraaid. Ze hebben Scotland Yard te hulp geroepen, en wat krijgen ze? Een reeks ezelachtige blunders!'

'Nee, nee!' suste Miss Marple.

'Jawel. Ik weet niet wie Alfred heeft vergiftigd en ik weet niet wie Harold vergiftigd heeft en, wat nog het ergste van alles is, ik weet nog altijd niet wie die vermoorde vrouw is geweest. De gok dat het Martine zou zijn, leek zo veilig. Alles scheen te sluiten als een bus. En wat gebeurt er? Daar komt de echte Martine plotseling boven water en blijkt – wie zou dat hebben gedacht? – de echtgenote van sir Robert Stoddart-West te zijn. Wie is dus nu die vrouw in de sarcofaag? De hemel mag 't weten. Eerst heb ik alle kaarten op Anna Stravinska gezet, maar die is ook finaal uitgesloten...'

Hij zweeg even, omdat Miss Marple een van haar veelbetekenende kuchjes liet horen. 'Is ze dat wel?' vroeg zij zachtjes.

Verbaasd keek Craddock haar aan. 'Nou, die briefkaart uit Jamaica...'

'Jawel,' sprak Miss Marple, 'maar dat is toch geen overtuigend bewijs? Ik bedoel, iedereen kan bijna overal vandaan een prentbriefkaart laten sturen. Ik herinner me Mrs. Brierly, die zo'n ernstige zenuwinzinking kreeg dat ze uiteindelijk in een inrichting ter observatie moest worden opgenomen. Weet je wat ze toen heeft gedaan, om te voorkomen dat de kinderen te weten zouden komen waar ze was? Ze heeft toen veertien briefkaarten geschreven en die met verschillende tussenpozen uit veertien verschillende plaatsen in het buitenland naar huis laten sturen. Vóór ze ging zei ze dat mammie een buitenlands reisje ging maken.' Toen liet ze erop volgen: 'Begrijp je wat ik bedoel?'

'Ja, natuurlijk,' antwoordde Craddock, en hij keek haar nadenkend aan. 'We zouden die briefkaart ook beslist hebben laten nagaan, als die kwestie met Martine niet net zo goed in het plaatje had gepast.'

'Ja, zo heel toevallig,' zei Miss Marple zachtjes.

'Het klopte allemaal,' ging Craddock voort. 'Er was tenslotte de brief die Emma van Martine Crackenthorpe had ontvangen. Lady Stoddart-West heeft die niet geschreven. Dat heeft iemand anders gedaan. Iemand die van plan was zich voor Martine uit te geven en daarvan financieel voordeel te hebben. Dat kunt u toch zeker niet tegenspreken?'

'Nee, o nee.'

'En toen kregen we de envelop in handen van de brief die Emma naar haar correspondentieadres in Londen had gestuurd. Die werd op het terrein van Rutherford Hall ontdekt, wat erop wees dat Martine daar werkelijk was geweest.'

'Maar de vermoorde vrouw wás daar nooit geweest!' riep Miss Marple uit. 'Niet in de zin die jij bedoelt tenminste. Zij is alleen maar naar Rutherford Hall gebracht toen ze al dood was. Uit de trein geworpen en langs de spoordijk terechtgekomen.'

'Inderdaad.'

'Wat de envelop eigenlijk alleen maar bewijst, is dat de moordenaar ter plaatse is geweest. Misschien heeft hij haar de brief wel afgepakt, tegelijk met andere zaken die haar identiteit zouden kunnen helpen vaststellen. En toen heeft hij die envelop bij vergissing laten vallen – of – vraag ik me nu af – is het wel bij vergissing geweest? Want het is toch immers zo, dat inspecteur Bacon en ook jouw mensen het terrein nauwkeurig hadden afgespeurd, maar bij die gelegenheid niets hebben gevonden? Maar later is die envelop uit het stookhuis te voorschijn gekomen.'

'Dat valt te verklaren,' meende Craddock. 'De oude tuinman prikt alle rondslingerende papieren op en bewaart ze in het stookhuis.'

'Waar de jongens het ding zo heel makkelijk konden vinden,' zei Miss Marple veelbetekenend.

'Denkt u dan dat dat de bedoeling was?'

'Och, het komt me zo in de gedachten. Het was tenslotte erg makkelijk te begrijpen waar de jongens zouden gaan zoeken – ja, zelfs ze op een idee te brengen. Maar daardoor heb je je eigenlijk niet verder met Anna Stravinska beziggehouden, nietwaar?'

Craddock vroeg: 'Denkt u dan nog altijd dat zij het geweest kan zijn?'

'Ik denk alleen dat er iemand was die ongerust is geworden toen je navraag naar haar bent gaan doen, dat is alles. Ik geloof dat die iemand er niets op gesteld was dat er navraag werd gedaan.'

'Laten we als uitgangspunt aannemen dat er iemand geweest is die zich voor Martine wilde uitgeven,' sprak Craddock. 'Maar om de een of andere reden daarvan heeft afgezien. Waarom?'

'Dat is een heel interessante vraag,' luidde Miss Marples oordeel.

'Iemand heeft het telegram verstuurd waarin stond dat Martine naar Frankrijk terug moest – is toen met de vrouw meegereisd en heeft kans gezien haar onderweg te vermoorden. Bent u 't daarmee eens?'

'Nee,' klonk het. 'Ik geloof werkelijk dat je het nog veel te ingewikkeld maakt. Het is natuurlijk veel eenvoudiger!'

'Eenvoudiger!' riep Craddock uit. 'Nu nog mooier! Zegt u eens eerlijk, gelooft u dat u weet wie de vermoorde geweest kan zijn? Of niet?'

Miss Marple slaakte een zucht. 'Het is zo moeilijk er een lijn in te ontdekken. Ik bedoel, ik weet natuurlijk niet wie zij geweest is, maar toch heb ik zo'n vermoeden van wie ze was, als je begrijpt wat ik bedoel.'

'Begrijpen wat u bedoelt? Ik heb er niet het flauwste idee van.' Hij keek naar buiten. 'Daar komt uw Lucy op bezoek. Ik ga ervandoor. Mijn *amour propre* is vanmiddag beneden peil. Een meisje te ontmoeten dat straalt van succes, is mij nu te gortig.'

25

'Ik heb opgezocht wat "tontine" is,' zei Lucy.

Na de eerste begroeting drentelde Lucy zo'n beetje door de kamer, bekeek een porseleinen hondje hier, een antimakassar daar en de plastic naaidoos op de vensterbank.

'Dat dacht ik wel,' antwoordde Miss Marple op vlakke toon.

Langzaam haar woorden kiezende, vertelde Lucy: 'Lorenzo Tonto was een Italiaanse bankier, die in 1653 een vorm van lijfrente heeft uitgedacht waarbij de porties van de gestorven deelnemers werden toegevoegd aan het winstdeel van de overlevenden. Zo is het hier ook, nietwaar? U hebt daaraan al zitten denken, zelfs vóór die laatste twee sterfgevallen zich hadden voorgedaan.'

Lucy had even stilgestaan, maar hervatte nu haar doelloos gedrentel door het vertrek. Miss Marple zat naar haar te kijken. Dit was een heel andere Lucy dan ze gewend was.

'Ik denk dat hij hierom eigenlijk heeft gevráágd,' sprak Lucy. 'Een dergelijk testament komt erop neer dat de laatst overgeblevene alles in handen krijgt. Maar er was een heleboel geld, is 't niet? Het was al mooi geweest als ieder zijn eigen deel had gekregen...' Zij zweeg, de woorden schenen nog even te blijven hangen.

'De ellende is,' zei Miss Marple, 'dat de mensen zo hebzuchtig zijn. Sommige mensen tenminste. Je ziet zo vaak dat dát het begin van alles is. Je begint natuurlijk niet met een moord, zelfs niet met de gedachte eraan. Je begint alleen met hebzucht, met meer te willen hebben dan je krijgt.' Jane Marple liet haar breiwerk in haar schoot rusten en keek recht voor zich uit. 'Bij zo'n geval heb ik inspecteur Craddock ook voor de eerste maal ontmoet, weet je. Een misdaad op 't platteland. In de buurt van Medenham. Dat was net zo begonnen: alleen maar iemand die lief was, maar een zwak karakter had, en een boel geld wilde hebben. Geld, waarop de persoon in kwestie niet het minste recht had, maar waaraan hij op een gemakkelijke manier dacht te kunnen komen. Nog geen sprake van moord. Echt iets dat zo doodeenvoudig leek dat het bijna niet verkeerd scheen te zijn. Ja, zo begint het dan vaak... Maar het eindigde met drie moorden...'

'Net als hier,' zei Lucy. 'We hebben hier ook drie moorden. De vrouw die zich voor Martine heeft uitgegeven en die een erfdeel voor haar zoon had kunnen opeisen – en daarna Alfred en Harold. En nu zijn er nog maar twee over.'

'Bedoel je,' vroeg Miss Marple, 'dat Cedric en Emma nu alleen maar zijn overgebleven?'

'Nee, Emma laat ik erbuiten. Zij is geen lange, donkere man. Ik dacht aan Cedric en aan Bryan Eastley. Eigenlijk heb ik nooit eerder aan Bryan gedacht, omdat die blond is. Hij heeft een blonde snor en blauwe ogen. Maar u moet weten – een dag of wat geleden...' Zij zweeg.

'Ja, ga door,' moedigde Miss Marple aan. 'Vertel het maar. Er is iets dat je erg van streek heeft gemaakt, is 't niet?'

'Ja. Dat gebeurde toen lady Stoddart-West wegging. Zij had al goedendag gezegd, toen ze zich opeens omdraaide terwijl ze naar haar auto liep en vroeg: "Wie was die lange, donkere man toch, die op het terras stond toen ik aankwam?" Eerst kon ik me niet voorstellen wie ze bedoelde, want Cedric lag nog in bed. Toen vroeg ik verbaasd: "U bedoelt toch niet Bryan Eastley?" Maar zij antwoordde: "Natúúrlijk, hij was het – eskadercommandant Eastley! We hebben hem bij ons thuis in Frankrijk een tijdje verstopt op zolder, in de dagen van de Résistance. Ik herkende hem dadelijk aan zijn vierkante schouders en de manier waarop hij daar stond," en zij liet erop volgen: "Ik zou hem graag nog eens ontmoeten, maar we konden hem niet meer vinden." '

Miss Marple zei niets en wachtte op een eventueel vervolg.

'En toen heb ik hem zelf later ook eens wat nauwkeuriger bekeken,' ging Lucy voort, 'toen hij met zijn rug naar mij toe stond. Toen merkte ik, wat ik eigenlijk al eerder had moeten zien: dat zelfs een blonde man donker kan lijken wanneer hij zijn haar met een of ander spul op zijn hoofd plakt. Bryans haar is tussen licht- en donkerblond, maar kan tóch een vrij donkere indruk maken. U begrijpt het dus wel: uw vriendin kan ook Bryan in de trein gezien hebben. De mogelijkheid is tenminste niet helemaal uitgesloten...'

'Zeker niet uitgesloten,' bevestigde Miss Marple. 'Ik had trouwens ook al aan die mogelijkheid gedacht.'

'Het lijkt wel of u letterlijk aan alles denkt!' klonk het enigszins verbitterd.

'Och, kindlief, dat moet toch ook!'

'Maar ik begrijp niet wat Bryan erbij winnen zou. Ik bedoel: Alexander zou toch de erfenis krijgen, en niet hij? Ik weet wel dat hij een makkelijker leventje zou krijgen en zich wat meer luxe zou kunnen veroorloven. Maar hij zou toch nooit aan het kapitaal kunnen komen, om daarmee het een of ander te beginnen of iets van dien aard.'

'Maar wanneer Alexander iets zou overkomen vóór hij meerderjarig is, dan krijgt Bryan, als vader en naaste bloedverwant, de erfenis!' bracht Miss Marple haar onder het oog.

Lucy keek haar vol afgrijzen aan. 'Tot zoiets is hij niet in staat! Trouwens, welke vader zou zoiets doen – alleen om aan geld te komen?'

Miss Marple zuchtte. 'Tóch komt dat voor, lief kind. Het is

allemaal heel verschrikkelijk en droevig, maar tóch komt dat voor. Mensen zijn tot de afschuwelijkste dingen in staat. Ik weet bijvoorbeeld van een vrouw die drie van haar eigen kinderen heeft vergiftigd, alleen om aan een verzekeringssommetje te komen. En ik heb een oude vrouw gekend, zo op het oog een heel aardig mens, die haar zoon heeft vergiftigd toen hij met verlof thuiskwam. En je hebt toch ook die Mrs. Stanwich gehad! Weet je niet? Dat heeft vrij uitvoerig in de kranten gestaan. Dat heb je vast wel gelezen. Haar dochter en haar zoon gingen dood, en toen beweerde zij dat ze zelf was vergiftigd. Er zat werkelijk vergif in een of ander toetje, maar het is uitgekomen dat zij het zelf erin had gedaan. Zij was net doende haar jongste dochter te vergiftigen. Maar dat was niet vanwege het geld. Ze was alleen maar ziekelijk jaloers op hen, omdat ze allemaal nog zo heerlijk jong waren en – het is haast niet te geloven – omdat ze dacht dat haar kinderen het er na haar dood eens fijn van zouden nemen! Ze had altijd de touwtjes van de beurs stijf in handen gehouden. Goed, ze was dus een beetje zonderling, zoals dat heet. Maar zoiets is toch volstrekt geen geldig excuus. Ik bedoel, je kunt op zo ontzettend veel manieren een beetje zonderling zijn. Soms geven zulke mensen al hun aardse goederen weg, of ze schrijven cheques uit op rekeningen die alleen maar in hun fantasie bestaan, uitsluitend uit de behoefte vrijgevig te zijn. Dat kan dus uit de nobelste motieven gebeuren. Maar o wee, als je wat zonderling bent en je houdt er minder edele motieven op na – waar blijf je dan? Kom, helpt je dat soms wat op weg, beste Lucy?'

'Op weg helpen?' vroeg Lucy, tamelijk verbijsterd.

'Ja, ik bedoel wat ik je allemaal verteld heb,' gaf Miss Marple haar ten antwoord. Vriendelijk liet zij erop volgen: 'Je moet vooral niet gaan tobben, hoor je? Vooral niet gaan tobben. Want Elspeth McGillicuddy komt nu binnenkort weer terug!'

'Ik begrijp niet wat dat ermee te maken heeft,' zei Lucy.

'Nee, misschien niet, lief kind. Maar ik voor mij vind dat juist van héél groot belang.'

'Toch maak ik me nog ongerust,' hernam Lucy even later. 'Weet u, ik ben me voor dat gezin gaan interesseren.'

'Dat weet ik, kindlief. Het moet heel moeilijk voor je zijn, omdat je je tot allebei heel sterk voelt aangetrokken, is het niet, zij het ook op verschillende manieren.'

'Wat bedoelt u?' vroeg Lucy en haar stem klonk daarbij vrij scherp.

'Ik dacht aan de twee zoons daar in huis,' legde Miss Marple uit. 'Of beter gezegd, aan de zoon en de schoonzoon. Het treft zo ongelukkig dat juist de minst sympathieke gezinsleden zijn gestorven en de sympathiekste twee in leven zijn gebleven. Ik begrijp volkomen dat Cedric Crackenthorpe beslist erg aantrekkelijk moet zijn. Hij heeft de neiging zich veel slechter voor te doen dan hij in werkelijkheid is. De man heeft ook bepaald iets provocerends.'

'Hij kan me soms boven op de kast jagen!' bevestigde Lucy.

'Jazeker,' stemde Miss Marple in, 'en dat vind je niet eens onplezierig, hè? Jij bent een meisje met spirit en jij houdt wel van zo nu en dan een schermutseling. Ja, ik begrijp best dat hij je erg aantrekt. Die Mr. Eastley is meer beklagenswaardig, net een ongelukkige kleine jongen. Dat heeft ook weer iets verbazend aantrekkelijks.'

'Toch moet een van beiden een moordenaar zijn!' luidde Lucy's bittere conclusie. 'En ze kunnen het alle twee zijn. Daar heb je Cedric. Die heeft zich niets aangetrokken van de dood van Alfred of van Harold. Hij zat doodleuk en vergenoegd plannen te maken voor wat hij met Rutherford Hall gaat doen. Hij zegt alleen dat het hem handen vol geld zal kosten als hij ervan maken zou wat hij zich allemaal in zijn hoofd heeft gezet. Ik weet wel dat hij een type is om zijn eigen onaandoenlijkheid overdreven voor te stellen – maar dat zou ook façade kunnen zijn. Ik bedoel: iedereen kan je voor ongevoeliger aanzien dan je werkelijk bent. Maar het kan ook best andersom zijn. Je zou weleens ongevoeliger kunnen zijn dan je lijkt!'

'O, lieve Lucy, wat vervelend allemaal!'

'Maar dan heb je Bryan,' ging Lucy door. 'Het klinkt zonderling, maar Bryan schijnt daar dolgraag zelf te willen wonen. Hij denkt dat Alexander en hij het daar fijn zouden vinden en hij maakt daarvoor ook al allerlei plannetjes.'

'De man zit zeker altijd boordevol plannetjes, of niet?'

'Ja, dat wel. De plannen lijken allemaal prachtig mooi – maar ik heb zo 't gevoel dat ze stuk voor stuk onuitvoerbaar zijn – in ieder geval onpraktisch. Het idee is dan op zich wel aardig, maar hij denkt niet aan de moeilijkheden bij de uitvoering.'

'Ze zweven dus om zo te zeggen in de lucht!'

'In meer dan één betekenis zelfs. Meestal zweven ze letterlijk in de lucht. Misschien komt een echte oorlogsvlieger nooit meer helemaal met zijn benen op de begane grond terecht.' Lucy liet erop volgen: 'Weet u, hij is zo op Rutherford Hall gesteld omdat het hem doet denken aan zijn eigen ouderlijk huis, waarin hij een onbezorgde jeugd heeft doorgebracht.'

'Ik begrijp het,' zei Miss Marple nadenkend.

Daarop wierp ze een vlugge blik op Lucy en vroeg plotseling een beetje agressief. 'Maar dat is toch niet álles, lief kind? Er is nog méér!'

'O, ja, er is nog wat anders ook. Een bijzonderheid die een paar dagen geleden pas goed tot me is doorgedrongen. Bryan kan écht in de bewuste trein gezeten hebben.'

'In de trein van 16 uur 33 van Paddington?'

'Juist. Weet u, Emma had zich erop voorbereid dat ook háár tekst en uitleg van haar doen en laten op 20 december zou worden gevraagd. Toen is ze nauwkeurig in haar herinnering nagegaan wat ze die dag allemaal had uitgevoerd. Een vergadering 's ochtends, daarna 's middags gewinkeld, thee gedronken in een restaurant, en daarna Bryan van de trein gehaald! De trein in kwestie was die van 16 uur 50 uit Paddington. Maar hij kan ook best al met de vorige zijn aangekomen en net hebben gedaan of hij de latere had genomen. Terloops heeft hij me verteld dat zijn auto moest worden gerepareerd, zodat hij de trein had moeten nemen – wat hij erg vervelend gevonden had, zei hij nog, omdat hij nu eenmaal niet van treinreizen houdt. Hij praatte er heel gewoontjes over. Het kán dus allemaal best in orde zijn – maar toch zou ik me heel wat geruster voelen als hij niet per trein was gekomen.'

'Die treinreis staat dus vast,' herhaalde Miss Marple nadenkend.

'Eigenlijk bewijst het helemaal niets! Het ellendige is alleen dat je hem gaat verdenken. En dat we geen zekerheid hebben. Misschien krijgen we wel nooit zekerheid!'

'O, maak je daar vooral niet ongerust over, kindlief,' stelde Miss Marple haar opgewekt gerust. 'Ik bedoel, op dit punt blijven we heus niet staan. Het enige dat ik met zekerheid van moordenaars kan zeggen is dat ze van geen ophouden weten. Zeker niet wanneer ze een tweede moord hebben gepleegd,' zei Miss Marple zeer overtuigd. 'Maak je niet te erg van streek, Lucy. De politie doet haar uiterste best en houdt iedereen in het oog – maar de hoofdzaak is dat Elspeth McGillicuddy nu weer heel gauw terugkomt!'

26

'Nu, Elspeth, is het je helemaal duidelijk wat ik van je verlang?'

'Volkomen duidelijk,' gaf Mrs. McGillicuddy ten antwoord, 'maar ik moet je zeggen, Jane, dat ik het maar héél raar vind.'

'Het is anders helemáál niet raar,' was Miss Marples oordeel.

'Nou, ik vind van wél. Daar aan huis te komen en dan bijna dadelijk te vragen of ik even naar het toilet mag...'

'Het is verbazend guur weer,' betoogde Miss Marple, 'en per slot van rekening kun je best wat gegeten hebben dat je minder goed bekomen is – enne, waarom je vraagt of je je misschien even mag absenteren. Ik bedoel, zulke dingen komen voor. Ik herinner me nog hoe die goede Louise Felby mij op een keer is komen opzoeken en binnen een halfuur tijd wel vijfmaal heeft gevraagd of ze even weg mocht. Dat kwam,' voegde Miss Marple er ter verklaring aan toe, 'door een bedorven pasteitje!'

'Als je me eerst maar wilde vertellen waar je eigenlijk op aanstuurt, Jane!' wilde Mrs. McGillicuddy horen.

'Dat is nu juist wat ik je niet wil vertellen!' hield Miss Marple vol.

'Wat ben je toch ellendig lastig, Jane. Eerst laat je me helemaal naar huis terugkomen, veel eerder dan...'

'Dat spijt mij ook heus héél erg voor je, Elspeth,' verzekerde Miss Marple haar, 'maar er zat werkelijk niets anders op. Er zou namelijk elk ogenblik nog een volgend slachtoffer kunnen vallen. Ik weet dat ze allemaal terdege op hun hoede zijn en dat de politie alle mogelijke voorzorgsmaatregelen heeft getroffen, maar er bestaat toch altijd nog een kansje dat de moordenaar hun te slim af is. Daarom was het jouw plicht, Elspeth, terug te keren. Tenslotte zijn wij allebei grootgebracht, jij en ik, met de stelregel dat plicht vóór alles gaat. Waar of niet?'

'Dat zijn we zeker,' moest Mrs. McGillicuddy toegeven, 'in onze jonge jaren was er geen sprake van slapheid!'

'Dus dát is óók weer in orde,' besloot Miss Marple. 'Maar daar heb je onze taxi al,' liet ze erop volgen, toen een bescheiden getoeter zich voor de deur horen liet.

Mrs. McGillicuddy trok haar dikke peper-en-zoutkleurige mantel aan en Miss Marple pakte zich stevig in met allerhande sjaals en doekjes.

Daarop stapten beide dames in de gereedstaande taxi en reden naar Rutherford Hall.

2

'Wie zou daar nu aankomen?' vroeg Emma, uit het raam kijkende, toen de taxi voorbijkwam. 'Ik geloof warempel dat het die oude tante van Lucy is!'

'Bewaar me!' zuchtte Cedric. Hij lag achterover in een luie

stoel in een tijdschrift te kijken. Zijn voeten rustten daarbij op de rand van de schoorsteenmantel. 'Zeg gewoon dat je niet thuis bent!'

'Wou je dat ik haar dat aan de deur ging vertellen? Of moet ik het door Lucy tegen haar tante laten zeggen?'

'Daar dacht ik zo gauw niet aan,' verontschuldigde Cedric zich. 'Ik dacht waarschijnlijk aan onze rijke dagen, toen we er nog een butler en een huisknecht op na hielden – als dat ooit het geval is geweest. Ja, een huisknecht hebben we stellig gehad. Ik herinner me van vóór de oorlog die heibel met dat keukenmeisje – dat is me toen wat geweest! Maar is er op het ogenblik niet de een of andere schoonmaakster bij de hand?'

Doch juist op dat moment deed Mrs. Hart de kamerdeur open; het was toevallig haar dag van koper poetsen. Miss Marple kwam binnen, verbazend bedrijvig, in een warreling van sjaaltjes en doekjes. Achter haar aan kwam een kleine, stijve gestalte.

'Ik hoop,' begon Miss Marple, Emma's hand drukkend, 'dat wij niet ongelegen komen. Maar u moet weten, ik ga overmorgen weer naar huis en ik vond het bepaald niet aardig met stille trom te vertrekken. Daarom wou ik u graag even gedag komen zeggen en u bedanken voor uw vriendelijkheid jegens Lucy. Mag ik u ook mijn vriendin voorstellen, Mrs. McGillicuddy? Zij logeert op het ogenblik bij me.'

'Aangenaam kennis met u te maken,' zei Mrs. McGillicuddy, Emma daarbij met intense belangstelling opnemend. Toen keek ze naar Cedric, die nu overeind was gekomen. Lucy kwam op dat ogenblik de kamer binnen.

'Tante Jane – wat een verrassing!'

'Ik moest miss Crackenthorpe even gedag komen zeggen,' legde Miss Marple uit, 'die zo bijzonder zorgzaam voor je geweest is, Lucy.'

'O, maar Lucy is juist voor óns zo bijzonder zorgzaam geweest!' protesteerde Emma.

'Nou en óf!' prees Cedric. 'Wij hebben haar gewoon als een slavin laten zwoegen toen we ziek waren – trappen op en af hollen, ziekenkostjes klaarmaken...'

Miss Marple viel hem in de rede: 'Het speet me zo verschrikkelijk van uw ziekte te horen. Ik hoop dat u nu helemaal bent hersteld, miss Crackenthorpe?'

'O, we zijn gelukkig allemaal weer aardig opgeknapt,' verzekerde Emma haar.

'Lucy vertelde me dat u allemaal heel ernstig ziek bent geweest. Dat is toch echt gevaarlijk, hè, een voedselvergiftiging? Champignons, heb ik gehoord.'

'De oorzaak blijft een raadsel,' verklaarde Emma.

'Geloof het maar niet!' zei Cedric. 'Ik wed trouwens dat u de praatjes wel zult hebben gehoord die de ronde doen. Niets is beter geschikt om de tongen in de buurt los te maken dan een hapje arsenicum!'

'Cedric toch,' vermaande Emma, 'praat niet zo raar. Je weet dat inspecteur Craddock heeft gezegd...'

'Och wat,' zei Cedric, 'de hele wereld weet het toch! U zult er óók wel van hebben gehoord, Miss Marple, of niet soms?' Hij wendde zich met die vraag tot beide oude dames tegelijk.

'Ik ben net teruggekomen uit Ceylon. Eergisteren pas,' vertelde Mrs. McGillicuddy.

'Nu ja, dan bent u nog niet zo op de hoogte van de dorpspraat hier,' vervolgde Cedric. 'Er heeft arsenicum in de kerrieschotel gezeten, moet u weten. Dat heeft 't hem gedaan. Lucy's tante weet er natuurlijk alles van.'

'Och,' bekende Miss Marple, 'ik heb wel wat horen vertellen – een toespeling, meer niet, maar ik wilde u natuurlijk in geen enkel opzicht in verlegenheid brengen, miss Crackenthorpe.'

'U moet maar niet naar mijn broer luisteren,' raadde Emma aan. 'Hij houdt ervan de mensen een onbehaaglijk gevoel te bezorgen.' Daarbij schonk zij hem een hartelijk glimlachje.

De deur ging open en de oude Mr. Crackenthorpe kwam binnen, daarbij nijdig met zijn stok stampend. 'Waar blijft de thee toch?' riep hij. 'Is de thee nog niet klaar? Hé, meisje,' zei hij tegen Lucy, 'waarom heb je de thee nog niet binnengebracht?'

'Die is net klaar, Mr. Crackenthorpe. Ik ga alles zo halen. Ik was net met de theetafel bezig.'

Lucy verdween en de oude Mr. Crackenthorpe werd aan de dames Marple en McGillicuddy voorgesteld. 'Ik houd ervan dat alle dingen op tijd klaar zijn. Stiptheid en zuinigheid. Dat zijn mijn lijfspreuken!'

'Verbazend nuttig! Ik ben het met u eens,' verzekerde Miss Marple. 'Vooral in de tegenwoordige tijd met al die belastingen en zo!'

Mr. Crackenthorpe sprak briesend: 'Die belastingen! Praat me niet van die rovers en plunderaars. Een jammerlijke pauper – dát hebben ze van mij gemaakt. En het wordt erger in plaats van beter. Wacht maar eens af, jongen,' zei hij tegen Cedric. 'Tien tegen één dat de socialisten je dit huis afpakken als je het hebt geërfd en er een vakantiekolonie van maken. En dan pikken ze je inkomen ook nog in om het project te financieren!'

Lucy verscheen nu met het theeblad ten tonele. Bryan Eastley kwam achter haar aan met schotels sandwiches en een geglaceerde taart.

'Wat moet dat? Wat heeft dat te betekenen?' Mr. Crackenthorpe nam de taart kritisch in ogenschouw. 'Een taart? Hebben we feest vandaag? Daar heeft geen mens me wat van verteld!'

Emma kreeg een kleur. 'Dokter Quimper komt op de thee, vader. En hij is jarig vandaag.'

'Jarig!' snoof de oude heer vol minachting. 'Waar is dát voor nodig? Verjaardagen zijn er alleen voor kleine kinderen. Ik let nooit op mijn eigen verjaardag en wil ook niet dat anderen die bij mij thuis komen vieren!'

'Is ook veel goedkoper!' merkte Cedric op. 'En je spaart de kaarsjes op je taart!'

'Ik verwacht van jou geen commentaar!' snauwde de oude heer.

Miss Marple drukte Bryan Eastley intussen de hand. 'Ik heb natuurlijk van u gehoord, door Lucy,' sprak zij. 'Wat doet u mij sterk denken aan iemand die ik in St. Mary Mead heb gekend. Dat is het dorp waar ik al jaren woon, weet u. Het was Ronnie Wells, de zoon van onze notaris. Die kon zijn draai maar niet vinden, toen hij bij zijn vader op kantoor zat. Toen is hij naar Oost-Afrika gegaan en heeft een vrachtdienst geopend op de grote meren daar. Victoria Nyanza geloof ik, of was het misschien Albert? Hoe het zij, het is een grote mislukking geworden. Hij heeft er ál zijn geld bij verspeeld. Allerongelukkigst! Toch geen familie van u? U lijkt zoveel op hem.'

'Nee,' gaf Bryan ten antwoord. 'Ik heb geen familie die Wells heet.'

'De jongen was nog wel met een allerverstandigst meisje verloofd,' ging Miss Marple voort. 'Zij probeerde nog hem ervan te weerhouden, maar hij heeft niet naar haar willen luisteren. Dat was natuurlijk dom van hem. Want vrouwen hebben een helder verstand, weet u, als het op geldzaken aankomt. Niet de *haute finance*, natuurlijk! Geen vrouw kan verwachten dat ze daarvan ooit iets zal begrijpen, zei mijn vader altijd. Maar van die gewone dagelijkse geldzaken, bedoel ik. Wat hebt u hier toch een prachtig uitzicht uit dat venster!' liet zij erop volgen, terwijl ze naar het raam liep en naar buiten keek.

Emma kwam naast haar staan.

'Wat een uitgestrekt bebost terrein! En wat schilderachtig steekt dat vee tegen die bomen af. Men zou geen ogenblik denken dat je hier eigenlijk midden in een stad woont.'

'Wij zijn ook eigenlijk een anachronisme, geloof ik,' verklaarde Emma. 'Maar als het raam openstond, zou u het geraas van het verkeer kunnen horen.'

'O, stellig, want overal is het tegenwoordig rumoerig,' stemde Miss Marple in. 'Zelfs in St. Mary Mead. Vlak bij ons is nu een vliegveld aangelegd, moet u weten, en het is niet te geloven wat die straaljagers een lawaai maken! Soms om bang van te worden. Laatst zijn er zelfs een paar ruiten van mijn broeikas bij gesprongen. Toen zeiden ze dat ze door de geluidsbarrière heen vlogen – al weet ik niet wat ze daarmee bedoelen.'

'Dat is anders heel eenvoudig,' wilde Bryan, die naderbij gekomen was, vriendelijk gaan uitleggen. 'Kijk, dat zit zo!'

Miss Marple liet op dat moment haar handtasje vallen en Bryan was zo wellevend dat onmiddellijk voor haar op te rapen. Op hetzelfde ogenblik ging Mrs. McGillicuddy op Emma toe en fluisterde haar met benauwde stem toe – helemaal echt, omdat de rol die zij speelde Mrs. McGillicuddy hartgrondig tegenstond: 'Zou ik misschien even van het toilet gebruik mogen maken?'

'Maar natuurlijk!' gaf Emma ten antwoord.

'Ik zal u wel even de weg wijzen,' bood Lucy aan en zij verliet met Mrs. McGillicuddy het vertrek.

'Het was doordringend koud in de auto,' sprak Miss Marple in een enigszins vage poging tot een verklaring.

'Wat de geluidsbarrière betreft, dat zit zo...' wilde Bryan voortgaan. Maar hij onderbrak zichzelf. 'O, kijk – daar hebben we Quimper.'

De dokter reed inderdaad in zijn wagentje voor. Toen hij binnentrad wreef hij zich in de handen. Hij zag er ook uit of hij het beslist koud had. 'Er zit sneeuw in de lucht!' voorspelde hij. 'Dag, Emma, hoe maak je het? Grote hemel, wat heb je gedaan?'

'Dat is ter ere van je verjaardag,' klonk haar antwoord. 'Weet je niet meer? Je hebt toch verteld dat je jarig was vandaag?'

'Maar daar had ik helemaal niet op gerekend,' verzekerde Quimper. 'Weet je, het is al jaren geleden – wel zestien jaar – dat er iemand aan mijn verjaardag heeft gedacht.' Het leek of hij zich een beetje geroerd en weinig op zijn gemak voelde.

'Je kent Miss Marple?' Emma stelde hem voor.

'O, ja,' verklaarde Miss Marple, 'ik heb dokter Quimper eens één keer bij me gehad. Hij heeft me toen uitstekend van een lelijke kou afgeholpen.'

'U voelt zich nu weer helemaal in orde, hoop ik?' informeerde de dokter.

Miss Marple stelde hem op dit punt volkomen gerust.

'Je bent een hele tijd niet naar míj komen kijken, Quimper,' merkte de oude Mr. Crackenthorpe op. 'Als ik het van jouw belangstelling moest hebben, was ik allang gestorven!'

'Dat zie ik zo gauw nog niet gebeuren,' sprak Quimper geruststellend.

'Ik ben het ook heus niet van plan,' verzekerde Mr. Crackenthorpe. 'Kom, laten we beginnen met de thee! Waar wachten we nog op?'

'O, wacht u alstublieft niet op mijn vriendin. Die zou het afschuwelijk vinden als u dat deed!'

Men nam plaats en bediende zich. Miss Marple nam een sandwich. 'Wat zit erop?' vroeg ze enigszins aarzelend.

'Vis!' wist Bryan te vertellen. 'Heb ik zelf helpen klaarmaken.'

De oude Mr. Crackenthorpe lachte even hardop. 'Vergiftigde vispastei!' waarschuwde hij. 'Dát zit erop. Denkt u er allemaal aan: alles op eigen risico, hoor.'

'Toe nou, vader!' zei Emma.

'U moet anders héél voorzichtig zijn met wat u eet hier in huis!' ging Mr. Crackenthorpe door. 'Twee van mijn zoons zijn als ratten vergiftigd. Ik zou weleens willen weten wie hem dat heeft geleverd!'

'Laat u niet afschrikken,' nodigde Cedric gul, de schaal nogmaals aan Miss Marple presenterend. 'Een snufje arsenicum is uitstekend voor de gelaatskleur, zeggen ze. Alleen, je moet niet te véél nemen.'

'Neem er zelf óók een, jongen!' moedigde Mr. Crackenthorpe hem aan.

'Mag ik als officiële voorproever optreden?' vroeg Cedric. 'Daar gaat-ie dan.'

Hij nam een sandwich en stak die in één hap in zijn mond. Miss Marple lachte een lief damesachtig lachje en nam ook nog een sandwich. Zij proefde een hapje en zei toen: 'Ik vind het zo dapper van u allemaal om daarover zulke grapjes te maken. Ik heb altijd de grootste bewondering voor dapperheid.'

Opeens hijgde zij en begon te kuchen, net alsof zij zich verslikt had. 'Er zit een visgraatje achter in mijn keel,' riep ze hees.

Vlug kwam dokter Quimper overeind. Hij ging naar haar toe, nam haar mee naar het raam en vroeg haar haar mond wijd open te doen. Tegelijk haalde hij een etui uit zijn zak en koos daaruit een tangetje. Met van vakmanschap getuigende behendigheid doorzocht hij de keelholte van de oude dame.

Op hetzelfde ogenblik ging de deur open en kwamen Mrs. McGillicuddy en Lucy weer binnen. Maar Mrs. McGillicuddy snakte plotseling naar adem, toen zij het toneeltje bij het raam zag, waar Miss Marple achterovergebogen stond vlak voor de dokter, die haar bij de keel vast had, en tegelijk haar hoofd ondersteunde.

'Maar dat is 'm!' riep Mrs. McGillicuddy verschrikt uit. 'Dat is die man uit de trein!'

Met een onwaarschijnlijk vlugge beweging maakte Miss Marple zich los uit de handen van de dokter en liep naar haar vriendin toe. 'Ik dacht wel dat je hem zou herkennen, Elspeth!' sprak zij. 'Nee, houd nu verder je mond!' Triomfantelijk keerde zij zich naar dokter Quimper toe. 'U hebt er niets van geweten, dokter, dat er, toen u die vrouw in de trein heeft gewurgd, iemand is geweest, die dat met eigen ogen heeft gezien! Dat is mijn vriendin hier geweest, Mrs. McGillicuddy! Zij heeft u gezien. Begrijpt u dat? Met haar eigen ogen gezien! Zij zat in de andere trein, die gelijk opreed met de uwe.'

'Wat duivel!' Dokter Quimper deed een stap in de richting van Mrs. McGillicuddy, maar weer maakte Miss Marple een vliegensvlugge beweging, zodat zij tussen haar vriendin en hem in kwam te staan.

'Ja,' ging Miss Marple voort, 'zij heeft u toen gezien en nu duidelijk herkend. Dat zal ze onder ede bevestigen. Het komt niet vaak voor,' vervolgde zij met haar zachte, wat klagende stem, 'dat iemand werkelijk een moord ziet plegen. Gewoonlijk valt dat alleen maar indirect te bewijzen. Maar in dit geval waren de omstandigheden wel héél ongewoon. Er kan hier een ooggetuigenbewijs worden geleverd.'

'Jij duivelse ouwe heks!' riep dokter Quimper in drift. Hij deed een uitval naar haar, maar ditmaal was het Cedric die tussenbeide sprong en hem bij de schouders greep.

'Dus jíj bent die massamoordenaar hier, hè?' riep Cedric, hem opzij trekkend. 'Ik heb je nooit kunnen uitstaan, man. Altijd wel gedacht dat jij niet deugde. Maar ik zou je toch nooit hebben verdacht!'

Bryan Eastley kwam Cedric te hulp. Door een andere kamerdeur kwamen inspecteur Craddock en inspecteur Bacon binnen. 'Dokter Quimper,' sprak Bacon, 'ik waarschuw u dat alles wat u zegt...'

'Jullie kunnen allemaal naar de hel lopen!' brieste dokter Quimper. 'Denken jullie dat er iemand is die zal geloven wat die halve gare ouwe wijven zeggen?'

Miss Marple zei met nadruk: 'Elspeth McGillicuddy heeft die moord onmiddellijk aangegeven bij de politie en daarbij ook het signalement van de moordenaar verstrekt.'

Met een schokje haalde dokter Quimper de schouders op. 'Als er nou ooit iemand een duivelse pech heeft...'

'Maar ik...' begon Mrs. McGillicuddy.

'Houd je mond, Elspeth,' waarschuwde Miss Marple.

'Waarom zou ik een wildvreemde vrouw hebben willen vermoorden?' vroeg dokter Quimper.

'Het was geen vreemde,' sprak inspecteur Craddock. 'Het was uw eigen vrouw!'

27

'Je ziet dus,' zei Miss Marple, 'alles is werkelijk zo uitgekomen als ik gedacht had: het was een doodeenvoudig geval. Het eenvoudigste misdrijf dat er bestaat. Je hebt zovéél mannen die hun vrouw vermoorden!'

Mrs. McGillicuddy keek van Miss Marple naar inspecteur Craddock. 'Ik zou nu toch wel graag helemaal op de hoogte worden gebracht.'

'Hij zag zijn kans schoon, weet je,' begon Miss Marple, 'om een rijke vrouw te trouwen, Emma Crackenthorpe. Alleen – hij kon niet met haar trouwen, omdat hij al getrouwd was! Zij leefden al jarenlang gescheiden, maar toch heeft zijn vrouw niet aan een echtscheiding willen meewerken. Dat klopte ook met wat inspecteur Craddock me verteld had over die jonge vrouw die zich Anna Stravinska noemde. Zij had over een Engelse echtgenoot gesproken, en volgens haar vriendinnen was ze vroom katholiek. Dokter Quimper mocht natuurlijk geen bigamie riskeren, wanneer hij met Emma trouwde. Daarom besloot deze volkomen meedogenloze en ongevoelige man zich van zijn vrouw te ontdoen. Het plan om haar in de trein te doden en daarna haar lichaam hier in de sarcofaag te verstoppen was werkelijk heel sluw bedacht. Hij wilde de zaak ook graag in verband brengen met het gezin Crackenthorpe, weet je.

Daarom schreef hij eerst aan Emma die brief die zogenaamd van Martine afkomstig was, het meisje waarmee Edmund Crackenthorpe had willen trouwen. Emma had alles daarover aan Quimper verteld, begrijp je? Later heeft hij Emma, op een geschikt ogenblik, aangeraden het hele verhaal over die brief aan de politie te vertellen. Hij wou erg graag dat het slachtoffer zou worden geïdentificeerd als Martine. Ik denk dat hij erachter is gekomen dat de Parijse politie informaties naar Anna Stravinska had ingewonnen. Vandaar dat hij er toen voor heeft gezorgd dat er een briefkaart uit Jamaica werd ontvangen. Het is hem niet moeilijk gevallen een ontmoeting met zijn vrouw in Londen te arrangeren en haar wijs te maken dat hij zich met haar wilde verzoenen en met haar naar huis wilde gaan. Over wat daarop volgde, spreek ik maar liever niet, omdat dat zo afschuwelijk is. De hebzucht is hem volkomen de baas geworden. Hij heeft over de hoge successierechten nagedacht en uitgerekend hoe weinig er van het kapitaal zou overblijven – en hoeveel prettiger het zou zijn, over wat meer geld te beschikken. Dat had hij misschien al gedaan voordat hij besloot zijn vrouw te doden.

In elk geval, toen is hij begonnen met dat praatje rond te strooien dat iemand met Kerstmis zou hebben getracht de oude Mr. Crackenthorpe te vergiftigen. Daardoor heeft hij het terrein rijp gemaakt voor zijn arsenicumvergiftigingen. Niet te erg in eerste instantie, natuurlijk, om te voorkomen dat de oude Mr. Crackenthorpe eraan dood zou gaan.’

'Maar toch begrijp ik niet goed hoe hij dat heeft klaargespeeld,' merkte Craddock op. 'Hij was helemaal niet in huis toen die kerrieschotel werd klaargemaakt.'

'O, maar *toen* heeft hij er ook geen arsenicum in gedaan!' verzekerde Miss Marple Craddock. 'Dat heeft hij er pas in gedaan toen hij de kerrie voor het laboratoriumonderzoek meenam. Vermoedelijk heeft hij arsenicum in de cocktailshaker gedaan. Daarna was het voor hem, als behandelend geneesheer, natuurlijk doodeenvoudig Alfred Crackenthorpe een dodelijke dosis toe te dienen en later aan Harold in Londen de vergiftigde tabletten toe te zenden, na eerst de voorzorgsmaatregel te hebben genomen hem het verdere gebruik af te raden.

Alles wat de man gedaan heeft was driest en vermetel, nietsontziend en hebzuchtig, en ik vind het werkelijk heel erg jammer,' besloot Miss Marple, daarbij zo fel kijkend als een lieve oude dame maar kijken kan, 'dat ze tegenwoordig de doodstraf hebben afgeschaft, want naar mijn gevoel is het zo, dat als er ooit iemand moest worden gehangen, dat zeker dokter Quimper is!'

'Zeer juist!' betuigde inspecteur Craddock zijn instemming.

'Ik kwam op de gedachte,' ging Miss Marple voort, 'dat, ook wanneer je iemand alleen maar op de rug gezien hebt, diens houding zekere karakteristieke trekken moet vertonen. Ik bedacht dat Elspeth dokter Quimper, wanneer ze hem in ongeveer dezelfde houding te zien zou krijgen als waarin zij hem in die bewuste treincoupé had zien staan – met zijn rug naar haar toe, gebogen over een vrouw, die hij bij de keel had gegrepen – hem zo goed als zeker zou herkennen of in ieder geval een uitroep van schrik of verbazing zou slaken. Vandaar dat ik dat toneeltje, met behulp van Lucy, in scène heb gezet.'

'Ik kan je verzekeren,' verklaarde Mrs. McGillicuddy, 'dat ik me een ongeluk schrok toen ik dat zag. "Dat is hem!" riep ik, voordat ik het wist. Maar toch, zie je, ik had zijn gezicht nooit gezien...'

'Juist, en ik was doodsbenauwd dat je dat zou zeggen, Elspeth,' bekende Miss Marple.

'Dat zou ik ook stellig hebben gedaan,' verklaarde Mrs. McGillicuddy.

'Dat zou eenvoudig fatáál zijn geweest,' verzekerde Miss Marple haar. 'Weet je, lieve, hij dacht dat je hem al herkend hád, en hij kón niet weten dat je zijn gezicht nooit gezien had.'

'Wat goed dat ik dan verder maar mijn mond heb gehouden,' sprak Mrs. McGillicuddy voldaan.

'Ik zou je de kans niet hebben gegeven ook maar één woord te zeggen,' lachte Miss Marple.

Craddock moest opeens ook lachen. 'U bent me een mooi stel!' zei hij. 'Een prachtig stel. Wat nu nog verder, Miss Marple? Komt er nog een gelukkig slot aan? Wat gebeurt er bijvoorbeeld met die ongelukkige Emma Crackenthorpe?'

'Die raakt heus wel over het verlies van die mooie dokter heen,' was Miss Marples mening, 'en ik denk zo, als haar vader komt te overlijden – want die is heus niet zo sterk als hij zelf wel denkt – dat ze dan een heerlijke zeereis gaat maken of een tijdje naar het buitenland zal gaan, net als Geraldine Webb – en dan zul je zien, dan komt ze heus niet alléén terug! Met een aardiger man, hoop ik, dan die dokter Quimper.'

'En hoe gaat het verder met Lucy Eyelesbarrow? Is er voor haar ook al een bruiloft in het verschiet?'

'Misschien,' zei Miss Marple met haar raadselachtig lachje. 'Het zou me tenminste niets verbazen.'

'Wie van de twee denkt u?' informeerde Dermot Craddock.

'Weet je dat dan nog niet?' vroeg Miss Marple.

'Nee, ik niet. U soms?'

'O, ja, ik wel,' antwoordde Miss Marple, en ze gaf hem daarbij een stralend knipoogje.

€2,00